夫人幫幫忙 2

風文創 235

花月薰 著

目錄

第十一章

這個正月裡，席家的日子可不太好過。

債務問題集中爆發，即使變賣了店鋪都不足以還清被那些掌櫃虧空的債款，最後，就連祖宅都不得不賣掉還債。

西城的一間四合院裡，席老太太拄著枴杖在院子裡撒潑訓話。她自嫁進門開始，就是平妻的身分，雖然沒有子嗣，但一直掌管著席家的後院大權，心高氣傲了一輩子，自以為機關算盡、謀略通天，沒想到一朝大意，竟敗得如此徹底。

「你們這些沒用的廢物，就這麼眼睜睜地看著席家敗了？席家好的時候，你們一個個都是老爺、少爺，如今席家落敗了，你們是什麼？你們什麼都不是！從前能鼎盛，都是我這個老婆子在養你們，不想竟養了這麼一大家子的廢物！」

席老太太氣得不行，用枴杖直在地面上敲擊，發出「咚咚咚」的聲音，搭配上她盛怒中的嚴厲面容，對席家子孫來說，還是有點餘威的。

院中站著二十來人，席家的兒子和兒媳如今也只剩下二房的席遠和董氏，其餘的都是幾房的庶子、庶女，平日裡就入不了席老太太的眼，如今更是越看他們越生氣。

「雲春呢？席家發生了這麼大的事，雲春就不站出來說說話？她那個通判夫人是怎麼來的，難道她忘記了嗎？」

席老太太一臉想起救命稻草般的神情，拉著董氏就要往門外推。「妳現在就去找雲春，讓她趕緊過來見我！我已經想好了怎麼對付席雲芝那個臭丫頭，妳讓雲春過來幫我，我們一起再殺回去！」

董氏低著頭不說話，被席老太太推推搡搡也維持那副半死不活的姿態。

席老太太見她無動於衷，一個巴掌就打在她臉上。「妳是沒聽見我說的話嗎？我讓妳去找雲春過來，我要見她！我要她去幫我剷除了席雲芝，我要把我們席家的產業全都奪回來！」

董氏捂著發熱的臉頰，看著席老太太的目光中滿是憤怒，終於忍不住爆發了。「妳現在知道要找雲春了？我當初求妳幫幫雲春的時候，妳做了什麼？妳把雲萍和雲水那兩個丫頭給我轉送到了通判府做小！如今通判大人就連雲春的房都不踏入了，妳現在還有臉讓我去找雲春幫忙？妳這老太婆還要不要臉？妳憑什麼讓雲春過來幫妳？」

之前董氏跟席老太太提起過，望她用席家的聲勢幫雲春敲打一番楊大人，讓他對雲春上心些，沒想到這老太婆為了固寵，絲毫不顧祖孫情分，竟將雲萍和雲水刻意打扮一番後送去了楊大人經常出沒的青樓門前，讓她們將楊大人的魂兒都勾了去，從此再也不去理會刁蠻任性的雲春了。

如今席家遭逢大難，這老太婆倒知道找人幫忙了？簡直太可笑了！

席老太太聽了董氏的話，突然笑了。「對、對，妳不說我都忘了，還有雲萍和雲水！她們兩個如今正得寵，只要她們肯幫我就行了！妳快去呀！」

董氏捂著臉，對席老太太恨恨地啐了一口，便轉到一邊去了。

席老太太氣得想用枴杖去打她，卻想到還有比教訓人更重要的事情，便捉著席遠的手，頤指氣使道：「你去！你是她們親爹，她們肯定聽你的。你跟她們說，就說我說的，讓她們給楊大人吹吹枕邊風，讓楊大人派兵封了席雲芝的店，抄了她的家，把她的腿給我打斷了，讓她流離失所、無家可歸，讓她知道我的厲害！」

席遠對這個老女人簡直煩透了，從前她掌握著席家大權，人人都怕她，沒想到如今沒落了，她還把自己當作那個高高在上的老太太，自私貪婪的本性暴露無疑，簡直噁心。

甩開席老太太的手，他大聲說了一句。「別胡鬧了！讓席家留點最後的尊嚴吧！」

席老太太聽到這個平時木訥的兒子發這麼大的火，先是一愣，然後竟爆發出比剛才更加激烈的火氣。

「什麼尊嚴？席家如今被逼得住在這種狗都嫌臭的屋子就有尊嚴了？我不是高高在上的老太太，你呢？你以為你還是席家的老爺嗎？你個讀了半輩子書卻連個秀才都考不上的孬種，怎麼好意思開口說話的？跟你那個死去的娘一樣，都是個賤胚子！」

董氏聽席老太太如此埋汰自家相公，當下就想衝上去跟她拚了，卻被席遠從後頭拉住，這才沒引發更大的矛盾。

席老太太在一眾孫子、孫女間看了幾眼後，突然又指著五房留下的兩個庶女席雲錦和席雲露說道：「把她們給我送去知州府！去告訴知州老爺，我們席家總歸能幫他生一個兒子出來！去呀，把她們送去！別穿衣服了，就裹著被子送去，男人都喜歡這一套！」

被她點名的兩個庶女嚇得臉都白了，她們的親母立刻跪在席老太太面前求饒，卻被席老太太用枴杖打破了頭，鮮血直流。兩個女孩扶著母親躲到了一邊，哀嘆自己的命運。

就在這時，四合院的大門被人踢開了，三、四十個壯漢闖入，震懾了一院子的人。

席雲芝披著素雅薄毯，淡定從容地走了進來，容貌清麗潤澤，早已不復當年灰頭土臉的狼狽模樣。沒想到從前的醜小鴨竟變成如今這般脫俗的樣貌，人們面面相窺，都有點不敢相信。

席雲芝唇角勾著笑，走到了席老太太面前，故意環顧了一番院子後，從腰間抽出一塊乾淨的帕子掩在鼻下，語氣嫌棄得很是刻意。「真是委屈老太太了，這麼髒、這麼破、這麼難聞的院子，也虧得妳待得下去。可是沒有錢了？沒有錢可以跟我說，孫女手上如今就只剩下錢了。」

趙逸不知道從哪裡給席雲芝搬了一張椅子來，韓峰則似模似樣地將椅子擦乾淨了，這才請席雲芝入座。

「老太太見諒，孫女如今身子有些重，站不得，便坐下與妳說說話吧。」

席老太太掃了一眼席雲芝帶來的壯漢，知道她是有備而來，倒也不敢太放肆，但經年脾氣一來，總歸有些忍耐不住，就指著她說道：「我倒是沒瞧出來妳這丫頭的狼子野心！席家哪裡虧欠了妳，妳要下此毒手？」

席雲芝雲淡風輕地笑了笑。「席家哪裡虧欠了我，老太太還不知道嗎？」

席老太太眼神閃爍，下意識地就抓了抓領口。領口內有一條珍珠翠玉鍊，是她爭了一輩子的東西。

「妳娘是咎由自取，她不守婦道、勾引男人，我以家法處置她，哪裡做錯了？難道要我明知妳娘做了那些醜事，還包庇她嗎？」

席雲芝斂下笑容，盯著席老太太看了一會兒後，這才開口說道：「事實是什麼，妳心裡清楚。商素娥和我娘是宅院間的爭鬥手段，她給我娘下藥，妳怎會不知？妳明知我娘是冤枉的，卻還是順著商素娥的話將計就計，將我娘亂棍打死，妳為了什麼，別以為我不知道。」

席老太太被席雲芝看得有些心虛。「妳說什麼我聽不懂！什麼下藥？明明就是妳娘與人私通，我以家法處置了她，哪有什麼冤枉？妳別胡說八道！」

席雲芝深吸一口氣，對趙逸揮了揮手，趙逸便領命走向席老太太，將對方嚇得直往後退。

趙逸長手一探，便將席老太太脖子上的一條珍珠翠玉鍊扯了下來，交到了席雲芝手中。

席雲芝拿著鍊子看了好久，這才起身，不想再與他們多說廢話，邊走邊交代跟她一同進來的壯漢們，心平氣和地說道：「席老太太為老不尊，一把年紀了竟與年輕男人肌膚相親，唉，也以家法伺候吧。」

席老太太聽了席雲芝的當眾誣陷之言，簡直就要昏厥，指著席雲芝就想撲上去打她，卻被趙逸和韓峰強勢擋住了去路。

「妳個不肖子孫！妳胡說八道什麼？老祖宗的清白也能容妳這黃毛丫頭玷污嗎？」

席雲芝頭也不回地走出大門，邊走還邊涼涼地說道：「是事實還是冤枉，誰又在乎呢？給我打，打到她承認『為老不尊，偷情年輕男人』的錯為止。其他人若想幫忙，那就一併打了。」

「是！」

整齊的回答震天響，震得席家人目瞪口呆，只見一群大漢拿起手中的木棍，便毫不留情地打在席老太太身上。

眾人眼前彷彿出現了從前席家後院的那一幕。

曾經，也有一個女人被這個老太婆就這樣活活打死了，七竅流血，死不瞑目。如今天道輪迴，惡報終是報在了當初的劊子手身上。

席老太太哀嚎地叫罵了好幾聲，見席家也沒半個人站出來救她，頓時絕望了，縮在地上打滾，求饒聲響徹了整間院落。

打人的人受了席雲芝的吩咐，也沒有完全下死手，說是讓她去個半條命也就夠了。席雲芝可不想在這節骨眼兒上鬧出人命，拖了夫君的後腿，更何況她的娘親死都死了，把老太婆打死，娘親也不會活過來。她不要席老太太死，而是要她活著，活著過那種一窮二白、貧困交加的日子，讓她的威風使不出來，處處受制，寄人籬下，日日活在煎熬之中，這樣的懲罰才是最好的。

死，才是解脫。她可不能讓老太婆這麼痛快就死了。

院子外頭，席雲芝一直低頭看著手中的那條珍珠翠玉鍊。

趙逸見她看了很久之後還在繼續看，不禁開口問道：「夫人，妳幹麼不等打完了那個老太婆再走啊？難道妳費這麼多勁，就是為了這條鍊子嗎？」

席雲芝摸了摸肚子，淡淡地說道：「打人有什麼可看的？這條鍊子原是我娘的，我娘不是蕭國人，是輾轉流落到蕭國來，因無家可歸才到席府做丫鬟。席老太爺就是看中了這條鍊子，才讓我爹娶了我娘，並對我娘禮遇有加，誰知老太爺去世之後，那個老女人嫉妒成性，竟然為了得到這條鍊子，將計就計把我娘打死了。」

趙逸聽後氣憤得不得了，指著後頭罵道：「那個惡毒的老女人，真該被活活打死！不，是應該被打死一百次！」

席雲芝沒去理會趙逸的氣憤之言，將鍊子妥善收入了衣襟中，這才迎著晚霞，走入了熙熙攘攘的人群中。

步覃與蕭絡定好了二月初出發。

席雲芝從席家收回的鋪子，只是缺乏資金運轉，投入金錢之後，便能正常運作，不需另投人力。

席雲芝將所有鋪子的房契、地契，還有工人的合約、賣身契都一併裝在一只檀木匣子裡，然後，又從南北商鋪和南北客棧的老人裡挑選了二十來個代理掌櫃，叫他們輪班，每個人分別做一個月的總掌櫃，管洛陽幾十家商鋪的錢財，每十天就要對一遍帳，每個月底都要將當月的銷售金額快馬傳到京城讓她過目，並盤點兩回，附送兩回盤點的清單，每一筆大額進貨都需事先向她申請，她同意之後，才能領用公款，安排進貨事宜。

這樣的操作方式是她花了兩個晚上想到的，因為她人在京城，鞭長莫及，要人將每日金額悉數送往京城也不現實，乾脆便讓人輪流管理，每個月彙報、每個月盤點、每個月做帳。輪流管理制度既能減少掌櫃的責任與風險，又能很好地利用他們互相監視。每月的盤點清單與進貨清單她都會一一核對，並且時不時派人前去抽查。

臨行前，席雲芝去了一趟王二麻子胡同，根據步覃的指示，她找到了她爹如今居住的地方，那是一間單獨的、帶有小院子的破舊瓦房，院子裡滿是雜草，破舊瓦房的牆身也是斑駁一片。

趙逸替她把門推開，她走進院裡，便看到了隱藏在雜草之後、一株精心修剪過的香蘭花，她頓時抑制不住鼻頭發酸。

「夫人，看來親家老爺不在家啊！」

席雲芝沒有說話，只是癡癡地走到那株香蘭花前站定，蹲下身子湊近，看著滿盆綠意中的一點嫩黃花蕊。

沈默良久後，她才幽幽地嘆了口氣，對趙逸說道：「去將衣服和銀兩擺進屋裡，我們走吧。」

趙逸邊走邊問：「咱們不等親家老爺回來啦？」

席雲芝靜靜地搖搖頭，對韓峰說道：「將這盆香蘭搬回去吧。這是我娘親最愛的花。」

「是。」

二月初四，步家老小坐上了趕去京城的馬車。離開洛陽時，幾十家鋪子的掌櫃皆到城門口送行，與席雲芝一一話別之後才肯離去。

蘭嬸娘她們在洛陽城找到了生活目標，不願隨他們再回到京城那個空蕩蕩的牢籠，席雲芝也不勉強她們，便將繡坊的生意全權交由她們打理。

因為席雲芝懷著身孕，不能太過顛簸，所以在行走前步覃特意去訂製了一輛專門給她坐的馬車，馬車堪比一間小房間，裡面應有盡有，軟榻上還鋪著厚厚的棉絮，整個人躺在上面根本感受不出任何顛簸，只覺得晃晃悠悠，舒服得叫人想睡覺。

他們每天固定趕七個時辰的路，每一個時辰就休息一刻鐘，若是趕得及進城，那便宿在城中的客棧，若是趕不及進城，那便由步覃一同帶著的八十精兵在野外駐紮營帳休息。

所以，雖然是在旅途，但席雲芝每天卻過得十分愜意，吃飽了就睡，睡飽了就起來休息。最關鍵的是，趕路的這些日子，她家夫君幾乎寸步不離地在身邊陪著她，他們一起看書、一起吃飯、一起看風景、一起躲在馬車裡說笑……

這樣的日子，讓席雲芝甚至希望他們就這樣趕一輩子的路，直到天荒地老，海角天涯。

旅程終於在二月的最後一天宣告結束。

席雲芝從馬車裡探出腦袋，看著眼前那巍峨的城牆，只覺得這才是她想像中的京城氣象，恢弘萬千。四角飛簷的城樓上插著一排排印有「蕭」字的三角旗，迎風招展，彰顯著這萬里江山的帝王豪氣。

「夫人，這就是京城啊？真是太氣派了！」

如意和如月都沒出過遠門，第一次出門就是到京城這麼大的地方來，明顯感覺得出她們的眼睛根本不夠用，哪裡都是美景，哪裡都是新鮮。

其實席雲芝也沒比她們好多少。

韓峰策馬走到馬車旁，對裡面的步覃問道：「爺，宣武門就要到了。咱們就這樣直接進去嗎？」

步覃正在看書，聽了韓峰的話之後，便將書合上，想了想後才回道：「讓蕭絡帶著八十精兵走宣武門，咱們去安定門，先找座宅子住下。」

趙逸在一旁詢問：「爺，咱們不回將軍府啊？」

步覃還未說話，韓峰便一記爆栗敲在趙逸頭頂，教訓道：「哪裡還有什麼將軍府？咱們爺離開京城後，那裡如今已經變成鎮國侯府了！」

趙逸捂著頭頂，恍然大悟，不敢再說話。看著宣武門上旗幟飄揚，唉，原本意想之中的威風就這樣沒了……縱然帝后率文武百官在宣武門後親自相迎又怎麼樣？他們爺根本還沒消氣呢！

席雲芝沒有來過京城，不知道他們口中說的宣武門和安定門有什麼區別，她只知道，夫君帶她回到了他生長的地方，所以不管從哪個門進去，對她來說都是一樣的。

京城的繁華，不是她能想見的。到處車水馬龍，高臺樓宇，每條街彷彿都擠滿了人般，男男女女、老老少少都衣著光鮮，各色番邦異人也比比皆是。市集上的叫賣聲，讓她就算看不到街上的畫面，都能在腦中自動地想像出那熱鬧的景象來。

「夫君，京城好熱鬧啊！」席雲芝像個孩子般趴在車簾子後頭對步覃感慨著。

步覃見她如此，不禁笑了笑，說道：「既然妳喜歡熱鬧，那咱們就住到一處熱鬧的地方去，可好？」

席雲芝聽他這麼說，便放下車簾，轉過身對著他，正色地說道：「不好。住的地方怎麼能太熱鬧呢？清幽一些比較好。我要看熱鬧，上街看就好了。」

步覃見她說得一本正經卻又條理分明，不覺失笑。對車窗敲了幾下後，便在車內大聲說道：「你們可聽到了？夫人說找一處僻靜之所安置。」

「是！」趙逸和韓峰齊齊應答。

席雲芝便又繼續趴到窗戶邊，看她的車水馬龍，新鮮百態去了。

趙逸和韓峰從小都是在京城長大的，對京城的地形自是熟悉得很，只是讓步覃他們在客棧等了半個時辰，他們便找到了三、四所宅子，供他們選擇。

席雲芝聽他們說完之後，完全無法想像出房子的格局與佈置，所以，那些都不是她選房子的主要條件，她乾脆直接問出了自己想問的問題。「哪一所院子最大？」

趙逸和韓峰回憶一番後，由趙逸開口說道：「古蘭道的房子最大，所以院子也大。蘭馥園的次之。」

席雲芝又問：「那哪所房子採光最好？」

韓峰回道：「蘭馥園坐北朝南，幾乎房子的各個角落都能曬到太陽。」

「那咱們就租蘭馥園吧。夫君，你說可好？」

步覃正坐在客棧的廳堂內研究棋譜，聽席雲芝叫他，這才抬頭，愣了愣後，便點頭道：「一切聽夫人的。」

他這句話不僅自己回答了席雲芝，還變相地給趙逸和韓峰提了個醒——以後這種家裡的事，直接找夫人決定就行了。

在客棧住了一夜，第二天一早，趙逸和韓峰便帶著他們去了位於蘭馥園的宅子。

蘭馥園是一座前朝的舊園子，從前是以種了奇珍異草聞名，後來被前朝某大人買了去，輾轉至今，已有百年歷史。所以房子看起來並不是很新，雖然加以修葺過，但卻依稀能看出陳舊的古風。

院子的大小，跟步家在洛陽時的房屋倒是差不多，分為主院、後院和側院。主院有一間主臥、兩間側臥、一間書房；後院則是一間臥房、一間書房、一片精緻的小花園；側院的話則只有兩間房，以兩條狹長的鵝卵石通道連接著主院和後院。

因為這宅子原本就是用來租賃的，所以屋子裡的擺設用具倒是齊全的。席雲芝叫如意、如月先去後院打掃，盡快讓步老爺子安頓下來。

趁著如意、如月去打掃後院的時候，席雲芝叫劉媽打了一桶水來，她們一起收拾主臥，將沒什麼灰塵的桌子、椅子、櫃子全都裡裡外外地擦洗了一遍。

劉媽怕她動了胎氣，便只讓她擦表面的地方，那些犄角旮旯她都一手包辦了。

如意、如月將後院打掃完，伺候老太爺安頓之後，又趕到了前院，來幫席雲芝整理東西。

韓峰和趙逸將馬車上的東西都卸下來之後，步覃便要出門，安排趙逸陪他一同走，留下韓峰在家裡幫工。

劉媽年紀較大，在安排年輕人幹活兒這件事上，還是很有說服力的。如意、如月自是聽她的話，但就連韓峰也對這個身材胖胖的、做事雷厲風行的老媽子相當佩服，基本上都是劉媽讓搬啥他就搬啥，讓把東西放在什麼地方就放在什麼地方，聽話得不得了。

才搬進來第一日，席雲芝也沒打算收拾得多精緻，粗淺地安置了一番後，整座院子看起來已不那麼空蕩蕩，也有了些人氣。

席雲芝站在院子中央轉圈，不禁感嘆，這裡以後就是她的新家了！小是小了點，舊也挺舊，但她卻覺得十分喜歡。歲月靜好，不過就是這樣的生活吧。

京城的街道錯綜複雜，光是進出城內外的城門就有十六座，集市卻不像洛陽府那般隨處都有，雖然便利，卻也雜亂無章。京城只有兩個集市，東市和西市，東市是馬市、鳥市、花市、菜市，而西市則是賣日常所需用品、工藝品，以及一些手製特產什麼的。

席雲芝在家歇了兩天後，終於忍不住帶著劉媽和如意她們出去逛了逛，怎奈道路太曲折，轉了幾個彎之後，四個女人就完全摸不到方向，最後還是如意機靈，雇了一頂轎子讓席雲芝坐，她們則跟著轎子一路走回了家。

回家之後步覃雖然表面上沒說什麼，但冷下的臉色卻是將如意和如月兩個小丫頭嚇得不住發抖，直到席雲芝承諾了今後出門一定讓趙逸或者韓峰跟著，步覃的臉色才稍微好看些。

又過了幾天，席雲芝對街道才有些熟悉了，而如意、如月因為肩負帶她出門並且帶她回來的艱鉅重任，所以，每天天不亮便被韓峰他們拉出去認路，到晚上才肯放她們回來，回來之後，如意、如月兩個小丫頭累得就連晚飯都不想吃，直接撲到房間去敲腿了。

席雲芝的肚子已經有些看得出來了，她最喜歡的就是坐在小院子裡一邊摸肚子，一邊曬太陽，她家夫君知道她這個愛好，便讓趙逸給她買了一張搖椅，於是她就更喜歡了。

席雲芝想著替夫君再做兩身衣服，這日一早吃過了早飯，她便和如意上街去了。因為蘭馥園住得較偏，所以步覃給她準備好了一頂轎子，不算豪華，內裡卻是十分舒適。

一品閣是京城最大的衣料鋪子，席雲芝下了轎子走入店鋪，只覺琳琅滿目，豪華綢緞、真絲面料比比皆是，光是氣派而言，便不是洛陽的店面能夠比擬的。

不過這店裡最吸引席雲芝目光的，並不是這些衣料，而是一個女人斤斤計較的聲音——

「你們會不會做生意啊？我要買兩疋絹絲，你們竟然連小小的八文錢都不肯少，未免也太小氣了吧？」

站在櫃檯後應對的夥計有些哭笑不得。「這位夫人，先前您已經將這兩疋絹絲的價格壓下了近三成了，如今還要我們將零頭抹去，這、這未免也太……」「計較」兩字，商鋪夥計實在沒好意思說出口，但這筆生意著實沒得賺，所以他乾脆指著另一疋類似顏色的普通布料說道：「如果夫人真的嫌貴，那不如就挑這種半麻半絲的南國絲吧，顏色、手感都差不多的，但價格卻只有這種絹絲的一半。」

那女人看了一眼夥計推薦的南國絲，上前摸了兩把，就放下了，指著絹絲說道：「唉，算了算了，不肯就算了，包起來吧。」

席雲芝在後面看著那個女人付了八十兩八錢銀子，然後才叫婢女拿了布料，走出店外。

她走之後，席雲芝便聽見那夥計一邊數錢，一邊說道——

「真是死要面子活受罪，買不起好的又不肯將就用差的！」

見席雲芝走到櫃檯前，夥計即刻換了一副面孔，但精明的目光卻已將席雲芝上下掃了一遍，聽到席雲芝說想要買些布料給夫君做兩身衣裳的時候，他想也沒想，便推薦了先前才被嫌棄的南國絲。

如意有些氣不過，覺得這夥計以貌取人，把之前人家嫌棄了的東西拿來糊弄她們。

但席雲芝摸了摸手感倒是覺得不錯，問過價錢，一丈一兩銀子，不算貴但也不算頂便宜，便滿意地笑道：「半麻半絲挺好的，透氣吸汗。這兩種顏色，各裁個兩丈吧。」

席雲芝挑了一種墨藍，一種牙白，不住想像著衣服做出來是什麼樣子。

夥計見席雲芝爽快，沒費什麼口舌就做成了生意，便隨口誇讚道：「還是夫人識貨，小的這就給您裁去！」

「有勞。」

買完了布料，席雲芝又讓轎子在城裡逛了幾圈，買了一些糕點零食，這才心滿意足地準備回去，可走到朱雀街與玄武大道交會處的時候，轎子卻停了下來。

如意告訴她說，前面有幾頂官家的轎子正在通過，要稍微等一等。

席雲芝心想等等也沒什麼，但覺得轎子裡有些悶，便從轎中走下，看見人們都駐足觀望著路口的幾頂華貴大轎通行。聽來往的百姓說，最前端的轎子像是什麼敬王妃的坐轎，讓席雲芝不禁咋舌。

從前只在戲文裡聽說過王妃這種生物，沒想到她來到京城後，竟然真的能夠見到活的，她不禁多了幾分興趣，便趕到路口去湊熱鬧，看能不能從轎簾的縫隙中窺得敬王妃的容貌一二，但席雲芝在如意心驚膽戰的目光中，一路小跑趕了過去，卻還是沒能如願，敬王妃的坐轎正好走過了路口。

席雲芝見看不到了，便大大嘆了一口氣，正要轉身，卻聽見一道尖銳的聲音在人群中突兀地響起，緊接著便是馬嘶長鳴的聲音。

「什麼人，膽敢阻攔敬王妃的去路！」

席雲芝又探頭看了看，只見敬王妃的坐轎前面有一頂轎子橫在路中央，擋住了她的去路，從轎子旁竄出一個有些面熟的小丫頭，撲通一聲就在王妃坐轎前跪了下來，帶著哭腔地說道——

「敬王妃息怒！我們王妃轎子壞了，這才擋了敬王妃去路。」

那領轎奴僕一聽擋路的竟也是個「王妃」，不禁一愣，又問道：「妳是哪個王府的丫鬟？」

「回總管，奴婢是濟王府的人。」

那總管轉身便跑到敬王妃的轎簾旁稟報了一番，只見那壞掉的轎子後頭又走出一個愁眉苦臉、自己撩著袖子修轎子的婦人。

席雲芝一看，竟是先前她在衣料鋪中遇到的那名與夥計為了八文錢而斤斤計較的女人！

席雲芝不禁咋舌，都說京城遍地是黃金，可如今看來，她倒覺得京城中遍地是王妃啊！她只是出趟街，就一下子遇到了兩個。

只見那女人不情不願地走到敬王妃的坐轎前福了福身子，便對跪地的丫鬟招手道：「行了，轎子修好了，咱們走吧！」

敬王妃的領轎總管雖然惱濟王府上下沒有禮數，卻因對方好歹也占著個「王妃」的名位，他也不好說什麼，就看著濟王妃帶著她的婢女坐上臨時修好的轎子，寒酸地走掉了。

濟王妃走掉之後，敬王妃的隊伍才得以繼續前行。

席雲芝見再無熱鬧可看，便也回到了自己的轎子裡，準備打道回府，卻是沒有注意到，敬王妃隊伍的最後一頂轎子的轎簾之後，有雙美麗中帶著怨懟的眼睛一直盯著她。

步覃回來京城後，白天基本上都不在家，但每天晚飯之前都能準時趕回來陪席雲芝吃飯、看書、睡覺。

席雲芝坐在床沿描繡花樣子，將今日在街上看到的新鮮事跟步覃說了一番。

步覃知無不言地對她進行說明。「敬王妃是首輔大臣蒙廖的親孫女，她與太子妃是嫡親姊妹，在京城貴女圈中，蒙家姊妹算是翹楚人物。至於那個濟王妃……濟王妳見過的。」

席雲芝抬頭不解。「我見過？」垂目一想，驚道：「難道是……蕭絡……蕭公子?!」

步覃正在擦拭刀劍，聽她終於悟出來，欣慰地點點頭。「不錯，就是他。蕭絡是十三皇子，兩年前被封為濟王。」

「……」席雲芝驚得忘記了說話，拿著繪筆呆坐著，良久才反應過來。「不對啊，既然他是王爺，出手也很大方，那為何濟王妃的出手卻……」在普通店鋪裡為了八文錢跟夥計爭吵，出門買東西卻坐了一頂壞了的轎子，轎子壞了之後，她竟還能不顧身分，自己動手修。

步覃將擦好的刀劍收入鞘中，見妻子對這件事頗有興趣，決定好好跟她說道一番，順便也能藉此機會跟她講一講京城的局勢。

席雲芝舒舒服服地躺入被子裡，聽步覃一件一件，事無巨細地講著京城權貴圈中的事情，以及各位皇子家眷的身分、各位官夫人的來歷等等。

席雲芝將步覃的話一一記在心中之後，才沈沈睡了過去。

席雲芝原以為，夫君跟她說的那些事情都還離她甚遠，因此一開始還沒怎麼上心，卻不料，第二天這些事情就找上門來了。

當席雲芝看到濟王妃帶著殷切的笑容和兩疋上好的絹絲緞子上門拜訪她的時候，她完全不知道該用何種心情來面對這兩疋來之不易的絹絲了。

「這是京城中最新出來的布料，入手極細，最適合妹妹的細皮嫩肉了。」

席雲芝親自替她奉茶之後，被她拉著一同坐下。席雲芝保持微笑道：「王妃過獎了，這麼重的禮，雲芝愧不敢收。」

濟王妃立刻平易近人地搖搖手，說道：「不重不重，最重要的是適合妹妹。收下吧，不然王爺可是會怪罪於我的。」

席雲芝推拒不得，這才將料子收了下來。聽濟王妃提起濟王蕭絡，席雲芝不禁以此話題開頭。「濟王微服洛陽，雲芝眼拙未曾認出，還請王妃替雲芝回去美言幾句，叫王爺不要怪罪。」

濟王妃正在喝茶，聽席雲芝說得這麼謙恭，幾乎是反射性地搖了搖手。「不怪罪、不怪罪！」

席雲芝藉著勸茶的機會，將濟王妃的穿著上下打量了一番。她今日穿的是一件比較華美的袍子，彰顯了王妃的華貴，與她昨日上街時穿的那身普通衣物確有分別。她十指素淡，未戴金銀，僅在右腕處戴著一只纏有金箔絲的玉鐲，看樣子也是有些年頭的古物了，纏著金箔絲正說明了，這玉鐲曾經有過裂痕，她後來命人修理後又重新戴上。

昨日聽夫君的話中說，濟王生性豁達，出手也是豪氣，但濟王妃卻與濟王的性格迥異，濟王妃以節儉處世，已經到了一分錢都幾乎想要掰開成兩個用的程度。

濟王妃這回估計也就是來認認門兒的，因為濟王有很多事情要依賴她家夫君去做，所以才會派濟王妃紆尊降貴，先來步家拜會。原也沒什麼大事，所以簡短地說了幾句話之後，濟王妃便告辭，席雲芝再三挽留之後，親自送她去了路口，這才轉身回來。

轉眼便是三月，春暖花開的季節。

席雲芝已經有五個月身孕，肚子上像有個簸籮覆在其上。上個月的店鋪帳本清單，各大掌櫃都已經派人快馬給她送了過來，她核對無誤之後，便在清單後畫了押作為憑證，給送信人帶回了洛陽。

濟王妃幾乎每隔兩天就會到她家裡來拜訪，兩人從一開始的客套，到如今的頗有交情，席雲芝覺得這其中，濟王妃的努力比她多一些。

濟王妃雖然出手不大方，但性格卻比較大方，一點都沒有身為王妃的架子，她在生活上給席雲芝提供不少便利的幫助之外，還經常「指點」席雲芝投資之道。

就像這日，她們相約去買些胭脂水粉，路過一家戲園時，她便對席雲芝侃侃而談道——

「這家戲園的位置是京城所有戲園中最好的，南邊就是朱雀街，來來往往的客人絡繹不絕，要不是這家店的掌櫃不會經營，老是得罪客人，生意肯定會比現在好得多。」濟王妃在轎簾後憧憬道：「我要是有錢，就把這園子買下來，保准只賺不虧！」

席雲芝但笑不語，透過簾子只看了一眼，便沒了興趣。這間戲園確實如濟王妃所言，開在了一個客流量比較多的地段，但是，濟王妃卻忽略了一個致命的問題。這家園子市口這麼好卻沒什麼生意，不是因為老闆不會做生意，而是因為——街上人太多了。

前來聽戲的定是有錢有閒的老爺、太太，出入定然是馬車、軟轎，若是來這兒聽戲，園子門前便是人來人往的大街，車要停哪兒？轎子歇哪兒？她相信，只要來過一回，體驗過那種不便利，第二回要不要來，就要考慮考慮了。

濟王妃喜愛做生意，但是能力卻不大過關。席雲芝也看了幾家聽說是她省吃儉用才買下來的店鋪和房產，每每差強人意，不是生意不好，就是賣不出去。

那些店鋪和房產在席雲芝看來，都有著某些她絕不會買的理由，不是朝向不好，就是風水不佳。濟王妃買產業，更多的是喜歡聽人說，自己卻沒什麼判斷力，所以盡買了一些沒用的東西回去。

當然了，這些只是席雲芝心裡想想的，並沒有對她說過，畢竟濟王妃如今在她面前可是自信滿滿的。撇開身分不說，她覺得自己與席雲芝這樣躲在深閨的女人相比，還算是有些本事的。

席雲芝覺得濟王妃除了有些自大之外，基本上還算是個能夠相交的人，便也處處迎合著她。雖然沒有按照她的指示去買那些東西，但卻給席雲芝拓展了另一條思路。

京城不比洛陽，是京師重地，各方面的條條框框都很多。在洛陽，店鋪隨便開，但是在京城，若要開個店鋪，興許就要費很大的周章，沒有關係和人脈，那些繁雜的官府手續都不一定全能弄到手。但是，席雲芝卻發現，在房屋買賣這一塊，卻是沒那麼多限制，基本上都是明買明賣，買賣雙方自擬合約，簽字畫押，錢財兩清之後，便算成了，然後看準時機倒手再賣，就是一筆進帳。

這種買賣，只要資金充足，既不需要起早貪黑，又不需要人力付出，只要在城內有幾個專門找房源的人就可以了！

席雲芝當天晚上將這個想法跟步覃說了一番，步覃倒是沒什麼意見，只說隨她做什麼，只要別累著自己就行了。

第二天，步覃便派了一隊十人的隨扈給她，席雲芝一開始還擔心這些人對京城不熟、對房屋不熟，但她原本也沒太著急的，所以就在心裡盤算著給他們一個月的時間去熟悉，沒想到，他們只出去一天而已，每個人就給她帶來了不少於十條的訊息，有想買房的，有想賣房的，應有盡有。

席雲芝有些傻眼，不禁問了問他們以前是幹什麼的。

其中一個黑黑的高個子乾淨俐落地回答：「回夫人，我們從前是前鋒營的，專探敵人情報。」

「……」席雲芝收回了對他們的不信任，並且晚上在床上時好好地誇讚了一番自家夫君的機智與對他鼎力相助的無上感謝。

古往今來，用前鋒營的探子兵去探百姓房源的事，估計還真沒人幹過。

不得不承認，她家夫君真是個人才啊！

有了前鋒營探子兵的加盟，席雲芝的買賣房屋事宜進展得十分順利，短短幾天之內，就輾轉易手好幾座宅子，眼看著十幾萬兩輕輕鬆鬆就進了她的口袋，席雲芝更加肯定了，這條路選擇得相當之對。

她決心好好將這行做下去，畢竟整個京城她還真沒看到過什麼上規模的買賣地方，而既然要做，那就要有個做的樣子，於是她在蘭馥園隔壁又租下一座農家小院子，找了幾個會識文斷字的女人回來記帳。女人心細，性喜安定，一般只要薪資給夠了，便不易轉行。她讓她們將所有房子的特徵、性質全都整理入冊，以便供日後查找對比。

這日，席雲芝在院子裡修剪那株從她爹的洛陽小院子裡搬來京城的香蘭花，花朵顏色已然從嫩黃變得橙黃，趨近成熟，此時最要注意修剪。修剪得多了，便失了香蘭風華；修剪得少了，花朵營養供不上，便易早謝枯萎。

如意聽到有人敲門，立刻去開，見是濟王妃，便沒阻攔，請她入了內。

濟王妃走入步家小院，看見席雲芝站在花圃前，快步走了過去。

如意追在後頭叫了聲。「夫人，王妃來找您了！」

席雲芝轉身看了看，就見濟王妃甄氏紅著雙眼，帶著一副與平日不太相同的脆弱表情，坐到了她旁邊的凳子上。

席雲芝放下剪刀，坐到她身邊，柔柔地牽起她的手，問道：「怎麼了？」許是長久未能找到人傾訴，甄氏一聽席雲芝詢問，便再也顧不得身分，撲到席雲芝的肩頭哭了起來。

「這日子沒法過了！我為了那個家，省吃儉用，連一件像樣的衣服都不敢添置，可是他倒好，揮霍無度，將那些不安好心、騙吃騙喝的人引入府內，我不過說了兩句，他便對我大吼，說我是婦道人家，頭髮長，見識短！」

席雲芝聽後，大體明白了事情經過。

從前她就聽夫君提過，濟王身為十三皇子，上頭還有三個哥哥。他因母妃出身較低，沒有外戚支持，故不受當今聖上寵愛，早早將他送出宮另立門戶，封賞還是歷代皇子的最低標準。

就連娶妻這種大事，聖上竟只是隨便塞了一個五品武官的女兒給他，也就是如今的濟王妃甄氏。

十三皇子雖不受寵，但卻不甘墮落，心比天高，經常花費鉅資，結識有能之士，便是想要有一番作為，叫當今聖上對他刮目相看。奈何，他天資有限，總是有本事將一件好事搞砸，弄得聖上如今越來越不喜歡他。

所以，他才會鋌而走險，在聽到她家夫君腿傷痊癒這件事之後，便趕去了洛陽，刻意拉攏。

而不管他受不受寵，他皇子的身分就擺在那兒，洛陽天高皇帝遠的，盧修和楊嘯自以為攀上了貴人，對他是百般巴結，因此對席雲芝報復席家這件事，他等於間接幫了些忙。

拍了拍哭泣不止的甄氏後背，席雲芝柔聲安慰道：「別哭了。男人嘛，總是好面子，他定是隨口一說，並不是有心的。」

甄氏哭得更厲害了。「他就是有心的！明知道府裡不寬裕，他還偏要那麼做，他叫我這個主母今後如何當家？我身為王妃，卻從來都沒有過過一天真正的王妃生活！妳見過哪個王妃上街買菜討價還價？妳見過哪個王妃出行是坐那種用了十多年的轎子？走兩步，下面的板都會掉下來，我還得自己修！」

席雲芝回想那日在街上遇到她的情形，要不是她那日親眼看見，定會以為她此刻是在說笑話。她這個王妃當得確是還不如一般的官太太舒服，而濟王的出手……

席雲芝想到了在洛陽時，他花二萬兩銀子租下滴翠園半年一事。這般大手筆的交易，不知道的，還真以為他是多麼富有的一個皇子呢！

這事兒她可千萬要守好，不能讓濟王妃知道了去。

又安慰了一番哭哭啼啼的甄氏後，席雲芝提議去茶齋喝茶，甄氏這才好受了些。

兩人坐在一頂轎子裡，席雲芝見她稍微好些了，這才又多言勸道：「妳也別惱了，男人做事總有他的理由，妳別總跟他對著幹麼，他許是只想要些面子。」

甄氏將席雲芝轎子裡的軟枕抱在胸口，蔫了似的說：「他將那麼多陌生男人直接領回後院，我還怎麼給他面子？沒當場打他就已經很好了！」

席雲芝被她說得笑了，轉念一想，提醒道：「咦，妳手上不是還有一座臨江的別院嗎？正好可以用來安置這些人啊，免得他們在王府中打擾。」

甄氏聽後想了想。「可那院子在城外啊，而且我當初就是看中它臨江才買的，要給那幫莽夫去住，我可不願意。」

「那王妃是願意跟那麼多陌生男人同住一個屋簷下了？」席雲芝冷冷地說，一針見血。

甄氏一聽，果然臉色一變。「當然不願意！」

席雲芝做出一副「孺子可教」的神情。相信接下來的事情，濟王妃自己就能搞定，不需要她再教了吧？

兩人有說有笑，走入了聚雅茶齋，要了二樓的一間雅房。濟王妃獅子大開口，點了最好的茶、最好的點心，這才心滿意足地拉著席雲芝往二樓走去。

因為她的拉力過猛，席雲芝一個沒站穩，便被她拉得踉蹌了一步，撞在一個正往下走的貴夫人身上。

「哪兒來的莽撞婦人，敢衝撞了我們夫人！」

席雲芝站在下首，還沒看清那人長相便開口道歉，畢竟是她撞人在先的。

「這位夫人對不起，是我沒看清前路，衝撞了夫人，還請原諒。」

席雲芝的話剛一說完，「啪」的一聲，一記火熱的巴掌就打在她的臉上！
驟然挨打，席雲芝和甄氏都愣住了，席雲芝捂著臉頰抬頭看了一眼，便了然於胸了。
這個冷不丁抽了她一記耳光的，不是旁人，正是眉目如仙、臉如畫的席雲箏。她如今已換做一副貴婦打扮，怪不得席雲芝一開始沒認出來。
「賤人來了京城，她還是賤人！這一巴掌是教妳走路要向前看，學會了嗎？」
席雲芝抬頭看著站在樓梯上的席雲箏，覺得這個世界實在是太小了。不過，這也是可以預想的，畢竟商素娥被判秋後問斬的事情已經傳到了京城，剛開始時席雲芝還有些擔心遠在京城、身為左督御史夫人的席雲箏會不會出面干涉？但很可惜，她沒有。
想來是左督御史不肯配合才是，所以席雲箏也無可奈何，只得在這裡尋她的晦氣。
席雲芝深吸一口氣，放下捂住臉頰的手，斂下眸子，將腳步退到一邊，決定暫時隱忍下這口氣，因為不願與她當街廝打，而且在人生地不熟的京城中，她還沒有能力挑釁左督御史夫人的怒火吧？
人的一生，有很多受氣的地方，不能做到一舉反撲的時候，就只有忍。
席雲箏冷著面孔，高貴華麗的面容冷若冰霜，她以鄙夷的姿態，踏著優雅的腳步與席雲芝在樓梯上擦肩而過。
原以為事情就這樣結束了，怎料席雲箏走著走著，肩頭忽然一矮，整個人就以奔放的姿勢直接撲跌了下去！

「啊——」

此起彼伏的尖叫聲頓時在茶齋中響起。

席雲箏的幾個婢女受牽連，被跌倒的席雲箏壓在身下，沒受牽連的則嚇得花容失色，趕緊跑過去將席雲箏扶起。

甄氏在席雲芝震驚的目光中，收回了自己的大腳板，聳肩道：「我這腳啊，一看見裝模作樣的女人就想踹，多少年了就是忍不住。」

席雲芝見她明明一副得意的神情，卻硬是要做出「沒忍住」的痛苦表情，不禁被她逗得掩唇笑了。

席雲箏從地上爬起來，華麗的衣服刮破了，高束的髮髻也凌亂了，四周的客人們全都憋著笑，對她指指戳戳著，她覺得丟臉極了，惱羞成怒，讓丫鬟叫了府衛進來，當場就要把席雲芝二人抓起來報仇！

「誰敢動我？我可是堂堂濟王妃！」

席雲箏被甄氏的一吼嚇住了，抬手喝止了簇擁而上的府衛，怨毒的目光在甄氏身上掃了幾眼，這才確定了她的身分，氣憤不已地轉身離去。

盛怒中的她就連最基本的禮數都做不到了，很顯然經此一役，她已經完全不怕在檯面上得罪這位有名無實的王妃了。

席雲芝對甄氏的見義勇為很是感激，覺得這個女人雖然外表粗糙，但內心卻俠氣十足，不似尋常的大家閨秀，頗有一番鐵腕作風。

甄氏也像是歷劫歸來，拚命吃著東西壓驚。這一踹，讓她將與濟王吵架的事情忘得一乾二淨，滿心滿眼都是做了壞事之後的興奮與害怕。

「她叫席雲箏，妳叫席雲芝，我早該想到妳們認識的！」甄氏坐在臨窗的位置上大吃特吃。

席雲芝則坐在一旁靜靜地喝茶，跟她解釋其中關係。「她是我娘家妹妹，她的母親多年前在府中殺了一個婢女，恰巧被我看見了，如今這事兒被官府查了出來，我也被叫去官府問話。我實話實說，她娘就給定罪了，所以，她這會兒才會將怨氣撒在我身上的。」

甄氏聽後也很氣憤。「哈，我早就看她不順眼了！總是以一副高高在上的姿態跟在蒙筱後頭，看了就討厭！」

席雲芝聽步覃提過蒙筱這個名字，她是敬王妃。蒙家這一輩出了兩個德才兼備的女兒，一個嫁給了敬王，一個嫁給了太子。之前席雲芝在街上看到甄氏對敬王妃的態度便知道，她是真的不喜歡敬王妃。

不過，想想也是，同樣是皇家的兒媳，敬王妃出入那般氣派，而她卻處處捉襟見肘，每日為家計操勞的同時，還要應對夫君的揮霍無度，兩相對比之下，確實糟心。

席雲芝感謝甄氏替她抱不平，雖然很可能會因此惹來不必要的麻煩，但她依然很感激，因為如今這個年頭，能遇到一個像甄氏這樣一心為朋友的女人實在難得。

甄氏吃飽喝足後，席雲芝又另外包了好多份點心和糕餅讓甄氏帶回府裡，甄氏連聲道謝，卻是不推辭。

席雲芝想起甄氏是獨自走去步家找她的，便讓轎子直接送她回了王府。

甄氏想邀她入內，卻知如今府內有外事未處理結束，也不好安穩地接待客人，因此席雲芝婉拒之後，她便也沒有強留。

第十二章

席雲芝回到家中，見步覃的馬拴在馬圈裡，知道他已經回來，不由自主地摸了摸自己的臉頰，生怕還有指印殘留，她便沒有先去書房找他，而是先回了房，照過鏡子之後，發現臉頰上並未留下什麼痕跡，這才放下心來。

正要轉身時，卻聽身後傳來一道冷硬的男聲——

「今兒跟濟王妃去哪兒了，怎麼不帶如意和如月出門？」

步覃一手拿著書本，穿著一身墨色常服，雙手抱胸倚靠在門邊，姿勢瀟灑，端的是俊美風流。他就那樣直勾勾地看著席雲芝，席雲芝被他問得愣了愣，這才答道：「喔，濟王妃今日有些心事，我陪她出去散散心，在茶齋喝了些花茶，就回來了。」席雲芝抱著肚子，往他走去，邊走邊說。

步覃站直了身子，張開雙臂迎她。席雲芝被他圈在懷中，兩人間隔著個肚子，步覃低頭看著她的肚子。「倒是大了些。」

席雲芝摸著肚子笑道：「嗯，前幾天他還踢我來著。」

「是嗎？」步覃一副很感興趣的樣子，亦伸出手輕輕按在席雲芝的肚子上，溫柔地說道：「下次他再踢妳，妳告訴我，我來教訓他。」

席雲芝失笑。「你想怎麼教訓？把他拎起來打一頓嗎？」

步覃揉了揉她的後腦，扶著她出門，勾唇笑道：「那就先記帳，等他出來再教訓好了。」

「……」

席雲芝在短短一個月內，就已經入手三十多套大小不一的宅子，賣出了十三套。她又用賺來的錢，慎重選擇後，買下了兩間店鋪試試水，覺得店鋪買賣起來確實比房屋要麻煩一些。

京城的店鋪都得在官府備過冊，雖然也是民間買賣，但其中卻牽涉了稅收之類的問題，所以，一般店鋪買賣的時間都較長，儘管回報也高，但和普通宅子一比風險也是較大的。

所以她買了兩間之後，便就此打住，繼續鼓搗京城百姓的房屋生意。因為手頭有不少房子是空置的，在沒找到買主之前，席雲芝打算先租掉一部分，這樣就又是一筆收入。

這日，步覃從外頭回來。

劉媽今日去外面逛了逛，回來晚了些，所以現在還在廚房忙著煮飯。步覃便去房間找席雲芝，沒想到回到房中，便看見席雲芝筆直地盤坐在軟榻之上，軟榻中間的茶几被她推到最裡面，面前放著算盤，周圍都是一疊一疊的銀票。

步覃蹙眉走過去，拿起一張銀票看了看，竟然都是五百、一千兩這種面額的大張。只見席雲芝算盤打得噼啪響，一本正經的神情在步覃看來可愛極了。她這副模樣，說好聽點叫認真，說直白一點就是個財迷。

等她打完算盤，算好了帳，步覃已經去了書房。

席雲芝將銀票統統藏進自己的小金庫之後，才抱著肚子去書房找她家夫君報到。

步覃站在書架前頭翻找書冊，見她入內，嘴角便噙著笑問道：「算好啦？」

席雲芝點頭，心情大好的她走過去摟著步覃。「嗯，好了。」

步覃摸著她的秀髮，說道：「十個人可還夠用？不夠我再派些給妳。」

席雲芝失笑。「夠用了！你的兵總不能都調來給我做事吧？」

步覃看著她的笑顏，內心升起一股無比滿足的情緒，足以讓他將所有的不快都拋諸腦後。他笑道：「要不是我攔著，那些傢伙一個個早就跑來妳這裡毛遂自薦了。他們現在都覺得將軍夫人比將軍好，將軍夫人溫柔體貼、美麗大方。」

席雲芝被他說得笑了起來。「這些是他們誇我的，還是夫君你誇我的？」

步覃聳肩。「都一樣。」

「不用那麼多人了。十個正好，五個出去打探，五個替我出面交易，我連面都不用露，就能賺到錢了。當然了，我也沒有虧待他們，每成交一筆，我就給他們五百兩的佣金。」

步覃聽了她的話，覺得這種條件連他都有些心動了，不禁點頭說道：「看來……妳這裡的事兒，我還真得過段時間就換一批人來做做才行啊，要不然，可就真管不住他們了。」

席雲芝不解。「為何管不住？」

步覃在她額上輕吻了一下。「妳開的條件這麼優渥，活兒又輕鬆，其他人怎會不眼紅呢？怪不得他們最近訓練起來都心不在焉的。」

席雲芝大窘。

五月初，空氣中飄著柳絮，春風吹送、粽葉飄香，家家戶戶都在河中洗米，浸箬葉、包粽子，迎端午。

步家的院子裡也不例外，席雲芝坐在椅子上，將浸在水中的箬葉拿出來攤平，遞給劉媽，如意和如月一個蹲在井邊洗米，一個則將洗好的米端來倒入劉媽面前的大瓷盆中。

原本步家人少，也不需要包裹太多的粽，但是席雲芝想著步覃手中的兵，一個個背井離鄉，自然是吃不到家鄉的粽子，便決定提前多包一些，到端午那日，叫趙逸和韓峰回來取到營地，給將士們嚐個鮮也好。

再加上她初來京城，雖然沒幾個朋友，但濟王府那裡還是要打點一番的。

這麼安排好，席雲芝在包裹好第一鍋粽子後，就讓如意取了一只五彩竹籃，將一個個胖乎乎的粽子從鍋裡撈出來，放入籃子裡，再用棉布蓋好，她便帶著如意出門，將這些粽子專程給濟王妃送過去。

濟王妃聽了門房通知，親自到門口迎接席雲芝，兩個女人不過三、五日未見，便一副想死對方的模樣，拉拉扯扯的就進了王府。

席雲芝沒有見過王府是什麼樣，但她可以肯定，濟王府一定是所有王府規格中最小的一座。

因為就只有三進三出八套間，甚至還沒有席雲芝此時手中的房源面積大。王府裡的佈置也很一般，但可以從王府的佈置中看出女主人的興趣愛好，所有的布景，都只是圖個樣子，做工和材質，甄氏是不甚在意的，她不在乎東西是不是名匠做的，也不在乎東西的材質是不是上等，她要的只是一個「有」字。

相處了這麼久，席雲芝多少知道一點甄氏愛攀比的個性，旁人「有」的東西，她也一定要「有」，就算是假的也罷，做工不如人家也罷，只要有就行了。

她直接將席雲芝帶到了她的主臥房中，席雲芝還沒落座，便看到她的臥房裡攤滿了衣裙。

甄氏有些不好意思地解釋道：「呵，十日之後，有一場牡丹大會，城中的貴女、貴婦都受邀參加了，我正在挑選衣服呢！」

甄氏將席雲芝請入座後，席雲芝微笑著問：「牡丹大會是做什麼的？」

甄氏見她不懂，便知無不言地解釋起來。「就是每年皇家都會舉辦賞花宴，一年有三次，端午這回是第一次，城中貴女和貴婦都會被邀請參加的。」見席雲芝臉上稍稍露出懂了的神情，甄氏怕她尷尬，就又迫不及待地補充道：「這些請帖都是按批發的，妳初來京城，怕是要晚一些才會收到。」

席雲芝笑著搖頭。「我又不是貴婦，他們請我做什麼？」

甄氏對她搖搖手指。「那是妳不知道，從前的步家有多鼎盛！若是步家的媳婦都不算貴婦，那整個京城便沒有婦人敢稱一個『貴』字了。就好像從前的步老夫人和步夫人，她們婆媳二人可都被冊封為一品誥命夫人呢！」

席雲芝也聽說過她的婆婆與太婆婆，這兩個命比金貴的女人，生在那個步家如日中天的時代，只可惜她們都去世得早。

又在濟王府逗留了會兒後，席雲芝便告辭。甄氏挽留她在王府住些時日，席雲芝也以肚子太大不方便為由婉拒了。

回到家中，劉媽充當了留在洛陽照應的堰伯的管家角色，給席雲芝送來了一封白底金紋的精緻請柬，席雲芝接過後，一打開，「牡丹大會」四個字瞬間映入她的眼簾。

席雲芝將請柬捧在手中，從頭到尾看了看之後，在署名處看到一個落款章印：孤芳山人。

聽甄氏說，京城的貴女圈流行給自己取一個雅號，其他人可能席雲芝都不知道，但這孤芳山人，就連她這初來京城之人也知道。

太子妃蒙涵是京城第一才女，其三歲識字，五歲作詩，十三歲以一篇〈天真賦〉橫掃京城貴女圈，成為家喻戶曉的才女。她曾表明自己不願困足朝堂後宮，更喜悠閒的山人生活，並為自己取了雅號，就叫孤芳山人。

牡丹大會名媛雲集，且還是太子妃——也就是未來的皇后娘娘親自舉辦，只要是想混跡京城貴女圈的大家閨秀或高官夫人，都不會放棄這種難得一見的機遇。若能到太子妃面前去混個眼熟，說不得今後還能為自己、為夫家謀得一些好的出路也說不定呢！

席雲芝不知道，這種金貴的請柬怎麼會送到她的手上？將請柬合起，遞還給了劉媽，劉媽不懂其中意義，只覺得這請柬摸在手中都能夠讓她的手頃刻變得值錢一些。

晚上步覃派人回來傳話，說不回來吃飯了，席雲芝便沒有等他，早早吃了些東西，就回房去了。

她坐在燭光下穿針引線，前幾日描的花樣已經完成，可以開始繡了，此時房間的門卻被人推開了。

步覃的臉色有些紅，像是喝了些酒。

席雲芝放下針線，迎上前去接過他解下的腰帶，果真聞到了一股重重的酒味，嘴角含笑道：「夫君從不在外喝酒，今日倒是奇了。」

步覃似乎有些頭疼，坐到圓桌前指了指茶壺，席雲芝便會意地給他倒了一杯香茶。

步覃喝了一口後，才對席雲芝回道：「嗯，跟人……商量了些事。」

席雲芝見他目光有些迷茫，不禁問道：「是好事，還是壞事？」

步覃將杯子放到一邊，自己則趴在了桌上，一副很苦惱的樣子，埋頭猶豫了一會兒後，才坐正說道：「不是好事。」過了一會兒後，又加了一句。「但也未必是壞事。」

席雲芝知他此時正在苦惱，彷彿正思考什麼難以抉擇的事情。她不知事情始末，也不好隨意出言寬慰，只能盡力做好一個妻子的本分。她走到他的身後，素手替他捏著肩膀。

步覃先是緊繃，後來覺得還挺舒服的，就放鬆了靠在椅背上，任席雲芝替他按壓。靜謐的環境滿是溫馨的香氣，他突然覺得自己的頭沒有剛才那麼痛了，心情也好像恢復了很多。抓著席雲芝的手拉到胸前，靜靜地撫摸了好一會兒，他才開口說道：「我今日才知，濟王殿下是有真才實學的。他有意問鼎帝位，妳說……我要不要幫他？」

席雲芝停下了動作，默默地看著步覃的腦後。這般重大之事，夫君竟如此輕易地告知她這一婦人知曉?!雙唇微動，卻又聽步覃說道——

「天下有德者居之，尸位素餐總是叫人心寒的。」

席雲芝聽著自己夫君的語氣，便知道他不過一瞬的工夫，心中已有了決定。濟王怕是真有濟世之才，才使得她家夫君這般心馳神往。

「妳說我作這個決定對嗎？」步覃將席雲芝從身後拉了出來，讓她坐在自己的雙腿上，手指有一下沒一下地在她肚皮上畫著圈圈。「當今聖上已經失了對步家的信任，他召我回京是逼不得已的，雖然率領文武百官於宣武門前相迎，卻未必出自真心，我縱然今後再立汗馬功勞，到最後也未必能保步家老小富貴安寧。從前我可以不在乎，但是現在卻不能了。」

步覃的目光落在席雲芝的肚皮上，不知是不是喝了酒的緣故，他的雙眸有些濕潤，摸著肚皮的手也愈見輕柔。

席雲芝深吸一口氣後，雙手摟過步覃的肩頭，對他鄭重說道：「夫君想做的事，便去做吧。最壞的結果，大不了就是不要這些功名富貴，我們去找一處小山村安住，你耕田，我織布，兒孫滿堂，不照樣也是幸福一生嗎？」

步覃將目光落在席雲芝的側臉上，不禁笑道：「夫人說得有理，是我拋不開這些短淺見識，叫夫人見笑了。」

席雲芝笑著撫上他近在咫尺的俊顏。「夫君，我知你想給我們娘兒倆闖出一片美好未來，我知你想給孩子一個美滿生活。你想做什麼便去做，做成了，我們娘兒倆跟著你享福；做不成，我們就一家遠走他鄉，換個地方享福。」

步覃聽她說完，只覺得今生何其之幸，能娶到一個這般懂他的女子為妻，這樣美好的她此刻正坐在他的腿上，腹中懷著他的孩兒，一切都美好得叫他感動窒息。

隱忍了數月的情慾突然爆發，他一下子便攫住了席雲芝微張的櫻唇，百般吸吮輕咬，緊緊按住她的後腦，不叫她退縮，兩人唇舌交纏，情意暗自流淌……

席雲芝最後還是決定，十日之後的那個牡丹大會，她不參加了。

昨晚夫君喝得有些醉，倒是與她談了一夜的話，聊了一夜的情，她也知道了夫君如今的心思，那麼她做起事來，就不能那樣隨意了。

牡丹大會是太子妃等一手籌辦的，先不說這樣的集會請她參加本身就透著可疑，就算不可疑，她覺得在她家夫君沒有正式表達立場之前，她都不能用自己的任何行為左右他的決定。

所以，兩日之後，太子府上的婢女前來確定她是否出席的時候，席雲芝便以腹大如盆，行動不便為由，大剌剌地拒絕了邀請，還叫劉媽從廚房裡拿了兩筐雞蛋送給那婢女，並且千叮萬囑讓婢女將那兩筐雞蛋帶給太子妃娘娘。

婢女走後，劉媽終於忍不住對席雲芝說道：「哎喲，我的夫人誒，您好歹也是位官太太，那麼多好東西不送，偏偏送這麼鄉土的雞蛋，您想讓太子妃怎麼看咱們步家啊？還真以為咱們是從鄉下進城的土包子了？」

席雲芝見劉媽急得滿頭大汗，就差指著她的鼻子叫罵，說她不會辦事兒。對劉媽笑了笑，算是安撫了一下後，自己便挺著肚子回房繡花去了。

她這麼做，就是為了要讓太子妃以為她是一個毫無禮數、莽撞無知的鄉下土包子，這樣的話，便能成功地將自己轉入幕後，也能夠為自己塑造一個外交性格，這樣以後辦事說話就方便了。

果然，太子妃在收到她的回話與雞蛋之後，並未產生太大的反彈，而是在心中給這個不識好歹的村婦貼上了無知的標籤，並且將她列為今後不再邀請的對象。

貴女圈流行走裙帶政策給自己家族爭光，但就算是走裙帶政策，最起碼也得要對方是條裙帶，而不是什麼隨隨便便的裹腳布。很顯然，席雲芝這個從小地方來的女人，辦的就是小地方無知村婦的事，那她還能跟這樣的人多計較什麼呢？豈不是顯得自己掉價嘛！

太子妃這麼一認為，席雲芝的日子也就好過了。

席雲芝每日照常吃睡、照常賺錢，日子過得倒也飛快。眼看半個月就過去了，她在府中無聊地看書時，驚覺濟王妃甄氏已經好久沒來找她說話了。

她在京城沒有朋友，也就只有甄氏這麼一個說得上話的，甄氏不來找她，她還真覺得有些無聊了，就讓如意送了一封她寫的信去濟王府，看看甄氏在不在家，若是在的話，她今日下午便想去濟王府拜訪。

誰知，如意回來之後，卻給她帶來濟王妃的一句話，說是暫時不想見客。

席雲芝有些意外，不知道濟王妃為何會是這般反應，一問之下，如意才告訴她。

「我也是偷偷問了問濟王妃的婢女小柔才知，聽說那日牡丹大會，敬王妃有意陷害濟王妃，讓她當眾出醜不說，還被太子妃以攪亂會場秩序為由，掌摑了三十下嘴巴，如今臉上腫得厲害，根本見不了客。」

「什麼？」席雲芝放下手中的針線，對如意的話驚訝得不得了，斂目想了一想後，才又問道：「可知會上發生了什麼？」

如意又道：「聽說是敬王妃派人換了濟王妃的花牌，被濟王妃發現之後，她還對濟王妃冷嘲熱諷，這才激怒了濟王妃大鬧會場，然後就被責罰了。」

席雲芝默不作聲地想了好一會兒。

如意還在等她回話，不禁出聲問道：「夫人，咱們要不要去買些金瘡藥，探望一下濟王妃呢？」

席雲芝嘆了一口氣後，便輕輕地搖了搖頭。「濟王妃如今正覺羞惱，她既然閉門謝客，那我們也不便上門拜訪，過段時日再說吧。」

「是，夫人。」

如意走了之後，席雲芝將針線放在一邊，躺在躺椅上發呆。濟王妃這回受過，沒準兒還與她有些關係，定是席雲箏將上回茶齋的事情告知了敬王妃，她們這會才藉此由頭，在牡丹大會上整治濟王妃。

但席雲芝仔細一想，又覺得不對。掌摑三十下，就算是對奴婢來說，這刑罰也算是重的，何況這人還是一個王妃。不管這個王妃受不受寵、有沒有勢，她在明面上就是一個王妃，這是誰都改變不了的。

可是太子妃和敬王妃卻如此不顧她的顏面，肯定還有其他什麼她所不知道的原因……難道是因為那件事嗎？濟王對太子或者敬王流露出了細微的問鼎帝位之心，所以，這回濟王妃受罰，說不定也是太子和敬王為了給濟王一些敲打，叫他不要癡心妄想。

席雲芝沒想到，這種普通的婦人聚會，竟也同樣會牽扯到政治的局面，不禁感嘆，自己選擇不出席牡丹大會，並且毫不猶豫地為自己樹立了一個無知莽撞的社交形象是多麼正確的一件事。

席雲芝原本想等到甄氏情緒稍微好些了再去看她，沒想到，就在她讓如意過府遞書之後的第二天，甄氏就派了貼身婢女小柔前來傳她入府。

席雲芝稍微收拾了一番後，便帶著一些甄氏愛吃的糕點前去看望她。

小柔將席雲芝帶到了甄氏的臥房，開始時席雲芝還覺得奇怪，但在看到甄氏的慘狀時便知道，在她身上發生的事，絕對不是挨了幾巴掌這麼簡單！

甄氏虛弱地靠躺在床鋪之上，臉頰、嘴唇上滿是青紫。

席雲芝快步走了過去，將食盒放在一側，坐在床沿上抓著甄氏的手便問：「怎會傷得如此嚴重？」

甄氏空洞的眼神轉向席雲芝，毫無血色的唇瓣微張，還未說話，眼淚珠子就掉了下來，那憔悴的模樣，席雲芝看了都有些於心不忍。

甄氏從床鋪上坐起，靠在席雲芝的肩膀上哭了起來。

輕若蚊蚋的聲音在席雲芝耳邊響起，令她震驚地看向甄氏。

「孩子……孩子沒了……」

甄氏整個人像是被抽盡了骨髓般，再也直不起身子。

婢女小柔在一旁看著乾著急。「王妃，您還在做小月子，可別這樣傷了身子啊！」

見甄氏哭得不成人樣，席雲芝這才意識到了事情的嚴重。將甄氏拉起之後，自己到一邊去問小柔情況。「到底怎麼回事？不是說只是掌嘴嗎？怎會牽扯到孩子？濟王妃什麼時候有了孩子？」

小柔也是心疼自家王妃，知道王妃與步夫人關係很好，發生這種事，王妃旁的人都不見，只提出了想見一見步夫人，於是大著膽子告訴了席雲芝真相。

「半個月前，王妃被診出喜脈，已經兩個月了。王妃怕孩子小產，便一直瞞著沒說，可是，牡丹大會上，太子妃和敬王妃不知從哪兒得知了這個消息，她們故意拿走了王妃的花牌，叫王妃出醜。我家王妃是個急性子，她哪兒忍得住氣呀？就大聲喧譁了幾句，太子妃竟說我家王妃擾亂會場秩序，派奴才用竹板子抽了我家王妃三十個嘴巴，還要她在正午的日頭下足足跪了兩個時辰！我家王妃回來之後，內裙上都是血，大夫來診斷，便說孩子保不住了……」

席雲芝聽了小柔的話，內心一片翻湧，突如其來的噁心感侵襲而來，她捧著肚子，撲在屏風旁乾嘔了起來。

小柔嚇壞了，趕忙跑過去替她拍背順氣。

席雲芝摸著肚子，仍舊難以置信。「她們、她們怎麼能……」

如今她總算想明白了，為何太子妃她們要整治濟王妃了……不對，她們根本不是整治，而是陰謀殺害！她們知道濟王妃懷了皇嗣，如果生下來，便是諸王中的第一個嫡子，若是聖上一高興，說不定就會對濟王改觀，如此即讓濟王有機會與太子及敬王相爭，她們為防患於未然，便想出了要先下手為強，在濟王妃沒有宣告太廟之前，將這個隱患解決掉！

這般血腥自私的手段讓席雲芝覺得害怕，摸著自己的肚子，對濟王妃的痛苦感同身受。如果是她的孩子被人害得無法降生的話，那她會不想活了。

雖然才短短的兩個月生命，但他確實來過，這種變化，旁人是感覺不到的，只有他和母親兩個人才知道。初來時的欣喜、一天天長大的感動，這些都會深深地烙印在每一位母親的心底。

這個結局太殘忍了，席雲芝難以適從了好長一會兒的時間，這才哀戚地走到甄氏旁邊，拉著她的手，與她一同掉淚。

「我……不會放過她們的。」

甄氏低若蚊蚋的沙啞聲音，一字一句敲響了席雲芝的心。她知道，甄氏的話，絕不是說笑。

濟王蕭絡晚飯時去看過甄氏，臉色也很不好，甄氏心情低落，不願與他多說話，蕭絡無奈，只好拜託席雲芝多陪她一會兒。

席雲芝在王府一直陪伴甄氏到戌時過後，才被步覃親自接了回去。

馬車在空無一人的朱雀街上緩緩行駛，席雲芝靠在步覃肩頭，默不作聲地聽著車軲轆轉動和馬蹄踩踏的聲音。

步覃將她的手緊緊握在掌心，他當然也知道了濟王府最近發生的事，席雲芝初見自然會被嚇到，但是這種事情對宗室而言，實在太平常不過了。

宗室的孩子總是會莫名其妙的夭折，無法降生的孩子實在多不勝數。

這並不是因為大人保護不力，而是這裡的人心太過骯髒險惡。

「如果我們的孩子沒了，我也活不成了……」

步覃將她摟在懷中，深吸一口氣，安慰道：「我不會讓我們的孩子沒了的，我會盡一切力量，保護你們母子不被傷害。」

席雲芝只覺鼻頭發酸，躲到步覃的肩窩處默默哭泣。

因為濟王妃的事情，席雲芝接連好幾天都心情不好。

步覃讓如意和如月每天陪席雲芝出門散步，而他自己則叫人搜羅了好多坊間的話本給她解悶。席雲芝看他們每天為了逗自己開心，幾乎想破了腦袋，知道自己不能夠再繼續低迷了。不管發生什麼事情，生活還是得繼續。

她每天都會抽些時間去濟王府陪伴濟王妃，並且對濟王妃承諾，說她肚子裡的孩子，生下來便認她做乾娘。濟王妃感動地答應了，心情終於好了一些。

這日，席雲芝在蘭馥園隔壁的繡閣中核對帳目，卻見侍衛小黑跑進來找她，說是有個胡姬要買她手上那座價值二百萬兩的豪華庭院。

那院子位處東西城交界處，背臨護城河，前面朱雀街，占地面積極其廣闊。聽前任屋主說，那宅子仿前朝宮殿的布局搭建而成，而那宮殿是前朝的一位皇帝為了自己心愛的寵妃特意建造的。先不說宅子本身怎麼樣，光是這份寵愛的情誼就足以吸引一批以風花雪月為生活重心的騷客了。

「胡姬？她知道那宅子的價格嗎？」

胡姬是外域女子，大多混跡青樓楚館，她們總說自己不同於青樓女子，賣藝不賣身，但內行之人都知道，這些不過是抬價的藉口，只要你出得起價格，胡姬甚至不在乎你給不給她名分，她都會跟著你。

不是席雲芝狗眼看人低，而是那宅子她花了一百二十萬兩買入的，準備二百萬兩賣出。一般客人在聽到這個價格後，就會自動歇了購買的心，可席雲芝也不想為了快些賣出去而降價，所以在客人提出購買之時，她都會先小人後君子，將價格擺在檯面上告訴人家。

小黑已經在席雲芝這兒做了好幾個月，對這些手續輕車熟路。「知道，我一開始的時候就告訴她了。」

席雲芝放下筆墨，有些意外。「知道了，她仍想買？」她心中不禁納悶。

小黑有些激動地點頭。「是啊！那胡姬長得可豔了，她說她的老相好是個大官兒，最近要送她一處宅子，她便選中了咱們這間。二百萬兩啊！夫人，這是要發了呀！」

不想理會小黑的沒見識，席雲芝倒是對他話中的另外一個點感興趣。「大官兒？多大的官兒才能一筆付清二百萬兩啊？」

小黑想來也是跟席雲芝有同樣好奇的，因為在席雲芝問出這個問題之後，他就對答如流。「聽說是個都察院的大人，家底厚著呢！」

都察院？席雲芝心中疑惑，都察院中，家底厚的高官有哪幾個？

七、八個月的肚子，讓席雲芝看起來笨重了不少，走路也有些吃力了。她總是賴在家裡不願出門，但劉媽卻堅持她每天都得出門，說是她現在要是懶了，到了生的時候可就難過了。

步覃對劉媽的此番言論也很支持，便給了劉媽每天督促席雲芝上街走動的權力。

席雲芝走了幾步便覺得腿痠無力，但劉媽堅持不讓她坐轎，而是扶著席雲芝去逛店鋪。

路過一家綢緞莊時，劉媽被一疋布料迷得神魂顛倒，趴在櫃檯上聽掌櫃的忽悠，席雲芝這才偷了個空閒，坐在綢緞莊一側的客椅上休息，一邊用帕子搧風，讓自己覺得涼爽一些。

等到劉媽買好布料之後，又跑過來攙著極不情願的席雲芝往外走去時，卻見迎面走來一隊人。

席雲箏被僕婢簇擁著正要走進來，突然看見挺著肚子的席雲芝，不禁面上一愣。出乎席雲芝意料的，她竟然沒有直接走過來動手，而是強忍著怒氣，像是沒看到席雲芝一般，往店鋪裡走去。

席雲芝雖然對席雲箏的反應有些意外，但她不惹自己，自己也沒有理由去招惹她。不料正要離開時，卻聽席雲箏冷冷的聲音突然說道——

「別以為妳讓那個莽夫去威脅我家老爺，我就會怕了妳！我多的是辦法叫你們後悔得罪了我！」

席雲芝蹙眉不解。「什麼莽夫？什麼威脅？我不懂妳在說什麼。」

席雲箏冷著臉，盛氣地走到席雲芝面前。

劉媽防立即防備地將席雲芝往自己身後拉了拉。

席雲箏這才蹙眉冷道：「哼，回去問問妳男人就知道了！他仗著自己從前立過功，就敢這般囂張，卻不知聖上早已對他動了真怒。讓他當心著點，別哪一天又給莫名其妙地趕出了京城！」

聽到這裡，席雲芝才知道，原來那日她在茶齋被席雲箏打了一巴掌的事情，還是沒能逃過自家夫君的眼，而且他竟然暗地裡又去找左督御史的麻煩了。唉，席雲芝只覺得一個頭兩個大。她家夫君總是喜歡以暴制暴，但對付某些人，這個辦法是行不通的，用暴力壓制，只會讓他們積怨更深。這些人都是小人，不會在檯面上跟你較勁，但是卻會在背後給你捅刀子、拖後腿。

所以寧得罪君子，莫得罪小人，說的就是這個意思。

見席雲芝不說話，席雲箏以為她怕了，便說得更加得意了，只見她湊近席雲芝說道：「那個幫妳出頭的濟王妃，如今還好嗎？下次讓她多花些錢，將大夫請進府裡，不就沒人知道她的秘密了嗎？」

席雲芝聽她這麼說，從劉媽身後走出，擰眉怒問：「是妳傳出的消息？」

席雲箏得意一笑，沒有正面回答席雲芝的問題，但步履間卻輕快了起來，很顯然在告訴席雲芝：沒錯，就是我告的密，妳又能把我怎麼樣呢？

席雲芝看著她走入店鋪的背影，目光沈了下來。

席雲芝產期將至，步覃早早便在家裡安排了四、五個穩婆隨時候命，每天讓她們訓練席雲芝呼息吐納的技巧，就為了使她生產的時候能稍微順利一些。

原本倒不怎麼害怕的席雲芝被她們這麼一弄，心情反而緊張起來了，每天轉前轉後的，不知道自己想幹什麼。

八月初三，席雲芝早上吃了五個雞蛋、一個燒餅，又喝了兩碗劉媽煮的豆汁後，終於感覺飽了。

在家轉了兩圈後，她覺得肚子有點隱隱的痛感，像是要鬧肚子的感覺。一開始她以為是自己吃多了，便躺到院子裡的躺椅上去休息，可是躺著躺著，還是感到很不對勁，於是就叫來了劉媽，說自己肚子有些不舒服，可能是吃撐了，叫劉媽倒些水來給她順順。

劉媽覺得奇怪，便趕緊叫了個穩婆來。

穩婆一摸肚子便喜上眉梢。「哎喲，我的夫人誒，這哪兒是吃撐了，這分明就是快生了啊！快快快，來人趕緊把夫人給扶進去！」

隨著穩婆的一聲叫喚，步家上下都亂了。

席雲芝幾乎是被抬著去了早就準備好的產房，簾子、褥子全都是新換上的，她平日睡的床鋪之上，還垂下了兩根黑色的綢緞，說是助產用的。

席雲芝被送到床鋪上的時候，只覺得寶寶在肚子裡翻了好大一個身。

其中一個穩婆見狀，高興地說：「哎，對了對了，這是胎動了！快去準備熱水、盆子，再將窗戶和門都打開，掛上紗簾後通風，找人守著院子門口，別讓人闖進來了。」

穩婆經驗豐富，有條不紊地指揮著步家老小做準備。

席雲芝躺到床上好一會兒後，才感覺到肚子一陣一陣的疼，卻也不是難以忍受的，因此還在一旁跟劉媽開玩笑，說沒準兒她生孩子一點都不疼。

可是這話才說完半個時辰，她的肚子便疼得厲害起來，陣子到了的時候，她哭喊著拉住垂在床頭的兩根黑綢，死命地往下拽。

「夫人，這便開始生了，您感覺肚子下墜的時候就用力。」

「啊——」

席雲芝已經完全顧不得形象，大聲喊叫了起來……

步覃聞訊立即策馬趕了回來，還沒進院子就聽見席雲芝叫喊的聲音，不多想便要進去，卻被如意和如月兩個小丫頭攔住了去路。

「爺，產房男子不能進的！穩婆說了，不能讓夫人分心。」

步覃也怕自己進去會讓席雲芝分心，只得忍下心中焦急，在院子外頭踱步等待。午時將過的時候，只聽產房裡傳出一聲洪亮的啼哭聲，步覃懸著的一顆心這才稍稍地緩了下來。

又過了大概一炷香的時間，產房的紗簾終於被掀開，一個穩婆出來給主家報喜。

「恭喜老太爺及少爺，夫人為步家生了個七斤八兩的小少爺！」

步覃緊接著問：「夫人怎麼樣？」

穩婆又答：「夫人好著呢！」

步覃總算放心地鬆了口氣：「我現在能進去看看我夫人嗎？」

穩婆見過心急看孩子的，卻沒見過這麼心急看產婦的，不禁笑著回道：「請爺再等等，裡頭還有血氣，夫人和小少爺也都還沒清洗，見不得風。一會兒弄好了，小人便來叫您。」

聽了穩婆的話，步覃這才止住了想往裡衝的衝動。

清理過的產房中靜悄悄的，席雲芝累極睡了過去，她身旁放著一個小搖籃，他們的兒子此刻吃飽喝足，正安穩地睡在裡面。步覃走進來時生怕吵著他們，輕手輕腳得連自己都覺得滑稽。

俯身在席雲芝被汗水浸透的額角前親了一下，他才走到搖籃邊，抱起了他的嬰孩。紅紅的臉皮皺在一起，根本分不清長相如何，但他不住吐泡泡玩兒的小嘴卻是依稀能看出他母親的輪廓。這便是他的兒子了。湊近他，小心翼翼地親了一口後，才將他軟軟小小的身子放入了搖籃中。

剛坐到床沿，席雲芝像是聽見了響動，眼睛睜開了，一看見他，就先給了他一個大大的微笑，但她的喉嚨先前喊得聲嘶力竭，此刻卻發不出聲音了。步覃俯下身子與她躺在同一個軟枕上，兩兩相望。

將席雲芝輕柔地擁入懷中，在她頭頂親了又親，他說道：「辛苦夫人了。」

席雲芝輕輕地搖頭，伸出疲累的手，勾住步覃的蜂腰，讓自己和他靠得更近，擁得更緊。懸在她心頭好幾個月的石頭終於落地了，她想跟夫君說，她挺爭氣地給步家生了個小子，想著想著，又體力不支地睡了過去……

步承宗得了一個重孫子，每天都高興得像是打了勝仗，逢人就說，一說就笑。

他給孩子取名為步一鳴，寓意一鳴驚人，寄予厚望。但席雲芝卻覺得這個名字太大，不好，她不希望孩子有多大本事，也不需要他一鳴驚人，她只要他日日平安，步覃也贊成她的意見，便去跟步承宗商量，說讓孩子叫步日安。

步承宗雖然有點遺憾孩子不叫一鳴，卻也願意尊重小倆口的意思。

小安子吃飽了就睡，除非肚子餓了或是尿床了才會哭鬧一會兒，其他時候都乖得不得了。

席雲芝抱著他，怎麼也看不夠般，總是被劉媽唸叨，說如今坐久了，今後可是會腰疼的。

步覃也覺得席雲芝日夜照料這個小傢伙不利於她恢復身體，便又從外頭找來了兩個乳母，白日裡幫著席雲芝打下手，晚上則陪伴小安子入睡。

席雲芝每天都讓自己吃得飽飽的，這樣小安子也能吃得飽飽的。

月子裡的時光，很快就過去了。

而在席雲芝生孩子、坐月子的這段時間，席雲箏的日子可不太好過。兩個月前，她憑藉蛛絲馬跡，找到了相公在外金屋藏嬌的地點，她拿出當家主母的氣勢，將那個膽敢勾引她相公的胡姬打得滿地找牙。

本以為她的這一舉動會令丈夫有所收斂，沒想到丈夫不僅為此惱了她，還乾脆從府裡搬到了那胡姬的住所，不再回來！她心有不甘，也是心慌，便上門去鬧，越慌越鬧，可是，丈夫卻依舊沒有回府。

她相公的意思分明得很，就是：妳不該打我的女人！雖然知道我和她在一起，但我也尊重妳這個正房夫人，並沒有把人往府裡帶，妳卻仍舊不依不饒，甚至追到府外來打她，這就是妳的不對！

席雲箏悟了多日，才明白她家相公是這個意思。如今她遠在洛陽的依傍已然沒有，她不敢與他鬧得太過分，只好軟下身子與他求饒，沒想到她的相公竟然乘機提出了要把胡姬納做小妾的要求！

席雲箏心寒的同時，卻也明白自己沒有拒絕的權利，只得忍氣吞聲，給這個剛被她打過的胡姬安排了一場納妾宴。這之後，她的相公才稍稍滿意了些。

胡姬進門後，將男主人的心拉攏得死死的，經常讓她這個女主人下不來台。席雲箏覺得自己是正室，為何要受一個小妾的氣呢？便又沒忍住，上門出手教訓了她。她家相公過去時，胡姬就哭著告狀，於是席雲箏徹底被相公嫌棄了，覺得她仗著自己正妻的身分欺凌弱小，著實可惱。從那之後，但凡小妾在她這兒受了點委屈，她家相公便要她受同樣的委屈，甚至更多委屈。

席雲箏覺得自己的生活從未像如今這般難過，她覺得自己的身分地位竟還比不上一個番邦的小胡姬，因而成天渾渾度日，鬱鬱難安。

席雲芝終於出了月子，可以正常出門行走了。

九月的天氣炎熱得不得了，她喜歡在院子曬太陽這個愛好是不行了，便叫人在院子的一角搭了一個葡萄架出來，又在架子下種了十幾株葡萄苗。沒過多久，苗的藤蔓就爬上了架子，正好遮擋住了陽光，席雲芝便將躺椅搬入了葡萄架下，又在旁邊擺放了一張圓桌，這樣她就可以和孩子在炎熱的天氣裡坐在葡萄架下玩耍了。

小安子剛吃了奶，回去睡下了，席雲芝讓劉媽把小黑叫過來，簡單地問了問外面的情況，在聽到小黑說起席雲箏如今的處境時，不禁勾起唇角笑了笑。

她在生孩子之前，便叫小黑查了個分明，那個買她的宅子安置胡姬的都察院大人，果不其然就是席雲箏的夫君尹子健。這個尹大人曾經有過寵妾滅妻的行為，在席雲箏之前，他曾有個正妻，便是活生生地被小妾給逼得跳了井，這才有了後來席雲箏和他揚州邂逅的事。

席雲芝心想著，一個男人之所以會寵妾滅妻，除了那個小妾是真愛，正妻太過分之外，就只剩下一個原因了，那就是——他本身對「正妻」這個頭銜很反感。

她讓小黑去調查了一番尹大人亡故妻子的事情，便全都知曉了。尹大人之前的正妻是某家族的大小姐，尹大人能夠坐上左督御史的位置，也是多虧了那位夫人的娘家幫襯。所以，尹大人平日裡對他的妻子很是敬畏，而他的妻子也習慣了尹大人對她的敬畏，便忘記了一個女人作為妻子的本分，處處將尹大人壓得死死的。

尹大人常年壓抑，正巧有件事發生，令他有了足夠擺脫妻子娘家控制的資本，於是他就將平時的不滿成倍地發洩在妻子身上。他拚了命地寵愛一個妾侍，做盡一切事情，讓妻子丟臉失面子，終於，一步步逼死了妻子。

因為尹大人有這段不為人知的往事，所以席雲芝在對他的性格分析之後，便作了這個決定——

她讓小黑對席雲箏放出「尹大人出軌」的風，然後讓席雲箏自己一步一步找到她安排好的蛛絲馬跡，再找上了門痛打胡姬。她這行為讓尹大人似乎看到了亡妻的影子，頓時就對席雲箏充滿了敵意。

想必席雲箏在這段時間裡，日子很不好過吧？不過，她相信，這一切還只是個開始。

濟王蕭絡和王妃甄氏前來探望，蕭絡一來便和步覃鑽入了書房商討事宜，甄氏和席雲芝便坐在葡萄架下話家常。

「真可愛！妳說過，讓我做他乾娘的，妳可別忘了啊！」

甄氏對小安子是真的愛不釋手，抱在手裡就捨不得放下，席雲芝也隨她，點頭道：「那是自然，可妳這個乾娘也得有些表示吧？」

原本席雲芝只是說說俏皮話，沒想到甄氏還當真了，從脖子上解下一條細細的金鍊就要套在小安身上。

席雲芝忙攔住了她。「唉，我說說而已，別當真！平日見過王妃對這條鍊子的喜愛，定是珍貴之物，怎可就這樣給了這小子呢？」

甄氏卻執意如此，將鍊子藏入小安的襁褓之後才說道：「這是我娘留下的，我原想留給我閨女戴，就給小安子了吧，我樂意。」

席雲芝見她這般，也不好再做推辭，便替小安子謝過了她這個乾娘，把甄氏逗得笑開了花。

有了小安子的生活，變得充實而美好。

步覃說，只要席雲芝抱到了小安，她的嘴角就永遠上揚，不是在逗他說話，就是在看他睡覺，怎麼樣都看不夠似的。

席雲芝覺得自己也沒有步覃說的那樣誇張，只是覺得生命好神奇，之前還孕育在自己腹中的寶寶，一眨眼就出來了。

小安也早就褪掉了初生幾日的紅皺臉皮，變得白嫩起來，兩隻胖乎乎的小手露在外面，可愛得叫人忍不住想捏，卻又捨不得下手。

步覃每日也會儘量早點回來，在小安的搖籃前一坐就是大半個時辰。

炎熱的季節快過去了，席雲芝給他們父子倆各做了兩套衣服，用的便是之前在布料鋪子裡買的南國絲。席雲芝在蘭嬸娘她們的教導之下，手藝突飛猛進，從裁剪到縫邊，再到拼接補繡，每一樣都十分得心應手，就連對吃穿沒什麼要求的步覃都開口誇獎了她。

晚上夫妻二人靠坐在軟榻之上，席雲芝枕在步覃的腿上看繡本，步覃則靠坐在一旁，按壓她的肚子玩，玩了一會兒後，才對席雲芝開口說道：「我，可能要出征了。」

短短的幾個字，敲響了席雲芝的耳膜和心房，她放下繡本，坐起了身子，呆呆地看著他，口中不禁重複著那兩個陌生的字眼。「出……征？」

步覃見她如此，便安慰般地對她笑了笑，說道：「是啊，回來這麼久了，總要做點事了。」看著席雲芝擔憂的神色，步覃雖於心不忍，卻還是打算據實相告。「皇上前幾日召我入宮，命我出征西北，征討犯境的犬戎，時間不會很長。」

席雲芝看著他。「要多久？」

步覃見她一副不開心的神情，便將她摟入了懷中，一邊親吻她的頭頂，一邊說道：「最多三個月。我從前與犬戎的軍隊交過手，對他們行軍布陣還是有些瞭解的，所以，不會有事的。我保證，三個月後一定歸來。」步覃說完，對席雲芝捏起拳頭，翹起大拇指。

這是從前她教他的蓋章手法，原是鬧著玩的手勢，如今卻被他用來做這麼重大的承諾，席雲芝有些哭笑不得。不情不願地，她伸出手在他的指尖碰了碰，很快就收回。

步覃不想氣氛變得凝重，乾脆一個翻身，將席雲芝壓到了身下，把她反抗掙扎的手按到頭頂，佯裝要解開她的衣襟，說道：「妳的惡露，都排乾淨了嗎？」

席雲芝驟聽他這般直白的話，不禁紅了臉頰，扭捏著想要起身，卻被步覃壓得死死的。見他一副無賴霸王硬上弓的模樣，席雲芝乾脆重重地在他肩頭咬了一口。

步覃吃痛，佯作生氣，在席雲芝腰間哈癢癢，逗得席雲芝不住扭動。若不是顧及她的身子還未完全乾淨，步覃當場就想要了她，好叫她好好看清自己的男人長什麼模樣。

席雲芝感覺到步覃身體的變化，不由又紅了臉，將手腕從他的手掌中抽回，在先前她咬過的地方摸了摸，才嘟噥說道：「起來……奶都溢出來了。」

「……」

步覃出征的那一日，聽說城裡的百姓都去看了。

席雲芝沒有去，而是餵完奶，將小安交給兩名奶娘照料後，自己去了濟王府。

她在王府等了整整一天，蕭絡才從外頭回來。

看見席雲芝，蕭絡覺得有些意外，心頭也隱隱生出一種不好的預感。正這麼想著，席雲芝便毫不寒暄，直接對他問道——

「夫君這回有多少兵？」

蕭絡見她神色嚴肅，知道她定是察覺到了什麼，他若再欺騙也沒有意義，便直接答道：「兩萬。」

席雲芝不動聲色。「對方的兵力呢？」

蕭絡被她盯得頭皮發麻，他從來都不知道，原來一個女人精明起來的目光這般可怕。稍稍猶豫了一下後，也如實答道：「十萬。」

席雲芝閉上雙眼，深深呼出了一口氣。她就知道，事情不會如夫君說的那樣簡單。兩萬對十萬……他竟然還敢承諾她，三個月內必歸！

「皇上為何只給兩萬兵馬？」席雲芝問出了最後一個問題。

這個問題卻叫蕭絡更加難以回答，躊躇了好久，才簡略地說道：「左相李尤連同鎮國公赫連成諫言，說步家世代軍威，步將軍以一擋百，是軍中戰神，兩萬兵馬足以對付蠻族。」

「……」席雲芝這才明白夫君從前所說不願回來是什麼意思。有這樣的君臣，大戰在即仍不忘勾心鬥角、剷除異己，難怪她家夫君世代忠勇也都有了改投明主之心。

蕭絡看著席雲芝低垂的腦袋，不知道她在想什麼，便故作輕鬆地安慰道：「步將軍吉人天相，若是此次凱旋而歸，步家東山再起指日可待。機遇往往都藏在風險之中，步夫人要對將軍有信心才是。」

席雲芝沒有說話，而是盯著蕭絡看了好久，然後才靜靜地往後退了一步，對他福身告辭。

所謂的東山再起，不過是再入火坑，橫豎都逃不過為蕭氏王朝賣命。
這是身為臣子的可悲，她無力更改。

第十三章

十月初，一個更加出人意料的消息傳入了席雲芝的耳朵。

在洛陽已然沒落了的席家，竟然在這個節骨眼兒上考出了一位舉人——從前的五房庶子，席筠。

席筠與席雲箏是同父異母的兄妹，從前未曾聽說席筠才情多好，反而是一直被嫡妹席雲箏壓在上頭，如今他在席家沒落之際考上了舉人，對陷入乾涸的席家來說，無疑是一陣甘霖。

不僅是對洛陽的席家，對席雲箏來說，席筠也是一陣甘霖。

她在得知這件事之後就對席家修書，說是要席筠來京城候考，並入住左督御史府，而對此事，尹大人倒是樂見其成的。比起一個失了家族依傍的正室，他更願意要一個藏著無限潛力的舉人大舅子。

席雲箏修書過後，原本以為只有席筠一人前來投奔，沒想到，在席筠背後，竟然還帶來了另外幾個人。

老太太在洛陽過夠了粗茶淡飯的日子，幾乎是迫不及待要跟著孫子來京城享孫女的福，二房的席遠和董氏也不甘落後，厚著臉皮跟在老太太身後一同過來，以席雲箏的長輩自居。

另外自然還有席雲箏自己的親爹席卿，他是作為席筠本次候考的老師，被席家眾人推舉而來的。

席雲箏雖然心裡覺得這一大家子都來投奔很是麻煩，但一想到自己如今岌岌可危的府中地位，又覺得身邊多幾個娘家人幫襯也是好的，就將左督御史府東南面那座小院分給席家一眾居住。

席雲芝得知席家有人來京城之後，並未覺得生活發生多大的改變。

她還是每天過著帶小安、逗小安，買宅子、賣宅子，賺錢、等夫君的日子。席家眾人雖然知道她也在京城，但如今的他們是折翼的小鳥，飛不高、跳不遠，早已失了來尋她晦氣的資本，且夫君在出征前，又特意給她留了一百個士兵保護他們母子的安全，所以，席雲芝根本不擔心他們會找來。

甄氏三天兩頭便往步家跑，為的就是多看幾眼她的乾兒子，順便陪陪席雲芝，兩個女人坐在葡萄架下，閒話家常。

席雲芝看到她手腕上戴了一串黑乎乎的東西，遂問道：「這是什麼呀？」

甄氏抬起手來，將手腕伸到席雲芝面前，笑著說道：「這是前兒貴妃召見時，賞賜給我的安神珠，戴上之後，我覺得心神定了許多。」

席雲芝湊近看了看，說道：「這珠子的材質很罕見呢，我從前也賣過這種波斯黑珠，但妳這個好像……多了點香，果然是貴妃賜的，不同凡響呢！」

甄氏聽席雲芝說了之後，就將目光落在珠鍊上，久久不語。

小安不知是作了什麼噩夢，突然驚了一下，席雲芝趕緊湊過去看他，彎身在搖籃前輕輕地拍他入睡之後，甄氏卻猛地站了起來，嚇了席雲芝一跳。只見甄氏跟席雲芝短暫告別之後，就自己一個人先離開了步家。

不知她為何這般，席雲芝忽然想起先前在她手腕上聞到的味道。

……檀香？

怪不得覺得熟悉，從前席老太太最愛的便是檀香，有凝神靜氣之效，可卻不利於女子懷孕！貴妃明著賞賜這種東西給甄氏，那就等同於直接跟甄氏說，我不希望妳再懷孕了！難怪甄氏當即臉色一變。

這宮闈之事，席雲芝不懂，也不想懂。皇家總是有著他們的自私道理，將人掌握在手中擺佈。叫妳生，妳便生；叫妳死，妳便死；叫妳不能懷孕，就算是懷了，我也讓妳落掉！

當真可怕之極。

席雲芝這廂才在想著皇家的絕情，那廂敬王府便是一聲傳喚，敬王妃讓她帶著小安去王府請安。

這件事情本身就透著疑竇，席雲芝從未經歷過這些，當即便趕去濟王府找甄氏。

甄氏聽後，驚訝地從軟榻上坐起。「什麼？她叫妳去幹什麼？還要小安一同前往？」

席雲芝搖頭。「不知道，所以我才會趕忙來問問妳，像這種情況，我必須要去嗎？」

甄氏走下腳踏，一邊踱步一邊說道：「敬王妃傳喚官家夫人，妳是必須要去的，但應能放心，妳與她並無正面瓜葛，她叫妳去，怕也只是敲打一番罷了。妳且先去，一個時辰後，若是妳未出來，我便親自上門拜訪去找妳。」

席雲芝感激地看著她。只見她手腕上的黑珠鍊依舊戴著，卻不似昨日那樣黑亮。

她對甄氏行了個禮後便要告辭，甄氏卻追過來繼續說道——

「妳把兩個乳母也一同帶去，儘量別讓他們的人接觸到小安。宮裡的人心都是壞的，妳可別大意了去。」

席雲芝謝過甄氏，就回府準備去了。

雖然不知敬王妃葫蘆裡賣的什麼藥，但她是上位，傳喚下位之人，自己的確沒有不從之理。

心中有了計較，便不那麼怕了。

收拾收拾，抱上小安，席雲芝便帶著如意、如月和兩名乳母，坐上了去往敬王府的馬車。

黑暗中，幾個身影隨車而動。

敬王是當今聖上的第八個兒子，母為貴妃，左相李尤為其外祖，在所有皇子皇女中，地位僅次於太子。再加上敬王妃又是定遠侯府的二小姐，身分貴重。

席雲芝從馬車上走下，叫乳母抱著小安子，在早已等候在外的門房僕役帶領下，走入了美輪美奐的王府。

敬王妃還在一座精緻的小院接見她。席雲芝被帶到一座拱門前，只見敬王妃正被婢女簇擁著坐在一株香槐樹下臨摹小篆，聽婢女通傳後，這才放下蠅頭小筆，叫婢女將筆墨紙硯收下去。

席雲芝走到敬王妃面前，絲毫沒有吝嗇自己的膝蓋，撲通一聲就跪了下來，大聲行禮道：「民女席雲芝拜見王妃娘娘！」她這副樣子，是從前看戲的時候學來的，沒想到會在這種情況用上。

敬王妃看著席雲芝對她行大禮的模樣，嘴角不禁撇了撇，口中卻故作親熱地對身旁的貼身婢女說道：「快去將步夫人扶起來。」

貼身婢女來到席雲芝身旁將她扶起後，席雲芝一副膽顫心驚的模樣，結結巴巴地說了句。「多、多謝王妃娘娘！」

敬王妃笑容可掬地對席雲芝招了招手，讓她在自己身邊坐下，然後才親熱地對她說：「夫人有所不知，這王妃後頭是不喚娘娘的，娘娘是指皇上的妃子。」敬王妃看似和藹地對席雲芝解釋了一番。

只見席雲芝臉上露出一副恍然大悟的神情，又要起身跪下。「民女才疏學淺，還請王妃不要跟民女一般見識！」敬王妃看著席雲芝笨拙的模樣，心道太子妃所言果然是真，這個女人不過就是個普通的鄉野村婦，胸無點墨，話語動作全都貽笑大方，根本不足為慮。

「哪裡哪裡。」敬王妃叫人上茶，轉首又問席雲芝。「聽說步夫人從前也是洛陽城的大家閨秀，還是嫡長女？」

席雲芝拘謹地回答：「回王妃，民女從前的娘家的確是大家，但民女卻不是大家閨秀。民女從小便跟著父輩在外跑生意，做些雜事，自己給自己賺些嫁妝。」

敬王妃對這些事都有所耳聞，她所知道的消息和席雲芝說的也差不多，便又問道：「那如今家中可好？」

席雲芝的神色一黯，埋下頭說道：「如今……家卻是沒落了。掌事五嬸娘因殺人罪被捕，家中群龍無首，亂成一團，欠了一屁股債，所以……」

敬王妃的蔥白指尖在白瓷杯沿打圈，忽然又道：「對了，聽說妳給步將軍生了個兒子，帶來了嗎？抱來讓本宮瞧瞧。」

「……」席雲芝的臉色微僵。

就連敬王妃都感覺到了她的異樣，抬頭掃了她一眼，妖嬈道：「怎的，本宮瞧不得？」

席雲芝緊咬著下唇，站了好一會兒，這才低頭說道：「不過是個襁褓中的孩兒，能得王妃親見，是他修來的福分。」

敬王妃嘆著氣，撫著髮鬢，漫不經心道：「那還不抱過來？」

說著，只見敬王妃對貼身婢女使了個手勢，那婢女就想從乳母手中抱走孩子。乳母按照席雲芝的意思，拖住不放，在席雲芝點了點頭後，才讓婢女將小安子抱到了敬王妃面前。

「哎呀，好可愛的寶寶呀！瞧這胳膊嫩的，哎喲，還有這小臉，掐一下可真水靈……」敬王妃的手在小安子身上捏來捏去，將原本沈睡的小安子驚醒，睜開懵懂的雙眼之後，便大聲啼哭起來。

敬王妃當即對著個孩子怒道：「哭什麼哭？好像本宮真的掐了他似的！把嘴捂起來，吵死人了！」

席雲芝見敬王妃又在小安手上捏了一把，然後將他的小胳膊用力一甩。小安子被這般粗暴對待，哭得更加大聲。只見那婢女在敬王妃的執意指使下，竟然真的伸手，眼看就要捂上小安哭泣的小嘴！

席雲芝尖叫一聲，猛地發力朝那婢女衝了過去，趁所有人都沒反應過來的時候，一舉將小安奪入懷中大叫：「他不過是個不足兩月的孩子，王妃若想殺，便殺了我好了！橫豎我夫君回來看不到兒子，我也是死！」

敬王妃被席雲芝的動作驚了驚，發覺事情竟然開始脫離自己的掌控，乾脆獰著神色怒道：「大膽愚婦！本宮不過是喜愛妳的孩兒，想多看兩眼，妳便不顧身分，衝撞本宮，簡直不知好歹！來人吶，給我重重地打！」

席雲芝看著手持長棍的王府家丁，彎下腰身將孩子緊緊包裹在自己的懷抱中，這才絕望地閉上雙眼。

如意和如月都嚇得撲到敬王妃裙角前替她求饒，卻被敬王妃的婢女一腳踢開，踩在腳下，兩名乳母也不知如何是好。

席雲芝在心中大叫：夫君，你在哪裡？這裡的世界好可怕……

然而預想中的疼痛並未發生在她身上，小安子在母親的懷抱，啼哭聲也漸漸小了。席雲芝又等了一會兒，直到聽見身後此起彼伏響起的棍棒落地聲，她才顫抖著回頭一望。

只見這院子裡突然多了二十多個穿著黑衣的男人，他們如鬼魅般出現，將席雲芝母子圍在裡面。手持棍棒朝他們湧來的王府家丁，被他們一手一個給折斷了手或踢斷了腳，此刻正躺在地上不住哀嚎。

席雲芝抱著小安站起了身，臉色嚇得有些發白，只見那些黑衣護衛中走出一個席雲芝相當熟悉的人——小黑。

「夫人，您和小公子沒事吧？」

小黑手持刀劍的姿態和他平時財迷的模樣著實不同，席雲芝沒有回答他，只是用驚詫的眼神盯著他們，久久不語。

最後還是敬王妃的一聲尖叫將席雲芝的心神給震了回來。

「大膽，竟敢私闖敬王府！你們是什麼人？不想活了嗎？」

敬王妃也被這種情景嚇住了，但很快便恢復過來，指著這些分明就是趕來保護席雲芝母子的男人們叫囂起來。

黑衣人中走出一個像是領隊般的高大男子，迎面走向敬王妃說道：「我們是步將軍旗下保衛營一營二隊，我叫閻坤。爺命我等保護夫人與公子不受外力傷害，任何想要傷害夫人和公子的，我們可以先斬後奏，一切罪責由我們爺一力承擔。」

敬王妃沒想到這個人在私闖了王府之後，還敢毫不遮掩地大報家門，一時氣得無語，顫抖著蔥尖白嫩的手指，指著他說道：「好啊，我就是要傷害他們！我倒要看看，你們敢把我怎麼——啊！」

敬王妃的話還未說完，閻坤便面無表情地打了她一巴掌，敬王妃高貴美豔的臉頰上立刻顯出了一個粗大的巴掌印。

「我們爺說了，出言不遜者，可當場掌摑，後果也由我們爺一力承擔。」

「……」敬王妃捂著臉頰，難以置信得快要哭了。她氣得臉色發紅，直喘氣，剛要開口大叫，卻在看見面無表情、剛毅不屈的閻坤再次抬起的熊掌之後，硬生生地將叫聲嚥入了肚子裡。

因為她想要找一個偏僻的院子教訓步家的這個女人，因此周圍並沒有太多府衛，她知道以自己的能力，定然不能在這些男人出手之前制伏他們，為了不當場再次挨打，她只好選擇了沈默。

看著席雲芝一班人被黑衣人們好好地保護著離開了王府，敬王妃再難維持形象，指天大罵：「給我追！都給我去追！我要將他們五馬分屍，碎屍萬段！」

不遠處的假山後頭，敬王正站在高處看著小院中發生的一切。

隨從聽見王妃在下面發出的怒吼大叫聲，便過來請示敬王。「王爺，這些人都是步覃的親兵，他們著實太囂張了，竟敢闖入王府，還打了王妃，小人這就派人前去追捕！」

「慢。」敬王抬手，語調平緩，絲毫沒有妻子剛被人打了的憤怒。

隨從這才停下腳步，靜候命令。

只見敬王轉過身，走到天臺上的石桌旁坐下，姿態悠閒地說道：「王妃不過就是被人打了一下，沒什麼大不了的。倒是這個步覃，還是那副囂張樣，被貶出京對他來說，絲毫沒令他改變什麼。」

隨從不解。「王爺，既然步覃食古不化、冥頑不靈，那咱們還要留他做什麼？」

敬王也不表態，蹙眉對隨從問道：「那你想如何？」

隨從不知他是何意，便說出了自己的想法。「小人以為，斬草除根，咱們可以先將步家老小一併解決，等步覃出征歸來，再來個甕中捉鱉。」

敬王哼哼一笑。「哼，你以為剛才那些是什麼人？那個閻坤，我五年前見過一回，那是在方臘的王帳之中，我被派去與方臘首領談判，沒想到他們惱羞成怒，想要斬殺來使。就是那個閻坤，在三千亂軍中，獨自一人便將我救出敵營，毫髮未傷。」

隨從不敢說話了，王爺說的，就是剛才出手打了王妃一個巴掌的那個男人嗎？

「他們都是步覃的親兵，是他的隨護軍團，每一個都是以一擋百的絕頂高手。你信不信，就剛才那二十來個人，若真要動起手來，除非你出動御林軍，否則絕無可能鎮壓住，到時候，我們就是自取其辱，說出去都會被太子笑掉大牙的。」

「……」隨從被敬王一番話說得沒了想法，老老實實地問道：「那王爺的意思是，就這麼算了？」

敬王站起身，在假山天臺上踱步幾下後，這才說道：「步覃是頭強勢的獅子，他若真的怒了，可是會牽動南寧二十萬步家兵力的。這種人若不能收為己用，那就必須要除掉，並且硬來是不行的……」敬王自言自語地說了幾句後，別有深意地看著山下被婢女簇擁著，正大發脾氣的敬王妃，勾唇說道：「咱們就當全不知情，也不派兵，就讓王妃親自出面，好好地教教那個女人京城貴女們的規矩吧！」

席雲芝抱著小安坐在葡萄架下的躺椅上，呆坐了好久都不能回過神來。

回想剛才發生的那一幕，她就覺得周身被恐懼與憤怒包圍。這是一個怎樣可怕的世界？視命如草芥，她們就連一個懵懂無知的嬰孩都能下得了手！

想著那惡手差一點就要真的捂上小安的口鼻，那後果她只是想想都覺得周身冰寒。下意識抱緊了懷中的小安，正在熟睡的他像是在反抗般伸出小手，抓住了席雲芝散落的一縷秀髮，然後才安安心心地又睡了過去。

看著小安白嫩手腕上的一點擦傷，席雲芝的目光變得深沈灰暗。如果這個世界非要你強大了才能保護自己心愛的人，那……她就不惜一切代價，讓自己變得強大，強大到讓那些人再也不敢對她輕易做出這樣的事！

席雲芝又抱著小安一會兒，看著小安沈靜的睡臉，席雲芝的心才漸趨平靜。

若是她們動了其他，席雲芝可能還會忍耐，但她們動手的對象是小安，席雲芝就絕不再忍了。

將孩子交給乳母照料後，席雲芝一走出房間，便見仍舊驚魂未定的如意帶著甄氏走了進來。

席雲芝將甄氏請到她的繡房中，將今日發生的事情對甄氏說了一番，甄氏也嚇得臉都白了，直呼「幸好，幸好」，席雲芝知她是真的替她和小安擔心，心下覺得寬慰，便又與她說了一番家常，甄氏才離開。

甄氏離開後，席雲芝就找來了小黑，在他耳旁說了幾句話之後，小黑便領命，翻牆離去。

不過晚飯時分，小黑即帶著第一手消息回來了，事無巨細地將席雲芝想知道的事情全都說了出來。

席雲芝因而盯著帳幔看了一夜。

第二天一早，席雲芝心中便有數了，而想通了一些事情的關節之後，她整個人都變得神清氣爽了。

吃過了早飯，餵完了奶後，她由自家院子裡特意打通的拱門走入了隔壁，將最近買入賣出的帳目拿出來翻看，又將洛陽送來的清單核對了一番後，將洛陽來的幾張請求入貨的清單拿回了院子。

正巧小安也睡醒了，乳娘正抱著他在院子裡曬太陽，他小小的腦袋趴在乳娘身上，可愛極了。席雲芝走過去，乳娘便把小安交到她的手中，小安好像認識娘親的氣味般，一個勁兒地往她胸前拱。席雲芝被他逗笑，知道他這是餓了，便入房餵奶，小安吃著吃著就睡著了，席雲芝又看了他一會兒，這才走出房門。

洛陽南北商鋪的生意極好，掌櫃來信說，幾乎帶動了洛陽城的經濟命脈。席雲芝覺得掌櫃說得誇張了，但洛陽城內，如今以她個人而言，手裡就足足有五十多家店鋪，可以說是洛陽之最，旁的店就是想模仿，也沒有這麼大的能力和資本。這麼多家商鋪，只有幾家是席雲芝一手扶植起來的，剩下的全都是收購席家變賣的財產。

洛陽雖然在京城千里之外，但只要有心人想調查，便不難查到她席雲芝在洛陽的財產有多少，既然早晚都會被人查到，那她也不想再隱瞞什麼了。

當日她就叫小黑他們探來了京城內十多家需要買賣店鋪的消息，如今的席雲芝，要錢有錢，要貨有貨，就連漕幫的船隻她都能隨意調動，那……她還客氣什麼？

去官府登記了房契，席雲芝在城中一下子就買了五家店鋪，東城三家，西城兩家，她這五間鋪子統一裝飾、統一入貨、統一時間開張，又從洛陽抽調了五位掌櫃及夥計隨貨一同跟來京城，替她打理京城內的生意。

五家店鋪她全都以南北商鋪的名字掛牌，緊鑼密鼓地趕在十月底便將鋪子全都開張了。

甄氏在震驚席雲芝竟然有這麼大的財力的同時，也派了府中僅有的幾個僕役前來幫忙。像所有初進來的客人，她在東城的一家南北商鋪中轉悠，一會兒看看這個，一會兒看看那個，新鮮得不得了。

「這些東西妳都從哪裡弄來的？」

席雲芝瞥見甄氏捧著一隻琉璃盞著迷地看著。她正盯著夥計們將包裹了一層層漿紙的東西放上貨架，便一邊對甄氏說道：「王爺沒跟妳說過我在洛陽開店的事嗎？」

甄氏放下琉璃盞，又拿起另外一隻五彩斑斕的彩釉兔子，搖頭道：「沒有，他每天都在外頭跑，哪兒有時間跟我說話呀！」

席雲芝讓幾個夥計將一艘大大的珍珠船擺放在最裡面的貨架上，又回道：「我從前在洛陽也開過幾家這樣的店，所以貨源什麼的都不成問題。他們都是我在洛陽店中的掌櫃和夥計。」

甄氏有些吃驚地看著席雲芝，又環顧一圈後，不禁噘著嘴說道：「原來妳會做生意啊，我以為妳不會，還在妳面前班門弄斧，羞死人了！」

席雲芝聽後也就笑笑，謙虛道：「都是小本經營，不值一提的，王妃才是大手筆。」

甄氏見席雲芝開了店鋪也不見自大，便有模有樣地對她的店裡開始了一番點評。

席雲芝和掌櫃對視一眼，就隨她去了，她一邊說，他們一邊幹活兒，高興的時候再回個兩句，然後她說得更高興了。

席雲芝的鋪子因為在這之前都沒有人開過，而她一開就是五家，幾乎遍佈了京城所有鬧市，叫旁人想模仿都模仿不來。

南北商鋪的格局還是依從洛陽的老店，就是面積大了些、貨架擺多了些，但席雲芝依舊在店中保留了客座和二樓的選購雅間，這一設計也深受京城閨閣小姐姑娘們的歡迎。

十一月初，席雲芝又一次接到了來自京城貴女圈聚會的邀請，邀請人是左相李尤的嫡孫女李蘭箬。

席雲芝大體也知道左相和蒙家的關係，夫君曾說過，左相李尤、定遠侯蒙驁、鎮國公赫連成在朝中自成一黨，攬獲黨羽無數，大小官員皆有他們的羽翼安插，像是席雲箏的相公左督御史尹子健便死心塌地地追隨左相身後抱大腿。

李蘭箬這個人，席雲芝沒有見過，但憑著李家與蒙家的關係，席雲芝敢肯定，她和敬王妃等人就是一夥兒的。

那日閻坤總領當眾打了敬王妃一巴掌，後來敬王府都沒有出動府衛找上門來算帳，席雲芝便將敬王的意思猜出個一、兩分來。

敬王妃那樣對她，定是敬王用來震懾她家夫君的手段，因為她家夫君如今還未公開表明立場。敬王當然是想籠絡他的，但夫君的硬脾氣向來也是眾所周知的，所以敬王才想藉她和孩子去威脅夫君，但閻坤的出現卻令敬王打了退堂鼓。因為敬王妃打她畢竟還是女人間的磨擦矛盾，如果他真的出動府衛和步家較勁，那事件的性質可就變成了皇子和臣子之間的較量了。

不到最後關頭，敬王肯定不會想和她家夫君鬧翻，最起碼還要維持表面上的和平。

席雲芝猜到，敬王是想繼續利用裙帶上的關係，來對她轉換施壓政策，從強勢打壓變成了綿裡藏針。

她們這是要讓她吃些軟苦頭了。

席雲芝將請柬合了起來，對前來送信之人點頭說道：「好，兩日之後，我必赴宴。」

送信之人走了之後，席雲芝的唇角微微勾起。耍心計弄手段這種事情，她席雲芝還真沒怕過什麼人。李蘭箬既是敬王妃的說客，那她就將計就計，投了她又何妨？

李蘭箬舉辦聚會的地方，是城內首屈一指的園林美宅。所有世家大族都會有幾處足以媲美皇家的宅院，李府也不例外。

席雲芝是第一次參加這種聚會，如意和如月想叫她穿得花哨、華貴一些，但被席雲芝拒絕了。

她穿著一身淡紫色的開襟衣袍，若是從前的席雲芝定是穿不出韻味，但如今的她剛生過孩子，身材還有些豐腴，這種顏色穿來便有一種難馴的貴氣。她又叫如意給她盤了一個最為普通的髮髻，從她的黑寶箱中拿出一支鎏金翠玉簪簪在頭上，整個人看起來既清爽又不失素雅。席雲芝略施粉黛，越發精緻了，看了看空無一物的手腕，又從寶貝裡挑出一只通透的白玉鐲子戴上。

大家小姐的聚會，果然都是衣香鬢影的，各個世家的小姐們都藉著這種機會結交，自然是所有好東西都巴不得全擺到檯面上給大家看，然後接受各方投來的豔羨目光，滿足內心的虛榮。

席雲芝只帶著如意入了場，找了處最偏的地方坐下，一邊喝著茶，一邊欣賞周圍的美景。

如意則做足了沒見過世面的模樣，一會兒便蹲下問席雲芝這是什麼？那個又是什麼？

席雲芝一一作答，卻不料迎來了一陣清脆的笑聲，一位氣質不俗的女子在兩名高冷婢女的陪同下走到了她的面前，勾唇說道——

「步夫人的婢女真是好學，一只普通的杯盞，她都能問出好幾個問題來。」

席雲芝從席上站起，對那女子微微一笑，福了福身子算是見禮。

只見那女子也以同樣的姿態回禮，對席雲芝說道：「月華居士在此有禮。敢問步夫人可有雅號？」

席雲芝在腦中搜索，月華居士……她便是李蘭箬？哈，這個圈子也太附庸風雅了吧？太子妃叫孤芳山人，左相孫女為月華居士，這些女人暗地裡捧高踩低的，表面上卻要做出一副不食人間煙火的假象來，真是可笑。心底這麼想，席雲芝表面上卻做出恍然大悟狀。「原來是李小姐。小婦名為席雲芝，粗野慣了，沒有雅號，倒叫小姐見笑了。」

李蘭箬見席雲芝對她的態度十分崇敬，心中一陣得意，表面上就更加和善了，只聽她笑道：「步夫人言重了，雅號之流不過是京城的風尚，步夫人從前未來過京城所以不知，有什麼好見笑的。」

正說著話時，卻聽一道聲音插了進來。席雲箏衣著華貴，跟在氣勢凌人的敬王妃身後，對席雲芝面露不屑。「哼，她能有什麼雅號？從前不過是一個低下的商婦，在我席家鋪面打雜罷了！」

席雲芝聽了席雲箏的話也不生氣，只是笑笑。忽然，她瞥見席雲箏身旁跟了一位男子，她覺得面熟，多看了兩眼之後才隱約想起，他應該就是席筠，前不久才剛考中了舉人，如今是來京城候考的舉子，亦是席雲箏的庶出哥哥。

敬王妃冷冷瞪了一眼席雲芝後，便將李蘭箬拉到了一旁，冷落了席雲芝。

席雲芝看著她們那副姿態就飽了，既然她們主動冷落，那她也樂得清淨自在。她看到席雲箏將席筠介紹給李蘭箬認識，李蘭箬在席筠身上多打量了幾眼，席雲芝便將她們的思量看破一二了。

席雲箏定是求了敬王妃，要將席筠介紹給李蘭箬認識，這其中牽線搭橋的意味頗濃，看來是想讓席筠在沒應試之前，就搭上李家這棵參天大樹。女人可以用出色的容貌換來榮華富貴，男人也未嘗不可。

席筠是席雲箏的庶出哥哥，自然長得不會太差，舉手投足皆是風流，再用華衣美服妝點一番後，不知內情的人看著還真會以為他是哪家的俊美公子，再加上他剛中舉子的才學，想來也是不難攀上一門好親的。

只不知，這待字閨中的李蘭箬能不能看上席家這個碩果僅存的才子了。

若是看中，那席雲芝就為李蘭箬默哀，因為席家的男人她只能用「呵呵」兩個字來形容；若是李蘭箬看不中，那她就要為席雲箏默哀了，因為就在剛才，她已經從席筠偽裝成深情款款的目光中看到了貪婪。

席雲箏不顧一切地將他帶到這滿是貴女的圈子裡，就像是將一隻狼帶入了羊圈。席筠就是攀不上李蘭箬這棵大樹，也定會去攀貴女圈的其他大、小樹。憑他風流的才情和出色的容貌，定能俘獲一批春心萌動的閨閣小姐，到時候，她就不缺熱鬧可看了！

而席雲箏總有一天肯定會後悔將席筠帶出來，引狼入室。也是她自己腦子不清，也不想想，她娘商素娥從前是怎樣對待庶房的？席筠如果真的出息了，他會一條心地對待席雲箏這個從前總是壓在他頭上撒野的妹妹嗎？

他若是個正直的男人，就絕不會想出這種齷齪的手段來攀附權貴，而若他不正直，那今後，席雲箏可就有苦果子吃了。

席雲芝露了面，並且很和諧地跟李蘭箬打了招呼、照了面，這就夠了，至於後來她們有沒有再理會她，席雲芝真的一點都不介意。

早早回到家裡，小安子正在和乳母玩，一名乳母抱著他，另一名乳母則拿了顆五彩球引他追看，小安子搖搖晃晃的，小腦袋慢慢地跟著轉動，那模樣憨態可掬，可愛得不得了。

席雲芝走過去，乳母便將孩子送到她手上，小安像是聞見了她身上的奶味，席雲芝一抱到手上，小安便不停地扭動起來，胖乎乎的小手亂舞。

席雲芝餵了奶之後，又叫乳娘替他裹了層紗布，既擋風又遮陽，她便帶著兒子一同去了南北商鋪朱雀街上的總鋪。

她特意在後院留了一間房間，裡面日常用具一應俱全，是她準備了專門讓乳母們帶小安的地方，這樣前後院的距離既方便了她做事，又可以讓小安多接觸外面的世界。

這日，席雲芝正坐在鋪子的後院一邊給小安縫製冬衣，一邊看著他坐在乳母身上自己吃手指吐泡泡玩時，前頭鋪子的夥計突然敲門走了進來，對她說道——

「掌櫃的，二掌櫃請您出去一趟，又有個客人說要買咱們的那條珍珠船，二掌櫃說金額太大了，他一個人作不了主。」

「珍珠船？」

那是席雲芝擺放在店鋪正東面，用來做鎮店之寶的東西。不說那條船本身就是用金絲楠木雕刻而成，就是它周身鑲嵌的珍珠，每一粒也都是價值不菲的。那是一個波斯商人寄放在她店中賣的，她還未付錢，因為商人給定價二十萬兩，一分錢都不能少，所以賣了好幾年都沒能賣出去。

席雲芝將那船從洛陽總店搬來了京城，沒想到這才沒幾天，就陸續有人要來買，但全都被拒絕了。只不知這回來的客人，是不是她盼望的那一位呢？

放下手裡的針線，席雲芝走到前院，一掀開簾子，便被一陣刺鼻的香粉味薰得打了個噴嚏，定睛一看，鋪子一旁的客座上正坐著一位衣著暴露、遮的沒有露的多的女人，她五官美豔，不似中原女人，看著還有些面熟。

席雲芝走到櫃檯後，便想起來這個女人是誰了——之前買下朱雀街尾那套宅子的胡姬。

她之前因好奇尹大人喜歡什麼類型的女人，便在小黑賣出房子的時候，偷偷跟過去看了幾眼，這才認得她的。

「妳就是掌櫃？」胡姬用熟練的中原話對席雲芝問道。

席雲芝不動聲色，笑道：「是。這位夫人可是要買那條珍珠船？」

胡姬從客座上站起，妖嬈地扭著腰肢朝櫃檯走來，一扭一扭的姿態看呆了店裡的夥計。胡姬似乎一點都不介意自己的身體被人看，扭得更加賣力，最後乾脆像得了軟骨病，整個人趴在席雲芝面前的櫃檯上，身上的銅片發出清脆的碰撞聲。

「是啊！怎麼，你們這個東西不賣嗎？」胡姬一邊說話，一邊對席雲芝身後的夥計拋了個媚眼。

席雲芝只當沒看到，面不改色地說道：「賣是賣的，既然開店，店裡所有的東西只要錢夠了，都是可以賣的。」

胡姬讓一個同樣不像中原人的丫鬟拿出一個五彩綾羅的錦袋，從裡面拿出一卷銀票，放在席雲芝的櫃檯上，然後直起身子，對席雲芝說道：「這裡有三十萬兩銀票，東西我可拿走了啊！」

鋪子裡的夥計們都傻眼了，包括二掌櫃臉上都出現了難以置信的狂喜，原來他們掌櫃拒絕之前的客人，就是為了多賺一點！正要收錢時，卻被席雲芝按住了。

「這位客倌，且慢。東西我不能賣給妳。」

胡姬停下了走向珍珠船的腳步，猛地回頭。「為什麼不能？錢不夠嗎？」

席雲芝深吸一口氣，保持微笑。「倒不是不夠，這條船的標價就是三十萬兩，但是，就在昨天，我答應了另外一位夫人，說要將這條船留給她做一位長輩的賀禮。」

胡姬蹙眉。「什麼夫人？妳可知我是誰？我的男人可是——」

「左督御史夫人，就是這位夫人要我將東西留給她的。」

席雲芝說著瞎話，卻面色不改，倒是成功將胡姬嚇住了，讓她將到嘴的話縮了回去。席雲芝暗笑，席雲箏再怎麼說都是左督御史夫人，這個胡姬再得寵，也知道自己只是一個妾。

「左督御史夫人？她也來過？」胡姬不相信地又出言確認。

席雲芝笑著點頭道：「是，那位夫人說，她與夫君冰釋前嫌，所以想趁著家裡某位長輩生辰的時候，再替夫君送一份大禮出去，這樣她的夫君高興了，她就可以讓家裡的小妾滾蛋了，所以……對不起，這個東西對那夫人來說至關重要，我不能賣給妳。客人可以看看我們店內其他東西，一樣也很漂亮的。」

胡姬的臉色青紅一片，咬著下唇暗自憤恨了好長的時間，才氣沖沖地對貼身婢女指了指櫃檯上的銀票，踩著急急的腳步，坐上了回府的轎子。

席雲芝看著她離去，嘴唇微勾。

二掌櫃則不樂意了，覺得自家掌櫃腦子是不是打結了？前幾日人家出十萬、二十萬兩，她不賣也就算了，可是今天，三十萬兩的大魚啊！她就這麼放走了？

席雲芝見二掌櫃一副吃了蒼蠅的不痛快表情，便隨意笑笑，說道：「先把那東西收起來，改日我會讓她們用五十萬兩來買走。」

二掌櫃用驚詫的目光看著席雲芝篤定離去的背影，丈二金剛摸不著頭腦。

其實席雲芝早就猜到這些天會有人來買這條珍珠船，因為十一月二十六日，便是當今太后的生辰，文武百官都會削尖了腦袋把最好的東西送進宮裡，給太后她老人家賀壽。

前幾天來的全都被她拒絕了，但今天這位總算是來對了，只希望那胡姬悟性不要太差，也不枉她特意等了這麼些天。

左督御史府中，尹大人帶了幾位同僚回來歌舞宴客。

大家效仿晉魏，席地而坐，中間搭起一座舞臺，尹大人叫胡姬先給眾人舞一曲，眾人對胡姬的美貌與身段流下了大大的哈喇子，看向尹大人的眼神就更加豔羨了。

有位大人乾脆直接說了出來。「哎呀呀，尹大人真是豔福不淺，有此絕色美人服侍在側，真是豔羨旁人，羨煞我等啊！」

尹大人最愛在同僚中顯示自己的品味，而那說話的大人又是他的上級，見他一雙老而渾濁的雙眼直在胡姬身上打轉，尹大人也不介意，拍拍胡姬的腰肢，叫她去給大人們斟酒。

胡姬提著酒壺，扭著妖嬈的身段，朝大人們走了過去，斟好酒之後，便又對著那說話大人的耳根，風情萬種地說道：「大人有所不知，在這府中，真正的絕色可不是我。」

那大人被胡姬迷得神魂顛倒，便順著她的話說，只希望她能在自己身邊多留一會兒。

胡姬話音一轉，說道：「我們家的夫人，那才真叫美人中的美人，絕色中的絕色，就連我這個女人看了都不免心動呢！」

那大人一聽，眼中立即放光。

胡姬便趁勢伏在他的肩上，吐氣如蘭地說道：「何不讓尹大人將夫人請出來，為大家暢舞一曲，豈不妙哉？」

那大人忍不住就抓住胡姬的手在掌心摩挲，現在無論她說什麼，他都會說對，根本忘記了自己的身分。

「對對對，請出來暢舞一曲！要是能有美人這般絕色，那我等也就不枉此行了！尹大人，你說是不是？」

尹子健先是面上一愣，猶豫了一下，畢竟席雲箏是他的正妻，怎麼說都不是可以出來供人觀賞的。只是，他在宴會上喝了不少酒，又被上級這般直截了當地提了要求，加上他自己也想起了席雲箏的美貌，若是她能在這些大人們面前跳個舞，一定會讓這些人看得目瞪口呆，那樣他可就更有面子了！

打了一個酒嗝後，他對家丁招了招手，讓人去把夫人叫來。

席雲箏莫名其妙被喊到他們的私席之上，聽了自家相公的要求之後，她簡直難以置信，當即便拉下臉，怒道：「相公，你喝醉了！恕妾身告退。」

她生硬的話語，讓宴會徹底冷了場，大人們全都停下喝酒的動作，就那樣看著她和尹大人。

尹子健覺得席雲箏這樣大聲拒絕他，就是不給他面子，再加上從前對她的冷漠與蠻橫積怨甚深，酒氣上頭，不管不顧上去就是一巴掌，接著便狂性大發，撕扯著她的衣衫，然後將衣衫不整的席雲箏推到了舞臺中央，怒道：「給我跳！大人們既然要看妳跳，那妳就得跳！站起來，跳啊！」

尹子健恍惚間將席雲箏憤怒的臉龐和死去的前妻重疊在一起，不禁心頭一慌，然後又是一個巴掌打在席雲箏臉上。

大人們這時才被他當眾打妻的舉動驚呆了，一個個面面相覷，酒頓時醒了大半，紛紛站起身來告辭。

席雲箏被打得莫名奇妙，而最讓她寒心的還是自家相公的行為，他竟然逼她像一個妓女般當眾搔首弄姿？她是他的正妻啊，他竟絲毫不尊重她！

一場聚會，就這樣不歡而散。

等待著席雲箏的遠不只這些糟心的事兒。

就在她被自家相公當眾羞辱之後，原以為會等來相公酒醒後的道歉之言，沒想到迎來的卻是更加糟心的事。

她早該想到，那個胡姬就是一個禍害！自己沒有盡早解決她，現在反而被她突如其來地擺了一道。不知那女人究竟對相公說了什麼話，她家相公竟然跑來找她，臉上笑開了花，問她為何私下買了那麼貴重的東西，都不與他商量？不過看在她也是為了成全他對老太后的一片孝心的分上，就不與她計較了，讓席雲箏擇日便將寶貝搬回來。

席雲箏不解。「老爺，我……沒買什麼東西啊！」她雖氣惱尹子健對自己下手太重，但她如今別無去路，只能依附著他過生活，因此不過短短幾天的工夫，席雲箏說起話來就不敢那樣隨意了。

尹大人一副「我早知道了」的神情。「妳就別瞞了，我都知道了，妳用私房錢給我買了賀禮。從前我還以為你們席家落魄了，沒想到該出手的時候，倒是絲毫不見小氣，三十萬兩的珍珠船，妳一口氣竟然就買了下來。」

他一邊說，一邊搓手，憧憬起自己的美好未來。「若是我將這寶貝送到老太后跟前，太后定會高興，太后高興了，皇上自然也就高興，總會記得我的好。我若是因為這事兒受提拔了，尹某就記妳一功。」

「……」席雲箏雖然大大地不解尹子健口中的珍珠船是什麼東西，但聽他的話，顯然就是以為她在外面買了一條價值三十萬兩的珍珠船，要給他送到宮裡當作老太后壽辰的賀禮。她若交出來了，皆大歡喜；她若交不出來，那今生怕是再也沒有機會重獲自家相公的愛戴了。

一個主母在府裡失了敬重，那今後的日子可就更難過了，隨便一個什麼小妾就能爬到妳頭上撒野，今天有個胡姬，明天再來一個舞姬，後天……如此周而復始，苦日子什麼時候是個頭？

思及此，席雲箏便豁出一口氣，決定拚上一拚。不就是一條價值三十萬兩的珍珠船嗎？她就是借錢，也要將相公口中說的那條珍珠船買回來！

當席雲箏終於打聽到哪家店鋪賣那條傳說中的珍珠船之後，上門一看，就立刻傻眼了。

席雲芝站在櫃檯後頭，冷冰冰地看著她。

席雲箏帶著丫鬟，一撇嘴便迎了上去，不情不願地開口說道：「就是妳的店裡，賣的那個什麼珍珠船？」

席雲芝只看了她一眼，又繼續低頭算帳，根本沒打算搭理她的感覺。

席雲箏怒了，一拍櫃檯，發出巨響。「我跟妳說話，沒聽見啊？」

席雲芝將算盤歸了零，冷冷的一句話便將席雲箏堵死。「賣掉了。」

席雲箏大怒。「什麼？妳賣給誰了？」

席雲芝用指尖抓了抓眉頭，好笑地看著席雲箏，雙手撐在櫃檯上，冷靜地應答道：「這位客倌，東西是我店裡的，我愛賣給誰就賣給誰，不願賣給誰就不賣給誰，妳以什麼身分質問我？左督御史夫人？對不起，妳家相公估計管不著這些，要不妳去找京兆尹來試試？」

「……」席雲箏若是再聽不明白席雲芝的話，那就真的別混了。深吸一口氣，像是從牙縫裡擠出話，她咬牙切齒地說：「妳到底要怎樣才肯賣？要錢？我帶來了！」說著便跟貼身丫鬟伸手，叫她拿出銀票來。

席雲芝看著她掏出了幾十張最大面額的銀票，攤在櫃檯上。

「三十萬，夠了吧？」

席雲芝笑著將她的銀票推了回去，面不改色氣不喘地說道：「旁人買，這個價足夠了，但是妳買卻不行。」

席雲箏的臉色僵得很難看，要不是如今有求於她，她早就自己動手砸她店裡的東西了！

「妳要多少？」

席雲芝這回也沒再賣關子，對她伸出一隻張開的手掌。

席雲箏當即暴怒。「五十萬？妳瘋了吧？」

為了湊齊錢，她這回可算是在圈子裡丟盡了臉面，但好歹錢是湊齊了，有四十二萬。原本以為足夠了的，沒想到席雲芝這個女人竟坐地起價，委實可惡至極！

只見席雲芝聳聳肩。「沒有的話就算了，我不賣了。德全啊，去朱雀街尾的那戶人家，告訴那家主人，我把珍珠船賣給她，讓她帶錢過來取便是了。」

席雲芝似模似樣地喊著二掌櫃的名字，一副要他立刻去喊人般的神情。

席雲箏一聽「朱雀街尾」，便知道她說的是哪戶人家，那還是她親自上門撒過潑的地方！她早知這一切都是胡姬那個女人給她下的套，卻沒想到最後會栽在席雲芝手上。

一咬牙，狠了狠心，席雲箏說道：「我買！」將婢女身上的錢全都給了席雲芝後，她說道：「這裡是四十二萬，我現在再回去拿八萬，東西我要定了！」

「德全，東西客人要了，快送去包裝！」席雲芝立刻爽快地接話安排。

一筆看似離奇的買賣，就這樣做成了。

就在席雲箏付錢拿貨後的第二天，胡姬又一次扭著腰肢來到了席雲芝的店裡。因為席雲芝早前有過吩咐，她便被直接帶去了後院。

席雲芝剛餵完奶，正在洗手，見她進來也沒說話，淡定從容地洗完了手，這才從袖中拿出十張銀票遞給她，衷心誇讚道：「演技不錯。」

胡姬收了銀子，心情好極了，對席雲芝問道：「妳怎知道我家老爺會是那種反應？一般的男人，可絕對不會願意讓自己的正室出來拋頭露面的。」

席雲芝對她笑了笑，沒有回答，而是說了一句風馬牛不相及的話。「拿了錢，就趕緊離開京城吧。席雲箏如今什麼都沒有了，只會越來越依附尹大人，她從小便驕縱慣了，眼中絕容不下妳的。」

胡姬卻不以為意，隨手在後院的盆栽上摘了一片葉子，無所謂地說：「她容不下又能怎樣？如今尹大人喜歡的是我。」

席雲芝看著她美麗狂野的容貌，心中一陣悲涼，卻是沒再說什麼，指了指大門，做出一個「請」的手勢。

胡姬又將手中的銀票拍了拍後，收入腰間的五彩錦袋，搖曳著身姿，離開了席雲芝的後院。

被她摘下的那片葉子，隨風飄落。

兩日後，左督御史府便傳出小妾胡姬失足落井溺斃的消息。

席雲芝嘆了一口氣。自己早提醒過她的，不是嗎？

第十四章

臘月初，步覃的軍隊終於班師回朝，凱旋而歸。

席雲芝在家裡聽到這個消息時，整個人便如虛脫了一般，倒入了劉媽懷裡。

她顧不上滿城的鞭炮齊鳴、萬人空巷，幾乎是用跑的從宣武門追到了正陽門，每每都被沿街觀望的人群隔離在最外面，但她只要能看見那為首的冷硬男子，就算叫她跑遍整座京城她都願意。

她的男人，回來了。

她的倚靠，回來了。

她再也不用獨自面對這樣可怕的世界了。

追著步覃的軍隊一直來到正陽門外，看著他們氣勢如虹地走入門內，去往宮中。

看著宮門漸漸闔上，席雲芝終於肯停下腳步，喘著粗氣不住發笑，笑得肚子疼了都停不下來，正陽門的守衛們都以為這個女人瘋了。席雲芝在他們上前驅趕的前一刻終於止住了笑，捂著肚子，輕輕鬆鬆地往家中走去。

回到家裡，她便又拉著劉媽和如意、如月出去買菜，逛遍了市場，買了一推車的魚肉回家，從洗到煮，全部都是她一手包辦，連劉媽想要幫忙，也被席雲芝拒絕了。

步覃晚上回到家中，看見等待他的是一桌豐盛的家常晚餐，一個美麗的妻子，一個可愛得叫人愛不釋手的兒子，還有一大家子和和美美的氣氛。

他知道，這便是他追求了一生的東西了。

步覃將兒子抱在手中，怎樣都不肯放開，就連吃飯喝酒時也不例外。

小安倒是精神，自從看見步覃之後，他的眼睛就再也沒有離開過這個許久未見過的人，不時伸出胳膊放在嘴裡輕咬，但目光卻是從未移動過。

「小公子這是在認爹呢，您瞧他看得多認真！」乳母笑咪咪地說道。

席雲芝笑得合不攏嘴，卻是沒說什麼話，只一個勁兒地給步覃挾菜添酒，生怕他吃不飽一般。

「將軍回來了，夫人也就高興了，這都多少天了，也沒見夫人這般笑過呢！」劉媽坐在隔壁桌，忍不住說道。

席雲芝也不否認，倒是笑得更加開心了。在接收到步覃溫情的目光時，她羞澀地低下了頭，咬唇吐了幾個字出來。「夫君，吃。」

步覃的回歸，無疑就是給步家老少配了一副安心藥，再也不用擔心沒有主心骨了！

所有的風雨都將在步覃回歸之後，瞬間化為彩虹。自從步覃出征之後，席雲芝就沒有睡過一天的安穩覺，腦海中總是會莫名地出現一些很可怕的念頭，然而無人傾訴，只能她一個人乾著急，不得不為了全家老小，拚了命地去防備、去爭奪、去抵抗。

她的夫君回來了，今後，她便不用再孤軍作戰，不用再提心弔膽了。席雲芝想著想著，又欣慰地笑了。

一家人圍著飯桌，吃吃喝喝、說說笑笑，一直聊到小安打了瞌睡才被迫靜止。

步覃這次回來雖然大獲全勝，但也帶回了一個令人心痛與震驚的消息。

「閻大師……死了。」

兩人一番久別重逢的雲雨過後，席雲芝靠在步覃懷中，步覃環抱她的肩膀，將她完全裹在懷裡，埋頭在她髮間，輕嗅她散發出來的清香。

席雲芝震驚極了。「什麼？什麼時候的事？」

步覃輕嘆一口氣。「我以兩萬兵對戰犬戎十萬，若是沒有他的幫助，怕是絕不會勝得這麼輕易。他在助完我後，便說要趕去齊國境內的凌霄山，可是兩日之後，就發現他被人殺死在了越水之濱。」越水是連接蕭國與齊國的江河。

席雲芝看著步覃，雙手環過他的腰，安慰道：「每個人都有每個人的命數，閻大師已經死了，別多想了。」

步覃將身子沈入被褥之中，懷中抱著溫香軟玉，嘆息著睡了過去。

第二天一早，席雲芝剛剛起身，便聽見外頭傳來一陣車軲轆轉動的聲音，走出去一看，竟然是一隊明黃色的儀仗隊，為首的是個公公。席雲芝愣在廊下，只聽那公公從錦盒中請出聖旨，尖銳的聲音在步家小院中響起——

「步覃接旨。」

步家老小趕緊拾掇拾掇跪在了那儀仗前，步覃抱著孩子從房間走出，大家趕緊又往後退了退，將最前頭的位置留給他，待步覃不緊不慢地走到最前頭，單膝跪地之後，那公公便開始宣旨。

「……步覃英勇善戰，打退強敵，為國效力，特加封為一品上將軍，統率三軍。賞黃金、白銀各三萬兩，綢緞若干，新將軍府著內務府重建，來年三月竣工。欽此。」

那公公宣完旨意後，步家老小你看我、我看你，都沒有說話，以至於場面一時有些尷尬。

直到步覃冷淡的聲音傳出，眾人才不甚統一地跟著說：「謝主隆恩。」

那公公將聖旨卷好放到步覃手中，步覃隨意擱在懷中的小安身上，然後就轉身離開了，弄得那原本還想再說些恭賀話的公公面上一陣狼狽，最後還是席雲芝走上前去，請那公公入內用茶，並詢問了步承宗後，給那傳旨公公封了一封三百兩的紅包，這才緩解了困窘。

傳旨儀仗離開之後，席雲芝去到房中，正看見步覃抱著小安坐在窗邊的搖椅上曬太陽。小安在父親的陰影之下將眼睛瞪得大大的，一隻小手還時不時地伸出來抓一抓步覃的下巴，步覃則面帶笑意，抱著他就那樣任他拉抓，小安嘴裡發出咿咿呀呀的聲音，畫面溫馨極了。

席雲芝走過去，小安看見娘親突然伸手要她抱，步覃將孩子送到席雲芝手中，只見小安精靈可愛地往席雲芝胸前拱，把席雲芝弄得癢癢的。

「早晨起來吃過一回，怕是又餓了。」

說著席雲芝便想躲到帳子裡頭去餵奶，卻沒想到被慵懶地坐在椅子上的步覃拉住了身子，席雲芝一時不穩，跌坐在他身上。

步覃趁勢摟住她的腰肢，感受著這娘兒倆的重量，不許席雲芝離開。「就在這兒餵。」

席雲芝大窘，正要拒絕，懷裡的小安卻忽地哭了起來，小手不住地亂舞，像是要去抓席雲芝的衣襟般。

步覃仍舊不放手，無賴地說道：「看，小安真餓了，在跟娘親抗議呢。」

席雲芝快被這個男人氣死了，但孩子在哭卻是事實，便也顧不得什麼，解開了衣服就讓小安吃上了。

步覃的一雙俊目，一會兒在席雲芝臉上掃幾眼，一會兒又盯著吃奶的小安看幾眼，嘴角的笑容越來越深。

席雲芝好不容易才在步覃的注視下，難為情地餵飽了小安，並且成功地哄他睡著之後，步覃才肯放他們娘兒倆起身。

席雲芝將孩子安放在他們的床鋪之上，將帳幔放下，自己則一邊整理衣衫，一邊走到步覃身邊坐下。知道他最近因為閻大師的事情，心情都不是很好，因此她便抓著他的手，想叫他高興一些。

步覃對她勉強勾了勾唇，說道：「皇上昨日在接風宴上說，要在城內重新建一座將軍府，我在南郊邊上選了一塊地，那裡有山有水，中間還有一片清澈的湖泊，咱們就將那湖泊圈入府裡，種些荷花和菱角，夏天可以賞荷採菱，妳說好不好？」

席雲芝知道步覃這麼做，定是因為她從前說過，希望住的屋子面前有一片小湖泊。心中感動他還記得自己說的話，腦中也想像了下，說道：「將湖泊圈入府……夫君，那府邸得有多大？」

步覃轉頭看了看窗外，說道：「每個官員的府邸都有規格，一品是一百頃，但步家世代征戰，皇上封無可封之後，就著令內務府出資擴建府邸，作為賞賜，所以從前的將軍府有三百多頃，這回皇上要建的府邸，自不會少於三百頃的。」

席雲芝為之咋舌，三百頃的屋舍，那得容納多少人啊？但她也知道，這是皇帝封賞，臣子沒有拒絕的權利。

「皇上放了我半個月的假，半個月後，我將每日上朝議政，家裡的事，還得要妳多操持。」步覃說著，便反握住席雲芝的手，將之送到唇下輕吻。

席雲芝又將最近京城發生的事情跟步覃說了一番，也沒有漏掉敬王府所做的事，因為這些事就算她不說，夫君也還是會知道的，與其讓他聽旁人添油加醋地說，還不如她直接告訴他。

「敬王估計也只是想用敬王妃來給咱們提個醒，倒也沒真的出什麼事兒，你就別再偷偷地去尋人家晦氣了。既然你已決定扶持濟王，那就不要再在朝中樹敵了，不管是國事還是家事，不到萬不得已，隱忍一些總是沒有壞處的。」

步覃沒有回答，席雲芝又不放心地推了推他，他這才敷衍地點點頭。

「我自有分寸。倒是妳，今後妳就是正式的一品上將軍的夫人了，面對那些女人的時候，拿出底氣來，不管妳做了什麼、說了什麼，或是惹了什麼禍，都有我給妳擔著，用不著再去委屈自己忍耐了。」

步覃這一番話，聽得席雲芝心中感動不已，為了使他寬心，嘴上卻說：「我不委屈，我早就說過，只要能跟著你，只要你不甩掉我們娘兒倆，就是刀山火海我也不怕，更何況不過是發生了些小事，有什麼委屈的呢？」

夫妻兩人倚靠在一起說著話，吃飽的嬰兒睡在床上，溫馨的時光如此的寧靜美好。

自從步覃得勝歸來之後，席雲芝和甄氏的來往就明顯少了一些，因為濟王對甄氏下了嚴令，說是在局勢還未明朗之前，不能在檯面上與步家過從甚密，畢竟當今皇上多疑，濟王頭上還有三位權勢相當的哥哥，「淡交」才是兩相保命的基本準則。

沒有了甄氏前來找她說話，席雲芝也覺得有些無聊，幸好店裡的事比較忙，這才分了她一些心思。

年關將至，京城迎來了今年的第一場雪。鵝毛般的大雪連續下了一天一夜，第二天的路面上就全是積雪，有經濟條件的人們選購了皮靴，沒條件的人們則選擇那種靴子中有油布夾層的款式。

席雲芝抱著豎頭豎腦的小安，跟著他的小手指著的方向走動，嘴裡還不時跟他說著話。突然，店外的簾子被掀開，席雲芝轉頭一看，竟然是一個她怎麼都意想不到的人。左相府的千金李蘭箬一身裘皮氈子，清雅如霜地站在她的店門前，臉上滿是喜氣。

席雲芝對這個女人的印象還可以，最起碼她是溫和的，不像席雲箏和敬王妃那般，隨便說句話便是夾槍帶棒。

席雲芝將小安交至乳母手中，自己迎了上去，走出櫃檯與李蘭箬互相行了一個平禮，然後便將人領到了客座，命夥計奉茶。

李蘭箬的目光四周看了看之後，面帶微笑地對席雲芝說道：「早就聽說城裡開了幾間這樣的鋪子，一直未能得空前來，沒想到竟是夫人開的。」

席雲芝回以微笑。「小姐光臨，蓬蓽生輝。不知小姐可有看中什麼？我叫人送去二樓雅間，供小姐慢慢選購。」

李蘭箬巧笑倩兮，指了幾樣東西後，便在店裡夥計的帶領下去了二樓雅間，席雲芝則根據她指的那幾樣東西，又另外挑選了幾樣款式不錯的髮簪與環珮，也上樓相陪。

李蘭箬對女式的東西倒是無甚興趣，但對席雲芝後來拿上來的幾只中性環珮卻是興趣十足，拿在手中翻看了好幾回後，卻又放下。

席雲芝見她如此，心中有一猜測，於是便大著膽子說道：「李小姐，敝店也有男式的環珮翡翠，進貨之後便無人問詢，小姐可願替我鑑賞一番？」

李蘭箬眼中閃過驚喜，面上卻維持優雅，說道：「夫人客氣了，蘭箬求之不得。」

席雲芝叫夥計將面前的這些都收了去，又拿了兩個蓋著黑絨布的木製托盤，上頭擺放著幾只方剛大氣的腰扣環珮。

李蘭箬一眼便看中一個雙蛟戲珠的腰扣，說道：「這個倒是別致，只不知他喜歡不喜歡……」

席雲芝斂目一想，便叫夥計將東西放下，待雅間內只留下她和李蘭箬兩個人後，席雲芝端起一杯茶，不動聲色地問道：「李小姐說的可是……席公子？」

李蘭箬面上一驚，隨即紅了起來。

席雲芝心道一聲可惜，這般出色的女子，竟然會真的著了席筠那小子的道。

看著她低頭不語、耳根紅透的模樣，席雲芝便知道李蘭箬定是對席筠動了真情。

席雲芝將茶杯放下，開門見山地說道：「李小姐，有句話不知該說不該說？」

李蘭箬撫弄著手中的環珮，聲若蚊蚋。「夫人請說。」

「席公子，本名席筠，是左督御史夫人的哥哥，時年二十有五，我說的可對？」

李蘭箬低頭不語，席雲芝又道：「他不僅是左督御史夫人的哥哥，在輩分上，也算是我的。我與左督御史夫人同樣來自洛陽席家，這些小姐可能不知道。」

李蘭箬像是想起了什麼，盯著席雲芝看了好一會兒，然後才說道：「夫人告訴我這些，是想說什麼嗎？」

席雲芝看著她將手中環珮攥得緊緊的，不禁說道：「我想說……席公子配不上妳。他絕非妳的良人。」

李蘭箬聽了席雲芝的話，當即臉色一變，從座位上站了起來，面帶怒色，說道：「步夫人，我敬妳年歲比我大，但妳若對席公子出言不遜，妳我之間便沒什麼好說的了！席公子才情橫溢、待人誠懇，他說只要他二月春試拔得彩籌便去左相府向我提親，妳既也為洛陽席家之人，卻在此出言重傷自己的哥哥，竟不知是何用心！告辭了！」

李蘭箬一番慷慨陳詞之後，便頭也不回，帶著婢女離開了席雲芝的南北商鋪。

席雲芝站在二樓窗口看著她急急離去的身影，心中唏噓不已。

果然，人還是不能做好事，她不過陳述了事實，有些人就受不了了。

席筠說拔得彩籌便去提親，若是他拔不到彩籌呢？或者說，他根本就是想要靠左相府的裙帶關係去拔這次的彩籌呢？席筠的品性她不敢保證一定是差的，也不能保證他對李小姐全無真心，但她卻敢保證，不出三月，李蘭箬定會後悔。只不知到時，她又該如何收場呢？

步覃的朝服內務府連夜趕製了出來，做出來之後，就送來了步家。可步覃每天都抱著兒子到處轉悠，朝服還是席雲芝看著尺寸收下的。

回來之後，席雲芝讓步覃將朝服穿給她看一看，卻被步覃冷淡地拒絕了。

自從步覃回來之後，小安就變得不那麼黏席雲芝了，倒是對他親爹黏得不得了，甚至有幾次朝裡幾位大人前來拜訪，小安不肯離開他爹的懷抱，步覃只得將他抱在手上去跟那些大人們說話。

因為年關將近，席雲芝的南北商鋪每天都忙得不行，布料、首飾幾乎都是一掃而空，若不是年前席雲芝刻意多約了幾船貨在山東碼頭，還真會青黃不接、無貨可賣。

甄氏難得到她店裡來逛，席雲芝便將她帶到了二樓雅間，準備藉著選貨的機會，好好跟她說會子話。

甄氏看來心情還不錯，席雲芝一邊給她倒茶，一邊問道：「是發生什麼好事了嗎？」

甄氏將一串瑪瑙珠子放在桌面上把玩，嘴角逸出笑容，然後一副「我有八卦，妳要不要聽」的神情，對席雲芝勾了勾手指。

席雲芝不知道她神神秘秘在想什麼，就湊過去。

甄氏用差點笑出聲來的聲音說道：「禮部尚書的千金昨兒被人睡了，當場被抓了！」

席雲芝一聽就知道，只有那個圈子的事兒能叫她這般來勁，便隨口一問：「是嗎？跟誰睡了，這麼不小心啊？」

甄氏好像就在等著席雲芝問這句話般，幾乎立刻就答道：「那個男人妳也認識，席雲箏的哥哥，應該也算是妳的哥哥吧！」

席雲芝倒茶的手勢一頓，奇道：「席筠？」

甄氏接過她的茶壺，自己動手。「我不知道他叫什麼，反正聽說是席雲箏的哥哥。今晨才發生的事，尹大人還被禮部尚書叫去了府裡問話呢！」

席雲芝輕嘆，她就知道，席筠早晚壞事。他竭盡心力想要在京城貴女圈中嶄露頭角，對每一個都討好、對每一個都傳情，以為自己應付起來遊刃有餘，可他也不想想，京城的貴女都是些什麼出身？他以為都是一些平民家的姑娘，招惹完拍拍屁股就能走嗎？

「然後呢？」席雲芝終於明白甄氏這麼興奮的原因了，因為這件事對她而言，也充滿了八卦的誘惑力。

甄氏聳聳肩。「然後……聽說尹大人被禮部尚書罵了一頓，然後把席筠交給尹大人帶回去，然後席筠就又挨了一頓暴打，然後我就跑來這裡告訴妳這件事了。」

「……」

禮部尚書的千金與陌生男子被抓姦在床的事情，在城內傳得沸沸揚揚。事件的女主角，席雲芝在之前那次聚會中看到過一次，小家碧玉，不怎麼開口說話，沒想到出事的竟然是她。

但是，更令她沒想到的是，這件可以用「醜」字來形容的事情，竟然就這樣毫無遮掩地傳了出去。

禮部尚書府的人是絕對不會去做這種自己打臉的事情，他們定是想用盡方法去瞞，但這件事還是這樣離奇地傳了出去，那這幕後之人意欲何為，又是誰傳出去的，答案便呼之欲出了。

果然，就在消息傳出去之後沒多久，就耳聞了禮部尚書大人要嫁女的消息。

席筠下了一手好棋，先是勾得尚書千金對他欲罷不能，然後被人發現之後，乾脆將計就計，又來了一招苦肉計——仗著自己是左督御史的大舅子，禮部尚書也只能對他動動拳腳，不敢直接將他殺了了事，這其中就給了他緩衝傳信的時間，這才有了如今的結果。

這件醜事對席筠來說，並沒有損害名聲。他在「聽到」消息的第一時間，就趕到禮部尚書府負荊請罪，並且提出要承擔責任，迎娶尚書千金。尚書大人雖然惱他，但也是騎虎難下，只得匆忙嫁女，總比今後傳言越傳越盛，壞了女兒名聲，到時候就真是賠了夫人又折兵了。

席雲芝忙著置辦家中年貨，對這些事也是聽過就算，並沒打算去插手或阻止。

步覃被封賞之後，步家小院裡便開始熱鬧起來，每天都有朝中大人前來府中拜會，他們送來的賀禮足以堆滿一間繡房。步覃疲於應對，早早就隨席雲芝去了店裡，在後院抱著小安玩，躲清閒。

十五日之後，步覃不得不穿上了朝服，降色紗袍、佩水蒼玉，腳踩烏皮靴，中間的補子上一隻畫意甚濃的武麒麟張牙舞爪，蓬勃朝氣。步覃本就高挺俊美，五官深邃，穿什麼都能帶出一種貴氣來，如今穿上一品武官朝服，更是威武不屈，英挺得不得了。

席雲芝伺候他穿完了衣裳後，立即往後退了兩步，美美地欣賞起來，直到步覃快要發飆的前一刻，又聰明地回過神來，替他戴上金蟬髮冠。

步覃見她嘴角帶笑，一雙眼睛恨不得貼到他身上般，覺得有些好笑，便一把將之摟入懷中，在她耳邊勾唇說道：「若是夫人喜歡看，為夫晚上再到帳幔之中穿給夫人一個人看，如何？」

席雲芝難為情地推了他一下，步覃正好將她圈入懷中，一番欺負後才肯放開。席雲芝面帶羞色，欲拒還迎地將他推開了，一雙素手替他撫平衣服上的褶縐，這才將他送出院外，看他騎上了高頭大馬，帶著趙逸和韓峰往正陽宮門而去。

雖然步覃說過，只要她喜歡，就不用管其他的，儘管放手去做就是，但席雲芝還是覺得，從前她拋頭露面也就罷了，如今若是還經常如尋常商婦那般出入店鋪，可能會給步覃帶來不必要的麻煩，便歇了去店鋪的事，讓掌櫃們效仿洛陽商鋪的做法，每半個月把清單和帳目整理了送來她的府上給她過目，平日她就不去店裡了，所有事宜交給掌櫃們全權處理。

席雲芝在家裡悠閒度日，陪著小安跑東跑西的，完全沒有料到，一個她怎麼想也想不到的人竟突然找到她的門上來。

當他風塵僕僕、灰頭土臉地牽著一匹瘦馬出現在她面前的時候，席雲芝愣了老半天才認出他來，驚呼：「張延?!」

這個狼狽的客人不是張延又是誰呢？

張延看到席雲芝的第一句話不是別的，只是一句——「有吃的嗎？」

席雲芝讓如意、如月先端來了糕點和茶水，再叫劉媽去廚房趕緊煮飯，又燒了幾道菜端上來。

張延狼吞虎嚥，恨不得自己多生幾張嘴來吃才好。

席雲芝看著他的樣子，不禁說道：「你慢些吃，別噎著了。」

張延嘴裡塞得滿滿的，一個勁兒地對席雲芝搖手，不知道想說什麼。

席雲芝給他又添了些茶水，他喝了兩口後，才稍微口齒清晰了些。

「我都餓了三天了！」

席雲芝奇道：「你好歹也是酒樓的老闆，不至於吧？」

張延白了她一眼。「酒樓老闆也抵不住盜賊橫行啊！我在途徑石亭的時候，財物都給人搶了個光，就剩這匹又老又瘦的馬了。」

席雲芝見他說得可憐，不禁又問：「那你沒事跑來京城幹什麼呢？」

張延做出一副理所當然的樣子。「當然是投奔妳呀！妳現在可是洛陽首富，到了京城又成了一品上將軍的夫人，飛黃騰達，我不過來投奔妳，要投奔誰呢？」

「……」

雖然席雲芝對張延有朋友之義，但留一個男人在府中這種事情，她是絕對不能做，就在隔壁給他騰了一間房間出來，讓他先在此歇腳。

等到步覃晚上回來之後，她便將張延的事情老老實實地跟他說了。

原以為以自家夫君醋罈子的性格，定會讓張延滾得遠遠的，沒想到步覃一聽來的人是張延，竟然沒說什麼，只是點點頭，表示自己知道了。

席雲芝對步覃的反應覺得很奇怪，不甘地問道：「夫君，張延是個男人，好端端地跑來京城找我，你就不覺得……氣憤嗎？」

步覃換了常服，聳肩道：「為什麼要氣憤？他是張延不是嗎？」

「……」席雲芝十分不懂，自家夫君為何對張延這個男人特別地放心？但既然步覃這麼說了，她便也覺得沒什麼了，就叫張延留在步家的隔壁，跟在小黑後頭，替她跑跑宅子什麼的。

張延的適應能力出奇的快，快到讓席雲芝不禁懷疑，他是不是土生土長的京城人？因為有些就連小黑他們都沒有摸到的犄角旮旯，他竟然都能瞭若指掌。

不過幾天的工夫，他已替席雲芝找了不下十座的宅院，一下子就在小黑他們當中做出了名頭。

轉眼就是大年初一，小安被奶娘們打扮得像只小炮仗，圓滾滾的小模樣已經長開，看著活脫脫一個步覃的縮小版，見人就笑，可愛得任誰都想伸手去捏捏他白嫩嫩的小臉。

一大早，步承宗便抱他出去溜達了一圈，回來之後，正好趕上吃糯米圓子。

小安看見席雲芝便側著身子過來要她抱，席雲芝抱到手上後，他就笑開了花，開始專心吃手。

席雲芝給他餵了幾口甜湯，那小舌頭咂巴著，一副享受極了的模樣。

步覃看著手癢，便伸手接了過去，小安離開了娘親的懷抱後，又是瞪著雙眼盯著步覃看。步覃也學著席雲芝的樣子，用小勺舀了點甜湯，送到他的嘴邊，他卻是不吃，小手不住地往席雲芝那裡抓。

拜年的人絡繹不絕，讓步覃不勝其煩，但因為是大年初一，他也不好不在自己家中，只能強打起精神應對。

幸好小安倒是替他解決了不少煩惱，只要那些人提起什麼他不願意回答的事，他便以小安為藉口，一會兒說他餓了要去找娘吃奶，一會兒說他尿了，一會兒又說他不耐煩了，諸如此類的藉口，往往都能在席雲芝這兒歇息片刻，然後再抱著小安過去待客，周而復始，送走了一撥又一撥的客人。

二月初始，將軍府初建完成，築造府的匠官前來請步覃前去過目，步覃便將席雲芝也帶了過去。

將軍府占地自不必說，一眼望不到頭卻是真的。

席雲芝與步覃漫步在湖泊之上的九曲迴廊上，看著四周的如畫風景，第一次覺得頭皮發麻。這麼多豪華的屋舍、這麼多珍奇的花朵、這麼多的小院子、這麼大的地方……這得找多少人回來才能全都打理出來呀？

倒不是她如今缺錢，只是她真的不習慣府邸太大、太空曠。

步覃倒是覺得挺好的，當即又吩咐工匠，再在這片湖泊上另外多添幾條小船。

工匠們領命而去，富麗堂皇的將軍府便算落成了。有了步覃的肯定，工匠們就可以上報內務府，叫內務府派人前來審查，然後走一道過場之後，步家就能舉家遷入了。

初定遷入時間，是三月初。

席雲芝回到家中，看著蘭馥園這間住了還不到一年的地方，雖小、雖沈舊，但她卻是十分喜歡的。

劉媽和如意、如月倒是很興奮，每天都嚷嚷著要搬新家了，收拾起來格外的賣力。

三月初，步家舉家遷入南郊新居。內務府撥了三十人一同送入了將軍府做僕役，有負責清掃的、有負責養花的、有負責打理魚池的，還有負責做飯的。凡是步家府裡要用到人的地方，內務府基本上都給安排好了，倒是給席雲芝省去了不少麻煩。不過，步覃卻對內務府送來的人沒什麼好感，當日便給他們訂下了不許出入主人院落的規矩，違者重罰不待。

一開始席雲芝還不太明白他此舉何意，但過了幾天之後，她就有些明白了。

這些僕役都是內務府送進來的，也就是說他們全都是內務府的人，並不會因為他們如今進了將軍府，就真的是將軍府的人了，宮裡的奴才跟外面的家僕是不一樣的。

人多口雜，人多事也多。

步覃雖然接受了他們在府裡做事，但不代表他能允許這些人隨意刺探他們的生活。

新將軍府實在是太大了，光靠劉媽、如意和如月根本是不夠的，就算有內務府撥來的三十人，席雲芝還是覺得不夠用，因為她搬進來的第一天就統計了一下，將軍府光是空房就有八十六間，單單清掃這一項來說，內務府的三十人便已用得差不多了。更何況，這麼多房屋裡，竟然還不包括他們住的主院。

於是，席雲芝便叫小黑他們在找房賣房的同時，順便給她招招工。連續挑選了好幾天，席雲芝才又另外選定了二十二人，至此，將軍府中的各項事宜才算是正常運作了起來。

三月初，京城也迎來了忙碌的時節。

三月初二科舉應試，持續七日，考完三日放榜，放榜後有瓊林宴；瓊林宴後，三月十五乃是聖壽；三月十八則開始一年一度的選秀，各官家十二至十八歲的未出閣閨女皆可參加。

席雲芝這日正在府裡看帳，門房老陸派人來報，說是左相府派人遞了帖子進來，左相千金李小姐求見。席雲芝放下帳本，去了待客花廳。

李蘭箬一見席雲芝，便從座位上站了起來。

兩人上前互行了個平禮過後，席雲芝請她入座，見她神情抑鬱，像是有話要說，就屏退了所有人，李蘭箬這才感激地對她福了福身子。

「夫人，只怪蘭箬糊塗，這才沒有看清他人面目，錯怪了夫人，還請夫人原諒。」李蘭箬說著就起身，對席雲芝福下了身子。

席雲芝哪能受她此禮，趕忙上前攙扶。「李小姐快起來。」將她扶起之後，席雲芝見她雙目通紅，便出言安慰道：「李小姐莫哭，我早就說過，席公子配不上妳。妳看他才情橫溢，其實卻是金玉其外，敗絮其中。他接近禮部尚書小姐定然就是為了本次科考能多些人脈，妳未被他欺騙更深，實屬萬幸了。」

李蘭箬從袖中抽出一塊帕子，將泛紅的眼角揩了揩，這才點頭說道：「夫人說的是，這種無恥之徒，還是早些看清了的好，一時癡情錯付，總好過後悔一生。」

席雲芝見她灑脫，便也欣慰。

李蘭箬猶豫了一會兒後，又道：「夫人，我怕今後再沒這麼容易見到夫人了，所以這次來，便是特意來向夫人賠禮的。」

席雲芝奇道：「怎麼會不容易呢？妳什麼時候想見我，派人來傳便是了。」當然，席雲芝這話只是一句客套話。如今她身為一品上將軍的夫人，而李蘭箬只是宰相孫女，這其中差著輩分不說，身分也是不同的。

李蘭箬莞爾一笑，說出了實情。「我……這個月便要入宮選秀女了。爺爺已替我爭了個妃位，今生今世，我怕是再難出宮門了。」

「什麼？」席雲芝訝然。「小姐要去……選秀女？」

李蘭箬點點頭，看到席雲芝這般驚訝，她不禁笑著說道：「像我們這種豪門貴女，若是沒能在皇上選秀前定下親事，十有八九都會被送入宮去選一輪的。這種方法，既能搏一搏皇上的寵愛，即便搏不到，說不準也能搏到一位諸侯王爺的青睞，到時候，再由皇上賜婚，風光大嫁，然後……一輩子也就這麼過去了。」

席雲芝看著她的模樣，像是願意，又像是不願意，也不好多問什麼。

兩人又聊了一會兒話後，李蘭箬便告辭了。

晚上，席雲芝和步覃說起李小姐要去選秀這件事。

步覃一副早就知道了的語氣，目光仍舊盯在書冊之上，開口說道：「嗯，之前李大人替她求了太后，說一入宮便是妃位，與喜得龍種的李貴妃作伴。」

席雲芝正在繡樣子，對步覃的話有些驚訝。「李貴妃是誰？」

「李蘭箬的嫡親姊姊李蘭詩。三年前入宮，前陣子有了身孕，李家便想把李蘭箬送進去，鞏固聖寵。」

席雲芝這才明白李蘭箬話中，這些大家小姐們的悲哀。想想那皇上已然五、六十歲，甚至比李蘭箬她們父親的年紀還要大些，可她們卻為了家族，不得不以二八年華的風貌去侍奉君側，從此失了自我。

不想再繼續這個沈重的話題，席雲芝突然間想起那個負了李小姐的席筠，不禁又問道：「對了，這次的科考結束了嗎？」

步覃聽到科考兩個字，便放下書本，看了看席雲芝，然後默默地點了點頭。

席雲芝問道：「狀元郎可是姓席？」席雲芝本想直接問狀元是不是席筠的，後來想想這樣實在太直接了，便這般問道。

只見步覃斂下目光，稍稍猶豫了片刻後，才道：「既然妳都知道了，那還問什麼？」

席雲芝驚呼。「真的是他啊？」

步覃蹙眉，想問她是怎麼知道的，思索了下，才又說：「是他不好嗎？他總算證明了自己的能力，不是嗎？」

席雲芝聽後覺得很是氣惱。「當然不好！像他那種忘恩負義、不知廉恥的小人，不過是靠裙帶關係才考中了狀元，有什麼好得意的？」

步覃見她義憤填膺的模樣，覺得哭笑不得。「夫人，妳以為考狀元是市場賣菜啊？若是要攀裙帶關係，豈不是要攀到皇上的後宮裡去？」

「……」席雲芝一時語塞，便閉上嘴巴，不言不語，繼續靠在軟枕上繡花，良久後嘴裡才嘟囔道：「反正我覺得，他那個人品行不好！」

步覃看了她半晌才說道：「說不定，他是有苦衷的呢？」

「……」席雲芝乾脆放下針線，走下軟榻，出門洗漱去了。

真不知道她家夫君今晚吃錯了什麼藥，竟然為席筠那個混蛋說話！她感覺再和他說下去，自己就要忍不住罵他了，這才出來透透氣。兀自站在九曲迴廊上，看著湖面波光粼粼，吹了好一會兒的夜風後，她才又悻悻地回到了房間。

第二天一早，步覃上朝之後，席雲芝剛在府裡找了些事做，門房便來通報，說濟王妃駕到。

席雲芝連忙又趕去了花廳，心中覺得奇怪，濟王不是說了要王妃和步家保持距離，不要太親近，平日裡最好就連來往都不要嗎？可是今日濟王妃卻突然登門，不知所為何事？……不會又和濟王吵架了吧？

甄氏看見席雲芝後，也不客氣，開門見山地就說道：「過些時日，便是皇上大壽了，濟王命我辦理此事，可是……」甄氏的臉上出現一絲窘迫。

席雲芝見狀，趕忙應答：「若有事情雲芝能夠幫得上忙，就請王妃不要客氣了。」

甄氏聽了席雲芝的話，對她感激一笑，然後才切中主題地說道：「濟王府這些年的境況，想必妳也是知道的，府中早已沒有半點餘錢了，年前發的例銀，被王爺用來打點各家禮品，也已所剩無幾了，但這次皇上大壽，濟王府再不行，也不能叫王爺空著手去，所以……」

甄氏說到這裡，席雲芝已經明白了她想說的話，便默不作聲地去了內院，從她的黑寶匣中取出了十幾張萬兩銀票，拿到了花廳中，交給甄氏。

甄氏數了數金額，當即被嚇了一跳，連連擺手說：「不不不，用不了這麼多！」

席雲芝讓她收下，說道：「去年十一月太后生辰，左督御史花了足足五十萬兩買了一條珍珠船送給太后做壽禮，濟王就算不用送那麼貴的，但這些還是必要的吧？」

甄氏為難地對席雲芝說道：「快別說左督御史送的那條珍珠船了，太后喜歡是喜歡，但知道價格之後，便不高興了。太后生性節儉，將此事跟皇上說了之後，皇上當場就要都察院徹查尹大人的家產，看他是否貪污？幸好最後查出銀錢是由尹夫人四處籌借的，這才沒有罷免了尹大人的官職。」

席雲芝不知道這其中還有這個典故，當即心中冷笑。沒想到席雲箏到頭來，還是竹籃打水一場空，尹大人沒在聖駕前討得了好，回家定然不會給席雲箏好臉色看的。怪不得席筠被逼得鋌而走險，不顧名聲，孤注一擲地做了禮部尚書的女婿。

甄氏最後也只敢拿了席雲芝五萬兩銀子，便不再停留，火速離開了將軍府。

科舉考試過後，狀元郎果真姓席。

席雲芝只覺得這個世道真不好，就連席筠那樣的人都能中了狀元，之後便沒怎麼去理會，兀自在家繡花、帶孩子。

小安如今已經能站在人腿上蹦跳了，府裡整天都充滿了他嘻嘻哈哈的笑聲。他也咿咿呀呀地會叫爹了，步覃每天晚上回來之後，都要跟他玩上好一會兒才肯回房。

瓊林宴因為皇帝選秀，向後推移了半月。

選秀前夕，來自各地的大家小姐們全都卯足了勁，往那個金絲牢籠中衝去。李蘭箬前有貴妃姊姊撐腰，後有丞相爺爺舉薦，只不過在選秀的舞臺上稍稍露了個面，就被皇上納入了後宮，封為言妃，與她的貴妃姊姊同住一個宮殿。入宮當晚，便由貴妃替她穿針引線，自然而然地承寵了。

皇上這回選秀，一共納了七位才人、兩位美人、一妃子，席雲芝對這個荒淫老男人表示徹底無語，所以，後來當步覃跟她說，今年皇上的身體大不如前了，只選了不到十個時，席雲芝覺得驚詫不已，還被步覃笑話說沒見識。

席雲芝對這種宮闈秘辛沒什麼興趣，只覺得後宮三千佳麗，只為得那一人寵這件事有點悲涼，但橫豎也不關自己什麼事，便不去過問了。

瓊林宴當天，頭三甲都會胸戴紅綢花，騎在高頭大馬上向京城百姓致意，接受百姓們豔羨佩服的目光，然後從正陽門直接入宮，參加瓊林宴。

席雲芝這天正巧在鋪子裡盤貨，聽夥計們都在說，狀元和探花他們的馬快到朱雀街上了。原本對於看席筠渣男無甚興趣的席雲芝被幾個小丫頭拉著走到了門外，只見三匹高頭大馬正好轉入了朱雀街，街上百姓紛紛翹首以盼。席雲芝站在店門口，不想再往前走一步了，小丫頭們則紛紛擠入了人群中。

席雲芝抬眼看了看為首的狀元郎，突然覺得眼前一花，隨後她伸手在眼睛上抹了幾下，這才驚覺自己沒有看錯。

遊街的隊伍從她的店門口穿行而過，前去湊熱鬧的小丫頭們也都回來了，一個個表情都興奮得不得了。

「狀元郎的年紀雖然有點大，但還是挺好看的。還有那個探花……」

小丫頭們的談論並未引起席雲芝的參與，她在店鋪門前站了良久，然後才像是回過神來，拔腿便衝了出去，追著遊街隊伍跑了好久。

席雲芝披著毯子站在大門邊等步覃回家。

門房的老陸讓她去屋裡待著，席雲芝卻搖手拒絕了。深夜的寒風吹得她鼻子有些發酸，高高掛在將軍府門前的燈籠搖晃出暈黃的光芒。

當步覃的轎子落地之時，席雲芝便衝了上去迎他。

步覃一掀開簾子，就看到席雲芝期待中帶點興奮的神情，又見她的鼻子幾乎都凍紅了，不禁將她擁入懷中，將自己的袍子掀開，讓她躲了進來。

「我今天看到他了。」席雲芝莫名其妙地對步覃說了這麼一句話。

步覃蹙眉，表示不解。

席雲芝緊緊抱住了他的腰，說道：「他就坐在馬背上，看起來還是那麼年輕，就好像我記憶中的那樣，絲毫沒有改變。」

「妳說誰？」步覃看著她像隻小綿羊一般鑽入自己懷中，又對在一旁偷笑的趙逸和韓峰丟了個眼刀，兩人立刻就收了笑容，招呼著隨從們入府，讓他們夫妻倆在門外你儂我儂一番。

「我爹啊！」席雲芝的眸色帶著閃亮光芒，看來這兩個字帶給她的感動依舊。

步覃還是不解。

「妳爹怎麼了？妳不是不願意見他嗎？」

席雲芝盯著步覃看了好久，這才說道：「誰說我不願意的？我要早知道他就是今年的新科狀元，那我就是半夜起來，也要去門前守候啊！」

步覃沒有說話，而是盯著她看了很久，然後才猶豫地問道：「妳事先不知道今年的狀元……是妳爹嗎？」

席雲芝搖頭。「我以為是席筠，因為他不是娶了禮部尚書的千金嗎？我就以為今年的狀元非他莫屬。」

「……」

兩兩相望，先前好像有什麼誤會，被他們錯誤傳達了。

第二天一早，席徵便被請入了將軍府。

席雲芝卯時不到就起來親自煮了早飯：一大鍋的白粥、一盤子水煮雞蛋，還有三、四樣她親手醃漬的醬菜。

席徵來的時候，席雲芝正在擺碗筷，他愣在門外不敢進來。席雲芝放下碗筷，深吸一口氣，走到了門外，伸手將他拉了進來，按坐在一張太師椅上，又將一雙筷子和一只雞蛋送入他手中。

步覃將身上的袍子解下遞給韓峰，自己也在飯桌旁坐了下來。

席雲芝給席徵盛了一碗熱氣騰騰的粥之後，也給步覃盛了一碗。

步覃倒是不客氣，呼嚕呼嚕就喝了起來。

席徵卻看著眼前的白粥和雞蛋，怎麼也下不了口。

最後，在席雲芝的催促下，他才止住顫抖的唇，喝了一口粥，又立刻抬起頭來看了一眼席雲芝。

她溫婉一笑。

「快吃吧，雞蛋涼了就腥氣了。」

「……」席徵默默地點頭。

吃完了早飯，步覃看了眼這對平淡得好像經常見面似的父女倆，不打算陪他們乾坐著，起身準備回去房中換了朝服，上朝去了。

席徵將雞蛋砸了一個口子，用筷子將蛋白和蛋黃挑出來吃，再配上一點醬菜，他足足吃了三碗粥、五個雞蛋。

每個吃完的雞蛋殼就那麼倒扣在桌面上。

席雲芝與他坐在一張飯桌上，互不相干地吃飯，只有席徵的粥碗空了，席雲芝才會抬頭主動問他還要不要，席徵點頭後將碗遞給她，她就站起來替他再盛。

相看兩無言，但氣氛卻又十分默契和諧。

席徵看著空碗和雞蛋殼，嘴唇微動，正要說些什麼，只聽飯廳外傳來幾聲咿咿呀呀的叫爹聲。

席雲芝立刻站起來迎出去，只見胖乎乎的小安被乳母抱了過來，一看見席雲芝便往她身上賴。席雲芝將他抱在懷中，顛了兩顛，將小傢伙逗得吃笑不已，清脆的聲音在飯廳中迴盪著。她抱著小安坐在飯桌前，正要騰出手來剝雞蛋時，卻對上了一雙渴望與驚奇的眼。

席徵的一雙中年俊目自從看到小安之後，就無法從他身上拔下來了，小安哪怕只是拍個手，他都能盯著看半天。

席雲芝斂目想了想，說道：「爹，我要給小安剝雞蛋，你替我抱一抱他吧？」

席徵幾乎是立刻從座位上站起，僵著步伐走到了席雲芝旁邊，兩隻手臂就那樣硬挺挺地伸了出來。

席雲芝將小安放到他的兩條胳膊上，小安不認識他，卻只是稍微癟了癟嘴，也沒太過反抗，兩隻眼睛盯著席徵看了好一會兒後，才突然伸出兩隻小手，抓住了席徵上唇和下顎上的鬍子，拚命拉扯。

「哎！哎喲……」席徵的鬍子被那小子抓在手裡扯著不肯放，疼得他鼻頭直泛酸，卻又絲毫不想拉開他的小手，就這麼痛並快樂著。

席雲芝和席徵之間的尷尬，被小安三、兩下就全部化解掉了。

大概是外公犧牲自己逗他一樂的精神太過偉大，使得小安在撒手之後，便對外公席徵產生了好感，賴在外公懷裡，就連席雲芝伸手要抱，他都表示不願意。

席徵就這樣變成了專業奶公，小安的御用抱抱。

席雲芝乘機讓席徵今晚乾脆就住在將軍府裡，席徵原本是覺得不妥的，但在小安的「誠意」挽留下，他卻是不得不留下來了。

第十五章

瓊林宴後，以狀元為首的三鼎甲進士皆被安排了官職。榜眼和探花都無意外地被放出京去，做了一方父母官，或許日後做出了政績，還會被召回京城。

但是席徵這個狀元卻是直接被留在了京城，做了一個從四品京官。

一般來說，不管是狀元還是榜眼、探花，都是新一批從民間才子中選拔出來的人才，這種人才，相對的底細不知，所以皇上都會將他們先外放到各省，然後看各人潛力來決定是否召回京中重用。

像席徵這樣，不外放，直接留在京中做官，這樣的例子也不是沒有，那就是給皇上做了女婿什麼的，狀元郎做了駙馬，自然就可以留在京中任職了。

但是席徵的年齡，和公主們的年齡著實不太相配，又加上有過正妻，公主若是要嫁給他，那就得是填房，因此用膝蓋想也知道，席徵這個狀元郎絕不會走上駙馬這條路，但叫人訝異的是，他最後還是留了下來。

皇上破天荒地給他封了一個從四品的內閣侍讀學士的閒職。

席雲芝原本還擔心，自己與父親才剛剛相認，他很快就又要被外放他鄉了，沒想到會是這個結果，心下大喜，便跟步覃商量，說別讓席徵一個人住在客棧裡了，讓他到將軍府來住。

步覃自然同意，第二天親自帶了人去將席徵請回了府內安住。

席徵的性子跟席雲芝倒是差不多的，只是比席雲芝多了些文人的傲氣清高，但他對步覃這個女婿可以看得出來是特別滿意的。

他住入府中之後，步老太爺就邀他住同一座院子，席雲芝原本以為她爹定然不會同意，沒想到，她爹竟然欣喜地答應了步承宗的提議！

席雲芝這才知道，原來這兩人從前便有過交情。她突然想起，之前堰伯問起她爹是不是叫席徵，還說他進京趕考那陣，在前將軍府中借宿過幾宿，想來他們的交情便是那時建立的吧？

席徵的才情自不必說，清高剛正的性格更深受步老太爺喜愛，這一老一中倒是成了無話不談的忘年好友，席徵的到來，正好也彌補了堰伯不在老太爺身邊伺候的孤單。

日子過得平靜而充實，席雲芝別無所求，只希望這種平靜的日子一直繼續下去就好，如果不是發生了那件事的話。

時年七月，濟王被諫徇私枉法，結黨營私，意圖謀反，天子大怒，將濟王府上下皆關入天牢候審。

得知這個消息的席雲芝獨自在院中站著，從步覃上朝等到他下朝，回來後，第一件事便是問他。「濟王府怎麼樣了？」

步覃知道，她與濟王妃甄氏感情不錯，初來京城時，她也確實受了濟王妃不少照料，看著她擔憂的神色，他不禁撫上她的臉頰，嘆息後說道：「前幾日皇上御花園遇刺，兵部尚書帶人抓住了那兩名刺客。天牢逼問之後，他們供說刺殺皇上的幕後黑手是近來與朝臣多番走動的濟王，皇上震怒，將濟王一家流放西北苦寒之地，並下詔：在他有生之年，濟王永不能回朝。」

席雲芝臉色蒼白。

「流放……西北？」

步覃點點頭。

可席雲芝還是不解。「可是，怎麼能憑那兩個刺客的一面之詞，就定了濟王府的罪呢？就連我這個不懂政治的女人家都知道，這件事透著玄乎啊！皇上為何不徹查，就這樣輕易地冤枉了濟王呢？」

步覃嘆了口氣，對席雲芝解釋道：「皇上多疑，再加上濟王最近也確實與某些朝臣走得太近了。之前皇上大壽，他給皇上送了一幅千壽帖，說是前朝大家王舟的親筆，據說要五萬兩銀子，皇上命內務府清查了濟王府的例銀後，左相和鎮國公便一口咬定了濟王受賄，逼著皇上盡快將之處理。」

席雲芝覺得有些站不住腳，五萬兩銀子的千壽帖……五萬兩銀子……莫不是濟王妃從她這裡借去的五萬兩？這、這……倒變成了她間接害了濟王府嗎？

步覃見她臉色有異，便將她摟入懷中，輕拍她的後背，說道：「妳不是跟我說過，每個人都有每個人的命數嗎？既然都已經發生了，我們難過也於事無補。他們明日卯時便會被押送出城，城外十里石亭處有我的崗哨，妳若想去送她……我給妳安排。」

「……」席雲芝終於忍不住，哭倒在步覃懷中。

城外十里處有座石亭，那裡是歷來流放之人最後會親之所。

從昨日開始，瓢潑大雨就下個不停，雷聲陣陣，天際黑壓壓的雲像是大軍壓境般，叫人喘不過氣。

席雲芝穿著一身素色的衣衫，站在石亭中翹首等待。

過了好久之後，遠處才緩緩走來一行人，押著兩台囚車。

席雲芝不管不顧地衝入了大雨中，站在官道中央。

如意拿著一把傘、打著一把傘，趕緊來到席雲芝身旁替她遮雨。

囚車隊伍來到跟前，帶頭官兵指著席雲芝主僕，大喝一聲——

「來者何人？膽敢阻擋去路！」

席雲芝從袖中掏出一只錦袋交給如意。

如意便將手中的傘遞給席雲芝，自己則跑入了雨中，一邊打傘，一邊說道：「大人，我家夫人曾受過濟王恩惠，想來送他們最後一程！」如意說著，便偷偷地將那只錦袋送到為首官兵手中。

那官兵掂了掂重量，見她們只是兩個小女子，翻不出什麼大浪來，便一揮手，就有士兵冒著雨，去將渾身濕透的濟王和濟王妃拉了出來，戴上枷鎖，送到了石亭之內。

席雲芝看著狼狽不堪的濟王和一直哭泣的甄氏，讓如意替他們擦了擦臉上的水漬，然後自己默不作聲地從旁邊的食盒中拿出幾盤點心，一口一口地餵給他們吃。

兩人自從入了天牢之後，那些人就沒給他們吃過什麼東西，而濟王府的人全都被抓，旁人也不敢在這風口浪尖上輕易過來探視。甄氏邊吃邊說謝謝，濟王也是對席雲芝感激地點了點頭。之後沒有一個人再說話，誰都沒有心情，就算是告別的話，也開不了口。

伺候兩人吃飽喝足之後，在官兵的催促之下，濟王和甄氏這才被拉起了身，帶著鎖鏈和枷鎖又要轉身離開。

濟王走在前頭，甄氏走在後頭，席雲芝趁著官兵們全都走出石亭之後，將甄氏悄悄拉住，飛快地從袖中掏出一個油包，從甄氏的側襟處塞了進去。甄氏訝異地看著她，只見席雲芝不動聲色地看了她一眼，淡淡地說了一句「珍重」，便在背後輕推了她一把。

濟王和甄氏被解了枷鎖，再次關入木頭囚車，押往西北。

席雲芝站在石亭上看著他們離去，直到看不見人影後，她才收回了目光，撐著傘往城內走去。

濟王被流放之後，整座朝堂彷彿都籠罩在一片風聲鶴唳之中。步覃每每回來都是眉頭深鎖，就連任閒職的席徵都是成日唉聲嘆氣的。

只有城中百姓還是一派祥和，半點也沒有皇朝衰退的不幸與焦慮。

席雲芝的店鋪說是日進斗金也不為過，店鋪裡賺了錢，她就用來買宅子，買了宅子再賣出去，賣出去之後，她就再買店鋪，因此朱雀街上的店鋪早已被她買得七七八八了。

不誇張地說，如今京城中有小半的宅子都多少跟席雲芝沾著些關係，有的已經成為她的私產，有的是她賣出去的。

總之，就算席雲芝再怎麼低調、不願聲張，但她在京城之中也自有一番名聲了，人家提到有錢的掌櫃，總歸第一個想起的便是她。再加上她將軍夫人的身分，坊間對她的傳聞就更加神乎其神了。

但她本人卻對這些並無感覺，只是在家相夫教子，打理府務。

小安能下地走動後，每天都東跑西跑的，一跑就摔，然後自己爬起來，拍拍手再跑，把兩個乳母弄得頭昏腦脹、焦頭爛額，府裡卻充斥著他清脆快樂的笑聲。

步覃自從上回帶兵攻打犬戎之後，就沒再被安排出征了，皇上似乎對他有所防範，怕他擁兵自重，好幾回商議大事都未傳他一併入閣。

步覃也樂得清閒，每天上完早朝就回家陪伴妻兒。朝上有事，除非是皇帝親自開口問詢，否則他就不說話。許是濟王被流放的事情，讓他對這個朝廷失望至極，倒是比從前多了幾分收斂。他不怎麼開口說話，而皇上也不敢真的分配什麼大事讓他去做，所以那些言官、諫官們就是整日盯著他，也找不出什麼可以諫言的地方。

同年十一月，行事向來十分低調的平王突然暴斃家中，凶手據說是他的兩名舞姬，皇上勒令徹查，最終卻也沒查出什麼所以然來，只好不了了之。

但這件事，步覃回來跟席雲芝說過之後，席雲芝就覺得平王暴斃這件事定有蹊蹺，絕不是他的那兩名舞姬能夠做到的。

她想著這件事最大的受益者是誰，便不難猜出一二。

皇室的四位皇子，一個被流放，一個暴斃而亡，如今只剩下太子和敬王。太子和敬王是兄弟，也是連襟，他們若想聯手剷除誰，那其他皇子還有什麼能力反擊呢？

十二月初，太子妃傳出懷了身孕，舉國歡騰，皇上說天賜麟兒，當場就要給這位遲來的太孫封號，被群臣諫言之後，才答應等太孫生出來之後再封。

席雲芝搬到新的將軍府之後，便將蘭馥園的宅子全都買下，做了她的商宅，買賣住宅的人手也從原來的十人，發展到了如今五、六十人的隊伍。

每天都忙得不行，因為這裡本質上還是私宅，席雲芝不會常去鋪子裡拋頭露面，但有空還是會到這裡來看帳。

正在跟店裡的夥計對帳時，張延鬼鬼祟祟地從外面走了進來，席雲芝見狀，便叫住了他。

張延停下腳步，無奈地轉過身，對著她訕笑。

「昨晚去哪兒了？聽說你一夜都沒回來。」席雲芝放下帳本，對他問道。

張延立刻變了臉色，支支吾吾起來。「沒……就、就和幾個朋友出去喝了點酒。」

席雲芝又看了他一會兒，這才繼續對帳。

張延低著頭回到了自己房間補眠，卻沒發覺，席雲芝追著他背後瞧的疑惑目光。

席雲芝招來小黑盯著張延好多天，發現這人每天晚上都會去同一個地方——東城燕子胡同的一所居宅。

那裡常年大門緊閉，席雲芝曾經派小黑前去打聽過，但連小黑也鎩羽而歸，只說那可能是某位達官貴人的私宅，戒備森嚴不輸任何官宅，他根本混不進去，平常也看不到人出來。

張延倒是能在那裡隨意出入，每天準時戌時進，寅時出。

席雲芝覺得十分奇怪，若說張延想做什麼小動作，她倒是沒看出來，因為他最近不過是消極怠工，白天大多是在睡覺，下午醒來之後，混一混時間，然後戌時就趕去了燕子胡同。

晚上她回到將軍府中，門房老陸告訴她，說將軍中午回來之後就一個人去了演武場，一直到現在還沒出來，也不見吃飯。

席雲芝將披風解下來遞給如意，自己則去了將軍府南面的演武場，還沒進去，便能在外面聽見裡頭棍子揮得虎虎生風的聲音。席雲芝推門而入，只見步覃一個人在校場上揮汗如雨，各路棍法打得十分激烈，像是在宣洩著什麼似的。

席雲芝兀自轉身去倒了一壺茶端進來，也不叫他，就坐到了演武場邊上的那張石桌旁等他發洩完。

步覃早就看到席雲芝走了進來，卻是又打了一炷香的時間才肯歇手。將棍子一扔，龍行虎步地走到了石桌旁，拿起席雲芝端來的茶壺就喝了起來。

一番豪飲之後，他將茶壺放下，雙手撐在石桌邊緣喘氣。

席雲芝這才從懷中掏出香帕，替他擦去了臉頰上的汗珠。

步覃又喘了一會兒，便恢復了，接過席雲芝手中的帕子，自己擦起汗來。

「可是朝中發生了什麼事？」席雲芝雖然這麼問，但她心中敢肯定，定是朝中發生了什麼令自家夫君滿腔怒火的大事，他卻無力更改，這才在這裡生悶氣。

步覃坐在另一張石凳上，重重地嘆了一口氣。「西北出現了叛亂，敬王舉薦王博沖上陣。王博沖是蒙驁的關門弟子，從未上陣殺過敵，此番皇上命他為主帥，將鎮守南寧的二十萬兵全都派給了他。」

席雲芝不懂謀略與政治，但聽步覃這麼說了，也知道這個王博沖是靠著定遠侯蒙驁的關係，這才當上了主帥。他從未打過仗，各方面經驗都不足，皇上卻將步家鎮守南寧的二十萬兵派給他，難怪步覃會覺得生氣，無處發洩了。
席雲芝見他如此，也不知如何安慰，就問道：「那朝中其他大臣就沒有反對的嗎？敬王舉薦王博沖，那太子呢？太子可有舉薦什麼人嗎？」
步覃一聽席雲芝提起太子，頓時更生氣了，拍著桌子起身，邊走邊怒道：「太子？太子都接連一個月沒上朝了！」
「……」

這日，席雲芝正在蘭馥園的院子裡陪小安玩，小黑跑進來說有事告訴她，席雲芝便讓乳母陪著小安，自己走到外面去跟小黑說話。
「夫人，那宅子的來歷查出來了！妳猜屋主是誰？」
席雲芝見小黑一臉興奮，便好奇地搖搖頭，讓他快說。
小黑醞釀了一番後，指著皇城的方向，興奮地說道：「那宅子竟然是當朝太子的私宅！我說怎麼戒備那樣森嚴呢！」
席雲芝蹙眉不解。
「太子的私宅？你如何知道的？」
小黑抓著頭嘿嘿一笑，說出了他的方法。「我在外頭盯了好幾天，發現那宅子每三天會派車出門採購食材，我便跟過去看了看，誰知道他們的車根本不是往集市的方向走，跟著跟著，竟跟到了東城太子府的後門！他們裝了一大車的食材之後，就又回到了燕子胡同去。」

席雲芝覺得更加的不解了，昨日夫君才說太子已經一個月不上朝，今日小黑就打探出來太子很可能藏身在燕子胡同？這些原本也不關她什麼事的，可是，這其中卻牽涉到了張延。

張延每天出入的府邸竟然是太子私宅，而且夫君說太子一個月沒有上朝了，張延也是差不多一個多月前開始表現有些奇怪，每天晚出早歸，很少見他在蘭馥園露面。

這到底是怎麼回事？太子想從張延身上打聽出什麼嗎？若說太子想藉由張延打探將軍府的事，但張延也沒有特意向她打探過什麼呀！

難道他們倆從前是舊相識？張延說他曾經做過御廚，那是不是在他做御廚的時候，跟太子有過交情？

可是席雲芝不明白的是，到底是什麼樣的交情，才能令張延與太子這般密不可分地聚在一起呢？

席雲芝雖然對張延和太子的關係感到疑惑，但始終沒打算插手去管，甚至連問都沒有去問過。

張延依舊我行我素，終於，他連白天都不回來了。席雲芝派人去找他，卻都杳無音訊，他就像在京城中消失了一般。

這日，蘭馥園門前停了一頂奢華軟轎，園裡的人全都出去圍觀，他們嘈雜的聲音將席雲芝也引了出去，只見從那軟轎上走下一位姿容秀麗的女子，看穿著打扮雖然華麗，卻不像是什麼千金小姐。

她彬彬有禮地走到席雲芝面前，對席雲芝行了一個大禮。「夫人可是席雲芝席掌櫃？」女子笑容滿面地問道。

席雲芝點點頭，同樣客氣地回道：「正是。不知姑娘是……」

「奴婢香如，特奉主子命令，前來請席掌櫃過府一敘。」那姑娘指著軟轎，對席雲芝大大方方地說出了邀請。

席雲芝又問：「請問妳家主人是誰？」她可不記得自己在京城還有什麼大家朋友。

那姑娘似乎看出了席雲芝的猶豫，便又道：「我家主人說了，若是掌櫃不放心，可以帶護衛一同前行。」

既然對方都這麼說了，若是席雲芝還要推辭，那就顯得太沒膽色了，當即令小黑等幾名護衛同行，自己則坐上了對方的奢華軟轎，一路往東走去。

軟轎被抬入了一座宅子，席雲芝是到了之後才知道的。她一下轎，僕人便趕過來替她掀簾子，整理衣襬，席雲芝從未受過這樣誇張的待遇，當即縮著身子對他們搖手說：「不、不敢煩勞，我自己來就好。」

僕人們退下之後，從宅子裡走出一位看似管家般的人物，爽快一笑之後，便對席雲芝比了一個「請」的手勢。

席雲芝了然，既來之則安之，跟在那管家身後便去了內宅。

席雲芝被請進一間美輪美奐的房間，裡頭擺設每一樣都是價值連城的寶貝，她正盯著一座古屏風看，就聽廊外傳來環珮叮咚的聲響。

她正襟危坐，保持警惕，只見門邊一片火紅色的衣裙映入眼簾，席雲芝順著衣裙往上看去，看到一張令人驚豔卻陌生的臉龐。

這個女人長得十分漂亮，遠山眉之下，一雙清澈得彷彿能看出倒影的眸子如星光般璀璨，五官秀麗，令周圍美景失色。席雲芝在腦中回想，卻怎麼也想不出來，自己與這樣一位絕色美人什麼時候見過面？

答案是：沒有。

席雲芝謹慎地對她福了福身子。

那女人似笑非笑地朝她走過來，突然開口說道：「最近席掌櫃可是在城裡找一個叫張延的人？」

席雲芝聽她提起張延，不禁愣了愣，看著她久久沒有說話，而後才斂目點頭。「沒錯。姑娘認識張延？他是我的朋友，這些天卻失蹤了，姑娘可知他現在人在何處？」

那女人聽了席雲芝的話，盯著她看了好久，這才發出銀鈴般的笑聲，而後換了一種語調說話。

「我就知道妳這個朋友沒白交，還知道派人來找我！」

席雲芝整個人都愣住了，難以置信地看著眼前這個女子。她口中說出來的話，竟是十足的男聲，而且聽聲音，分明就是張延的！

「妳……」有個念頭在席雲芝腦中閃過，她驚訝地指著女子，想說卻說不出話來。

「我什麼？我就是張延啊！我會易容術。」

有那麼一刻鐘的時間，席雲芝的腦子是不夠用的，直到張延又說了一句話——

「我是女人，步將軍不是早就看出來了嗎？所以才會放心妳跟我交往的啊！」

席雲芝又是一陣神傷！「他……什麼時候看出來的？他跟妳見面不過就兩、三次吧？」

張延聳聳肩，披在肩頭的薄紗滑下，露出香豔的姿態，席雲芝頓時覺得頭皮一陣發麻。她心中的張延是個永遠衣著邋遢，穿了龍袍也不像太子的市井之徒，怎會……

咦？等等！太子？

「妳和太子是……」

席雲芝從燕子胡同出來的時候，腦子裡都是嗡嗡的聲音。今天因為張延的事情，讓她徹底地見識了一回倫理人性道德的大逆轉。

張延原來叫做張嫣，是龍武年間的秀女，前朝御廚的第五代傳人，憑著出色的容貌和絕頂的廚藝，被皇上看中封了才人，住在錦繡宮中。一次偶然的機會，那時仍舊住在宮中的太子對她一見鍾情，再難自拔，正巧那時後宮妃子嫉妒她身分低微卻屢獲聖寵，她們便找了個機會將她打昏丟入御花園的長清河。長清河通著護城河，她一路下漂，竟然漂出了宮外，以為自己必死無疑的她，卻奇跡般地為太子所救。

兩人情到濃時，太子便將她養在了如今的燕子胡同宅子中，怕人認出她的身分，太子還重金請來了一位易容高手，教張嫣易容之術。張嫣有一雙巧手，將易容之術學得爐火純青，直到太子被賜婚太子妃，張嫣大受打擊，於太子大婚之日跑了，一跑便是多年。

在洛陽城混混度日，不想被人知道她的真實身分，直到席雲芝的出現，才讓她又一次看到了人生的希望，決定用張延的身分，洗心革面，重新做人。

沒想到後來席雲芝來了京城，她終究是躲不開心中的期盼，也跟著回來了。然後，故地重遊的時候，被太子抓個正著，再然後，就有了後面的故事。

張嫣讓馬車直接把她送回了將軍府，老陸見她回來，趕緊跑到步覃的書房去回報。步覃大跨著步子趕出來，看見席雲芝失魂落魄地走進府裡。

「怎麼了？」

席雲芝這才回過神，看到自家夫君疑惑的俊臉，她下意識地掐了掐自己的臉頰，感覺還在作夢般。

直到晚上躺到床上，席雲芝還在想這個問題，見步覃走入，她也不管自己是不是只穿著中衣，赤腳就跑下了床，抓著步覃問：「夫君，你知不知道張延……是女人？」

步覃看她只穿著單薄的中衣，便將她摟在懷裡，怕她著涼。低頭看見鬆垮垮的衣領中的白皙皮膚時，不禁想起那柔滑的觸感，又一把將她橫抱而起，往床鋪走去。

席雲芝習以為常，抱住了步覃的脖子，又問了一遍。「夫君，你不知道吧？」

步覃將她放在床上，用被子蓋好，然後自己兀自除下衣衫，一邊回答她道：「我知道啊！第一次見面時，我就知道了。」

席雲芝連最後一點希望也沒有了，原來夫君真的知道！可是……「你是怎麼知道的？是不是派人調查過她？」

步覃掀被子上床時，席雲芝還在喋喋不休地問，全然不覺自己已經被壓在身下。步覃勾了勾唇角，手腕一轉，席雲芝的中衣繩結便被他解開。

步覃的答案顯然沒有席雲芝腦子裡想的那麼複雜，只見他將自己埋入了那片柔軟，簡單扼要地說道：「她沒有喉結，就這麼簡單！」

「……」

張嫣的身分令席雲芝足足抑鬱了好幾天，當即讓小黑他們停止尋找張延的蹤跡。小黑他們奇怪地問起，席雲芝也不知道該如何回答他們。

張嫣與太子復合了，仍舊被太子養在燕子胡同中。她言語中似乎相信，太子對太子妃全無情意，娶她只是為了鞏固自己在朝中的地位。

著。

席雲芝不想對這件事加以點評，也不想去插手她和太子之間的情事，日子就這樣繼續過

十二月下旬，王博沖西北慘敗。叛軍數目雖不多，但卻深諳兵法，打一仗換一個地方，王博沖只知兵書，全無作戰經驗，因此節節敗退。

朝中文武百官困在內閣幾日都不得歸家，步覃提出解救之策，被皇帝讚許，賞賜金銀，但就是不讓他帶兵出戰。

席雲芝這日在房中教小安拿筆寫字時，門房老陸卻慌忙來報，說敬王妃駕到。席雲芝心中疑惑，卻也不敢怠慢，趕忙迎了出去。

只見敬王妃儀態萬千，排場十足地走入了將軍府，看著席雲芝和抱著她腿的小安，勾起了唇角，對小安招了招手，小安卻是沒有理她。

敬王妃按了按鬢角，撇嘴道：「哼，商婦之子果然上不得檯面！」

席雲芝強忍怒氣，叫乳母將小安抱走，自己正面對上了敬王妃那張表面美麗、內心污穢的笑臉。

「不知王妃駕到，所為何事？」

敬王妃用眼角掃了一眼席雲芝，也不回答，只是將兩隻手高高舉起，在半空中拍了兩下。

兩名衣著光鮮暴露的舞姬立即一個手執琵琶、一個手拿胡琴，姿態妖嬈地步出，跪在了

席雲芝面前，溫柔婉約地說道：「小女子參見主母。」

席雲芝不解。

「王妃這是何意？」

敬王妃一副涼涼的口吻。

「喔，這是我特意從太后那兒給步將軍求來的兩名舞姬，我見步將軍人丁凋零，特意送兩名舞姬來給他開枝散葉、排遣寂寞。」

席雲芝深吸一口氣。「謝謝王妃好意，步家不需要這些人。為將軍開枝散葉、排遣寂寞是我應該做的事情，無須假借他人之手。」

敬王妃好像早就料到席雲芝會這麼說，早有應對之策。「妳沒聽清楚嗎？我說，這兩名舞姬是太后所賜！妳是什麼身分？妳是什麼東西？竟然也敢拒絕太后賜下的大禮？好大的膽子！」

席雲芝被她的話噎了一口氣，目光一變，沒有說話。

敬王妃再次湊近她道：「我要是妳，就放聰明一些。人，要有自知之明，不是嗎？總是霸占一個自己配不上的位置，妳到底知不知道，滿京城有多少女人都看不過去？步家世代忠勇，步將軍被封一品上將軍，而妳呢？不過是個滿身銅臭的商婦，妳憑什麼穩坐主母之位？」

席雲芝斂下目光，不用去看她此刻的神情也能想像出來有多可惡。緊捏著手心，聽她繼續說話。

「今日我給妳送兩個舞姬就是為了告訴妳，這個世道沒那麼容易！妳想自命清高、特立獨行，那就得要有真本事，憑運氣是成不了事的，懂嗎？」

敬王妃說完之後，就帶著她的排場，如來時那般離開了將軍府。

偌大的院子裡，只留下席雲芝和那兩名帶著驕色的舞姬相望。

一次可以忍，兩次絕不能忍了。

敬王妃差點殺死她和小安這件事，她還沒跟她計較，這回竟然又上門欺負到她頭上來？什麼她都可以不要，但是唯獨自己的夫君和孩子，她絕不與人共用！

敬王妃已經連續兩次觸了她的逆鱗，是可忍，孰不可忍。

步覃晚上回來的時候，便看見院子裡跪了兩個女人，單薄的衣衫讓她們凍得瑟瑟發抖，他只看了一眼，在兩名舞姬都還沒醞釀出楚楚可憐的情緒之前，就快步走了過去。

席雲芝坐在床沿上，懷裡抱著熟睡的小安，用輕柔的歌聲哄著小傢伙入睡。步覃回來之後，便輕著手腳走過來，看著熟睡的小安，在他額頭上摸了兩把，這才對席雲芝比了比隔壁，說他先過去，席雲芝點了點頭。

哄完小安之後，席雲芝回到房間，給坐在書案後頭翻找什麼的步覃倒了一杯凝神靜氣的香茶，語氣平穩地說道：「今日，敬王妃送來兩名太后賜下的舞姬，我讓她們跪在院子裡，太后知道了，會不會遷怒於你，或者治我的罪？」

步覃看了她一眼。「不會，她沒有遷怒我的理由，也沒有治妳罪的理由。既然是送到我府裡伺候的人，那主母想如何處置，就如何處置。」

席雲芝點點頭，乖順地站在一邊給步覃研墨。

步覃又看了她一眼，覺得他這妻子，確實有點臨危不亂的架勢。

一般的女人在收到送給丈夫的舞姬時，若是想旁人說她明理一點的，便會將人好生安置，待丈夫回來再做定奪；若是心計重些的，便會偷偷處理了，不讓丈夫知道。可她倒好，直接罰給他看，絲毫不隱瞞，並且還根本不需要他來做什麼定奪，一副她做什麼都不關他事的淡定從容。

不得不說，步覃很喜歡這份來自妻子的信任，就好像她的心中對他沒有任何懷疑，趕走她們——這種理所當然的事情，她連問都不願意問，因為問了，便是懷疑了，懷疑了，感情就會有裂痕。

他的妻子很努力在維持他們間的感情，他樂得被她維護，也是真心覺得，這樣很好。

第二天天還未亮，兩名舞姬便急急忙忙地跑出了將軍府。

她們足足在院子裡跪了半天一夜，以為沒人看管，她們便想自己起身去找將軍，可是，只要她們的腳步往內院走一步，便會有來自四面八方的暗器——小石頭砸中她們！

一晚上下來，她們傷痕累累，叫天天不應、叫地地不靈！拚著被砸死的危險，她們抱頭鼠竄，逃也似地離開了鬼魅橫行的將軍府。

席雲芝起來之後，門房老陸就來告知了她這個消息。她點點頭表示知道了，讓在樹上守了一夜的小黑他們下來吃早飯，然後特准他們回去休息一天。

很顯然，昨夜擊打舞姬們的幕後黑手，就是他們了。

席雲芝吃完了早飯，就去了店裡。

沒想到久未露面的張嫣突然出現。

席雲芝如今看她，只覺得彆扭得緊，尤其是看過她這張平凡無比的男人面具覆蓋下那張嬌豔美麗的容顏之後。

張嫣像個沒事人似地在店裡走東走西，席雲芝看著她的樣子，突然對她招手。

「掌櫃的有什麼吩咐？」

席雲芝嘴角抽搐，看她仍舊那副市井做派，活脫脫就是一個地痞流氓，怎麼會……伸手想去扯她的臉皮，張嫣卻快速後退，像是洞悉了她的想法，閃開之後還得意地對她笑了笑。

「我這張臉，可是不能暴露在光天化日之下的。」

席雲芝嗤之以鼻。「一個總是讓妳見不得光的男人，有什麼值得妳留戀的？」

張嫣不以為意地聳聳肩。「不管見得光還是見不得光，反正他對我的感情是真的，這就夠了。」

席雲芝見她頂著一張大男人的臉，卻做出小女兒的嬌態，只覺得全身一陣惡寒，好一會兒後才對她問出了先前想問的問題。

「如果我幫妳把太子妃搞下臺，讓妳的男人身邊只有妳一個女人，妳想怎麼謝我？」

張嫣看著席雲芝，愣了愣，這才笑道：「妳在玩我啊？太子妃是定遠侯家的，要是那麼容易搞下臺，我和他又何必瞞得這般辛苦。」

席雲芝從容一笑。「我是說如果。天下的事，總沒有絕對的。」

張嫣知道這個女人的厲害，不禁有些動搖，立即湊上前說道：「不是我不厚道，但的確是我和他先在一起的，太子妃才是後來的。如果妳能幫我把她拉下臺，妳要什麼，我便給妳什麼，就算我給不起，蕭楠也給得起，妳放心！」

席雲芝聽她直呼太子名諱，覺得好笑，挑眉問道：「那妳可要問清楚妳家太子了，若是他根本不想要太子妃下臺，只是想跟妳偷偷摸摸的，我豈不是好心做壞事？」

張嫣拍胸脯保證。「蕭楠對那個女人毫無感情，他好幾次都差點為了我要去跟太子妃攤牌呢，要不是我硬拉著他，說不準如今都已經變天了！他怎麼可能不想呢？只是怕定遠侯那方的勢力反彈罷了。但若是太子妃有錯在先的話，就另當別論了。」

席雲芝看著她，但笑不語。

張嫣被她看得頭皮發麻，真不知道是誰惹了這位祖宗，接下來倒楣的又會是誰？

席雲芝下午回到家裡，便讓劉媽給她準備了兩籃子雞蛋，然後坐上將軍府出外作客用的豪華馬車，去到了太子府，給門房遞上拜見太子妃的拜帖。

太子自成年之後便搬離東宮，在外立府，太子府即是離皇城最近的那座豪華官邸，巍峨霸氣，象徵著一國儲君的無上地位。

席雲芝帶著如意站在太子府門前，正抬頭看著頭頂上兩個高高在上的燈籠時，門房便出來回話，說太子妃同意接見上將軍夫人。

席雲芝讓如意提著雞蛋，自己則禮貌有加地跟在那僕役後頭，去到了太子妃休憩的後院。富麗堂皇的奢華後院叫席雲芝看得移不開眼，見到正在薰香保胎的太子妃時，她十分誇張地對太子妃表達了一番自己對太子府邸豔羨和崇敬的心情。

太子妃雖然也知道席雲芝只是隨口說說，但好話誰都愛聽，就靠在軟榻上，對席雲芝擺擺手。「夫人過獎，請坐。」

席雲芝還沒坐下，便叫如意將兩籃子雞蛋送到太子妃面前，樸實地說道：「這是我們府裡劉媽親自養的雞生下的蛋，我攢了大半個月才攢了兩籃子，立刻就給太子妃您送過來了。這懷孕的女人啊，吃雞蛋是最補的！」

太子妃一雙美目在那兩籃子雞蛋上掃了幾眼，眼底現出厭惡之色，抬首看席雲芝神色並無不敬之意，心下雖然輕視她的土氣，但畢竟席雲芝是將軍夫人，檯面上的和諧還是要維持的，於是便興致慽慽地勉強對席雲芝扯了個虛假的笑。「喔，多謝夫人費心了。」

席雲芝見她不耐，又道：「不費心、不費心！前些日子還聽說，您這身子骨孱弱，可要好好將養才行，畢竟您腹中懷的可是咱們蕭國未來的皇上啊！」

太子妃聽席雲芝信口道出什麼皇上不皇上的，當即眉頭聚攏，怒道：「休要胡言！這話若傳了出去，妳我都要治罪！」

席雲芝做出一副懵懂無知的模樣，一臉被太子妃的厲色嚇到的表情，支支吾吾地扭絞著衣角站了起來，不知所措。

太子妃也意識到自己的聲音太高了些，不想在這種事情上再多著墨，便急急嘆了口氣，轉移話題道：「是誰說本宮是因為身子骨孱弱才在府中將養的？」

席雲芝趕忙回道：「喔，是上回在敬王妃舉辦的花會上聽到的，大家都這麼說，所以太子妃您才會推了聚會主持，讓敬王妃全權代辦的呀！」

太子妃越聽越氣。「胡說八道！本宮是因腹中胎兒而慎重其事，不想太過操勞，這才交給敬王妃去辦的！」

席雲芝見她發怒，立刻附和道：「是是是！其實交給敬王妃辦也挺好的，大家對她相當折服，都說敬王娶了一位德才兼備的賢妻，將來前途無量呢！」

太子妃終於被席雲芝氣得將手中的書放下。「本宮主持那麼多年，都沒聽人說起過，她不過主持了這幾回，便有人說了？」

席雲芝煞有介事地點頭，彷彿絲毫沒有發覺自己說錯了話。「是啊！太子妃，敬王妃最近確實挺得民心的，您隨便找個花會中的小姐問問，大家是否都對敬王妃佩服不已？反正我是挺佩服的。而且敬王妃人又好，還會給我府中送東西，雖然我家夫君不肯收，但是她的心意，我是記得的！」

太子妃雖然嘴角掛著笑，但看來已經忍到了極限。席雲芝見好就收，沒多久就告辭，並且深情囑咐太子妃，要記得吃雞蛋。

席雲芝前腳剛走，太子妃便叫人將那兩籃子雞蛋扔到了大街上！

馬車裡，如意忍不住對自家夫人說道：「夫人，她好歹是太子妃，咱們來探望她，只帶些雞蛋，是不是太……寒磣了？」

席雲芝笑道：「寒磣什麼？重要的是心意嘛！」

如意不以為意，又道：「心意什麼的，若是太少，還是會讓人覺得不舒服吧？更何況，您又沒去參加過什麼花會，您怎麼知道那些小姐們說了那番話？萬一太子妃要真找人來問，那……」

席雲芝掀開車簾看了看，嘴角勾起笑。「她找人問什麼？問她們對敬王妃的能力佩不佩服？還是問敬王妃辦的花會好不好？」

如意還是不懂。「問這些也大有可能啊！」

席雲芝放下車簾，靠在軟墊上，對如意反問道：「那妳覺得那些被問的人會怎麼回答？佩服還是不佩服？」

如意想了想之後，還是不太明白。

席雲芝在她腦門上敲了一記，說了句。「朽木腦袋。」接著便閉目養神了起來。

誰都知道，敬王妃和太子妃是嫡親姊妹，若說敬王妃不好，人家是親姊妹，就不怕話傳到敬王妃耳中，惹了敬王妃不高興？說不得太子妃還要怪罪她們說閒話呢！若是說好，指不定還能讓太子妃覺得，最起碼那些人是尊重她們姊妹倆的。

所以，一般被問這種私話的人，都會選擇一個對自己來說風險較低的答案來自保，那樣的話，就正好中了席雲芝的挑撥之計，讓太子妃對敬王妃心生嫌隙，然後，事情就好辦了。

席雲芝從太子府拜訪回來的第二天，就帶著兩擔珠釵、一盤子混元珠子，外加天絲綢緞十疋、鹿茸人參數盒，去了敬王府上。

她什麼也不說，只是一個勁兒地對敬王妃說道自己的不是，所以特意帶了這些東西來跟敬王妃賠罪，讓敬王妃原諒自己，不要再給她府中送人去了。

言談之間，席雲芝充分表現出一個女人對丈夫可能另結新歡的不安。

席雲芝的這種表現，讓敬王妃覺得自己勝利了。她用兩名舞姬威脅席雲芝將軍府主母的地位，讓席雲芝感覺到了害怕，所以席雲芝才會向她低頭，並且帶著厚禮上門討饒。

敬王妃看了看她送來的東西，不得不承認這個女人出手確實大方，而且很會做生意，若是她能為自己所用，今後說不準還會幫上大忙，因此假意推辭了一番後，就收下了席雲芝的厚禮，並且恩威並施，讓席雲芝今後放聰明點。

敬王妃又說了一些威脅的話，大體就是：若是妳還不聽話，那我下回就再多送一些女人去將軍府，一個、兩個，將軍可能不在意，但是女人多了，將軍也是男人，有再好的定力怕是也把持不住云云。

席雲芝百般應承之後，便告辭。

敬王妃得意洋洋地送她到了府外，以示自己對待「自己人」的和善。

席雲芝坐到馬車上之後，如意這丫頭又不明白了。

「夫人，您送太子妃不過兩籃子雞蛋，送敬王妃這手筆可真夠大的啊！您就不怕這頭安撫了敬王妃，那頭太子妃再來找您晦氣？」

席雲芝靠在軟墊上，勾起唇角。「怕什麼？誰要來找晦氣，便來找就是。多送些人來好啊，府裡正好還缺一些燒火丫頭不是？」席雲芝篤定從容地笑了笑，掀開車簾，看著朱雀街上的車水馬龍，挑眉嘆道：「就怕她們沒工夫來找我的晦氣了。」

席雲芝剛回到府中，門房老陸就跑過來跟她稟報。「夫人，您出門之後，便有個老太太上門求見老爺，說自己是席老太太，是夫人您的嫡親奶奶。老爺去了翰林院還沒回來，我便讓老太太在花廳等。」

「席老太太？」席雲芝一邊解開披風，一邊訝異地問道。

「是。小人不知她所言是真是假，也不敢妄下定論，便讓她們去了花廳等候。若夫人不認識此人，小人這就去把她們趕走！」

老陸是新來的，所以對席雲芝從前的事情知道的並不多，再加上席雲芝和席徵都沒有在將軍府中特意提起過這位席老太太，因此新來的僕役大多都不知道她。

猶豫了片刻後，席雲芝就抬腳往花廳走去。

董氏坐在雅緻精美的花廳內，左顧右盼，嘖嘖稱奇。

席老太太則如老僧入定，手心裡攥著碩大的菩提珠子，聽見花廳外響起腳步聲，這才睜開了雙眼。

素雅寧馨的席雲芝嘴角勾著笑走入花廳，姿態高傲，一如從前的她們。

見席雲芝回來，董氏趕忙扶著席老太太站了起來。

席雲芝目不斜視地走到主位上坐下，立刻便有丫鬟過來奉上香茶。如意捧來香薰，如月取來暖爐，兩人伺候席雲芝喝了幾口香茶後，才乖巧地站在背後替席雲芝捏肩。

如此一番刻意的做作姿勢後，席雲芝才勉強對等在下首處的席老太太他們投去了漫不經心的一眼。

董氏見她目光掃過，立刻撇了席老太太的胳膊，走到席雲芝面前討好地說道：「哎喲，我就說嘛，咱們大小姐的容貌是咱們席家最為出色的，瞧這臉蛋兒俊的，真真是應了那句人比花嬌，還是將軍府的水土好哇！」

席雲芝面不改色地聽著董氏誇讚，等她說完之後，才開口說道：「二嬸娘還是一如既往的會說話。聽聞你們來了京城投奔雲箏妹妹，我一直不得空，便沒前去探望，二嬸娘不會怪罪我吧？」

董氏見席雲芝對她神情和善，說話也是輕聲細語的，以為自己的馬屁拍對了，當即更加賣力起來。「哎喲，大小姐說的哪兒的話？您貴人事忙，嬸娘我是知道的，只要您心裡想著咱們，那便夠了，嬸娘聽了心裡舒坦著呢！」

席雲芝看著她誇張的模樣，著實想笑，又喝了口香茶，對她說道：「我道嬸娘不好好在雲箏妹妹的府上待著，往我這裡登門拜訪，莫不是興師問罪來了呢！」

聽席雲芝提起席雲箏，董氏更加來勁了，甩著手帕的模樣不比萬花樓的老鴇差。

「嗨，別提了！雲箏那丫頭啊，太不爭氣了！我早就說她模樣雖好，卻是空心大草包，成日裡犯她的大小姐脾氣，連自家相公都不會討好，惹得御史大人對她厭煩不已，老帶些不三不四的女人回來尋歡作樂。我們遠從洛陽趕來投奔，寄人籬下，日子可不好過啊！」

席雲芝暗笑，終於說到點子上了。她故作驚訝地道：「二嬸娘此話何意？難不成雲箏妹妹還會虧待妳和老太太嗎？」

席老太太聽席雲芝主動提起了她，一張老臉上滿是尷尬，儘管心中恨極了席雲芝，但如今形勢所迫，不敢在表面上與她發生衝突，便也想學著董氏的樣子，前來溜鬚拍馬一番。

她走上前，在席雲芝面前站定，可一開口，兩顆豁了的大門牙卻叫席雲芝差點噴出茶水來，見席雲芝發笑，席老太太這才想起用帕子遮著些，有些漏風地說：「算我老太婆有眼無珠，以為雲箏那丫頭是個孝順的，沒想到在御史府中過的日子跟下人差不了多少，每日粗茶淡飯，過得好生清苦。」

席雲芝盯著席老太太看了良久，這才嘆了一口氣，故作關切地問道：「老太太這牙，便是上回被教訓時打斷的吧？」

提起那次被圍毆，席老太太眼中露出恨意，卻又不得不強顏歡笑，對席雲芝點頭說：「是……是啊。一直也沒餘錢去鑲牙，便就這麼豁著了，倒也平白叫人看去好多笑話。」

席雲芝哼哼笑了幾聲，問道：「所以，老太太和二嬸娘這次前來，是為了讓我接濟一些銀錢，是嗎？」

雖然被人當面戳破來意有些尷尬，但席老太太和董氏也是真的缺錢缺怕了，就不再強撐臉面，點頭承認了。

「大小姐若是能接濟一些，想必咱們的日子會好過一些的。」董氏來京城這麼久，自然知道席雲芝如今手頭的雄厚資產，心裡想著以她的手筆，若能隨便撒那麼幾萬兩銀子給她們用度的話，那可真是太完美了！

席雲芝點點頭，對如意招了招手，用廳中所有人都能聽到的聲音說道：「去跟帳房支二十兩銀子出來，交給席夫人回去度日。另外，再包個三、四兩碎銀給老太太回去鑲牙。」

如意領命去了之後，董氏和席老太太的笑臉就掛不住了。

董氏頓時拉下了臉龐，對席雲芝陰陽怪氣地說道：「大小姐也太小氣了吧？二十兩銀子，真把我們當叫花子打發了嗎？」

席雲芝從主位上站起，走到董氏跟前，一字一句，笑咪咪地說道：「二十兩銀子嫌少嗎？可我從前在席家，別說二十兩銀子了，就連二錢都沒得到過吧？」

席老太太氣極，衝到前面，與席雲芝面對面地罵道：「臭丫頭！難道妳忘了席家將妳養大的恩德嗎？別做這些會叫人戳脊梁骨謾罵的事兒！我再怎麼說都是妳的嫡親奶奶，妳如今發達了，卻是對自己的奶奶這般打發，這事若傳了出去，妳這將軍夫人的名聲怕是也難保全吧？」

耳中聽著漏風的話，令席雲芝真的想笑，只得竭力忍住。「我可不記得席家有將我養大。我只記得臘月寒冬時，我雙手浸泡在冷水中洗碗，三天吃不到一頓飽飯，稍有差池就被打得遍體鱗傷，在鋪子裡的髒活、累活全是我做的，卻從來沒有得過一文錢的工錢！還有別再說妳是我的嫡親奶奶了，咱們把席家的族譜拿出來瞧瞧，看上頭還有沒有我席雲芝的名字！」

席老太太被席雲芝的氣勢逼得跌坐在椅子上，捂著心口慌了神，眼珠子轉了幾下後，才又開始反駁。「妳、妳說的那些，都是商素娥那個賤人做的，不關我這老太婆的事！那個賤人嫉妒妳娘，對妳娘設了陷阱害她！我也是被逼的，當時若不那樣做，連累的便是席家的名聲啊！我雖對妳不好，但……但妳不是還活著嗎？」

席雲芝簡直長了見識，沒想到這個世上還有這般臉皮厚的人！她冷哼一聲，道：「我活著，是我的本事，不是妳的仁慈與功勞！我活著，就是為了等著看妳落魄的這一天！我活著，就是為了替我娘報仇！我活著，就是為了替被妳丟下河的雲然報仇！」

席老太太僵直著身子，看著盛怒中的席雲芝，忽然想起什麼似的，抬頭對席雲芝叫道：「雲然！對，雲然沒死！妳爹後來派人找遍了整條河，都沒有發現雲然的屍體！這事兒妳爹知道，他知道的！我沒有殺雲然，他……他說不定還活著呢！」

席雲芝蹙眉看著席老太太努力為自己脫罪的模樣，覺得噁心至極。

她喚來了幾名府衛，冷冷地說道：「將這兩個女人給我趕出去，從今往後，不准她們再踏入將軍府半步！」

「是！」

府衛兩人一組，將席老太太和董氏雙雙架著，往外拖去。

席老太太拚命掙扎，恨恨地叫罵起來。「妳個忘恩負義的臭丫頭！妳會後悔的，我手上有讓妳後悔的東西！妳個忤逆子孫，這樣對待嫡親奶奶，妳大逆不道，會遭天打雷劈的！我就是做鬼也不會放過妳——」

第十六章

晚上一家人坐在一起吃飯，小安已經能自己用手抓飯吃了，雖然吃得滿身都是，但他卻樂此不疲。

席雲芝將席老太太上門的事情對大家說了一遍，步覃倒是沒什麼意見，可席徵卻是明顯擔心自己女兒的安危。

只見他緊張地問道：「她有沒有把妳怎麼樣？」

席徵這句話問出來之後，步覃和席雲芝就愣住了，最後還是由步覃開口對席徵解釋道：「爹，這裡是將軍府，不會有誰到這裡來找雲芝麻煩。更何況，雲芝也不是好欺負的。」

席徵對席老太太有著常年的恐懼，他放下筷子，說道：「你們不知道那個女人有多惡毒，她報復心重得叫人害怕，今後還是別去惹她的好。」

席徵說完這些話之後，放下飯碗，負手回去了後院。

席雲芝看著他離去的背影，若有所思。

晚上，夫妻二人坐在被子裡說話，席雲芝將自己的想法說給了步覃聽。

「那老太婆說，手上有讓我後悔的東西，我原以為她是故意那麼說想嚇唬人的，但看我爹今晚的神情，說不得那老太婆手上還真有什麼東西。」

步覃撫著她滑嫩的後背，問道：「那妳可猜得到是什麼樣的東西？若是真有這麼厲害的東西在手，那個老太婆會一直忍到今天不拿出來嗎？」

席雲芝沒有說話，想想夫君說的也對，自己之前那般整治老太婆，如果她手上真有反敗為勝的東西，那為何不拿出來呢？

她覺得事情不對，卻又說不出哪裡不對，便不去多想了。

夫妻兩人躺下大戰一番後，她才沈沈睡去。

太子妃免了敬王妃主持每月花會的權力，自己挺著肚子親身上陣。

席雲芝看到這個月送來將軍府的例行請柬上，署名已然換作孤芳山人時，心中一陣好笑。這對姊妹聯手除掉所有障礙之後，終於避無可避地正面交手了。

如今皇上身邊只剩下兩位有封爵的皇子——太子和敬王。如果敬王聰明些的話，此時應主動遠離朝堂，以化解太子對他的不信任。但是，聽夫君所言，敬王最近不僅沒有遠離，反而正在努力往各部安插自己的人手，就好比這回出征西北的王博沖，便是由他推薦的。

敬王這些舉動在席雲芝看來，也是有理可循的。太子已經連續一個多月不曾上朝，皇上雖然龍顏大怒，但也只是勒令太子即日出現，在太廟面壁思過兩日罷了，並未有過多的懲罰。

皇上對太子的寬容態度，讓敬王覺得自己若不努力一些，怕是今生今世都沒有取而代之的可能了，所以才會不惜冒著被太子黨羽排擠的可能，鋌而走險地搏一搏。

而太子最近渾渾噩噩也是事實，所以敬王就更加肆無忌憚了。

席雲芝對這些軍國大事並無太多興趣，她現在唯一有興趣的，便是太子妃和敬王妃之間的爭鬥。

太子妃這回出招，定然會叫敬王妃對她心生嫌隙，依照敬王妃的性格，說不定還會予以還擊，但太子妃畢竟高她一個等級，敬王妃若是一擊即中也就罷了，若是一擊不中，那她將面臨的就是太子妃的反擊。

敬王妃怕是短時間之內都沒有空來尋她的晦氣了。

這晚，小安因白日裡睡得多了，晚上一直玩到戌時過後，才肯跟乳母回房睡覺。步覃在兵部還未回來，席雲芝和席徵也一直陪著這位小祖宗到現在。

席雲芝正要回房休息時，卻被席徵叫住。

「芝兒，陪爹喝杯茶吧。」

這是席徵難得對席雲芝開口的話，席雲芝心下疑惑，卻也沒說什麼，點了點頭。「好，我去泡茶。」

席徵回以點頭。「嗯，我在花廳等妳。」

待席雲芝泡好了茶端過來，替兩人各倒了一杯後，席徵拿起喝了一口，對她苦澀地說道：「一直沒敢好好地跟妳說說話，怕妳惱我。」

席雲芝看著今晚有些奇怪的席徵，想起今日小黑來告訴過她，席老太太曾在巷口堵了父親的轎子，兩人在轎子裡說了好一會兒話，席老太太才肯離開。不知道那個老太婆又跟父親說了什麼，令他這般感慨？她不動聲色地聽下去。

「妳娘死的時候，我整個人都瘋了。我除了讀書以外，沒有其他本事，妳娘幾乎替我包辦了一切，她的離開，就像是將我生活了幾十年的世界一併帶走了般，叫我無所適從。我用終日飲酒來麻痺自己，為的就是逃避那股世界傾然崩塌的空虛感。但，逝者已矣，咱們活著的人若是記得太多，反而會成為負累……妳懂我說的意思嗎？」席徵坐在那兒，整個人彷彿籠罩在一片陰鬱的氣氛之中。

席雲芝深吸一口氣後，問道：「那個老太婆手上到底有什麼東西，能夠讓你忘記妻子冤死的仇怨？」

席徵聽到這裡，不禁將臉埋入掌心，良久後才抬頭說道：「別問了……這件事被挑出來，對誰都沒有好處。妳和覃兒才剛剛過上太平日子，爹不希望你們遭受任何牽連。」

席雲芝更加疑惑了，但無論她再怎麼問，席徵就是不告訴她。席雲芝最後無奈，只得將話題轉移到她的弟弟雲然身上。

「那麼雲然呢？他被扔下水之後，你帶人去找過他，結果呢？」

席徵愣了好久，像是在回憶。

席雲芝也不催促，任他就那樣乾坐著不說話。

父女倆同樣的倔強，半晌後，席徵首先繳械，說道：「雲然……沒在河裡。我將上游和下游所有的出水口都找過了，都沒有發現他的蹤跡，周圍也沒有人發現屍體，所以，我想他應該是被人救走了吧……我不知道……」

席雲芝看著這個一問三不知的男人，頓時覺得頭昏腦脹。

對話沒能再繼續下去，但是席徵的意思已經很明瞭了：他就是特意來跟她知會一聲的，讓她不要將席老太太逼得太死，該打點的還是要打點了才好。

對此，席雲芝沒有發表任何意見。

這幾天，步覃回府時間都挺晚的，席雲芝已經習慣，非要等到他回來才肯睡覺。

步覃回來的時候，已經是亥時，席雲芝仍撐著精神，半靠在軟榻上看繡本花樣。步覃推門而入，她便一如既往地從榻上走下，提起精神去替步覃換衣服。

因為不知道他在宮裡有沒有吃，所以她特地做了幾樣糕點備在房裡。步覃換過衣衫，見桌上擺著七、八碟小吃，看了一眼席雲芝，見她嘴角掛笑，他不禁寵溺地在她臉頰上掐了掐，讚其懂事。

「宮裡也真是的，將人留到這麼晚，卻不供吃食，真當你們這些做臣子的是鐵打的身子嗎？」

席雲芝的話叫步覃覺得好笑，捏了一塊白糖糕放入口中，甜膩的口感令他滿意地瞇起了眼。

席雲芝替他倒了一杯茉莉香茶放在一旁，比起那些苦澀的茶葉，她家夫君更愛喝的是這些花茶，其中又以物廉價美的茉莉花茶最得他心，夏日的時候他一天便能喝上好幾壺，所以，每年茉莉花開的時候，席雲芝都會採摘許多曬乾，妥善存放在密封的罈子裡，就為了滿足夫君隨時想喝的慾望。

「這幾日軍機處都忙瘋了。西北的叛軍一直攻克不下，王博沖屢屢敗退，看來是撐不了多久了。」

步覃大口大口吃著糕點，席雲芝坐在一邊叫他吃慢些，一邊替他順氣，免得他狼吞虎嚥噎著了。

她隨口問道：「西北叛軍都是些什麼人啊？怎會這般厲害？」

步覃喝了一口茶後，答道：「他們是最近兩個月剛剛集結在一起的各路散兵，不知道為何突然聚集在了一起，作戰起來有如神助，兵法運用自如。」

席雲芝不懂這些，只是替夫君喝光的杯子裡又添了些茶水。

步覃將幾盤點心全都清完，最後還意猶未盡地指著白糖糕說：「明晚還要，再多做些這個。」

席雲芝點點頭，應承了。

伺候步覃洗漱完，兩人才躺到了床鋪之上。

席雲芝美美地滾入夫君溫暖的懷抱，找了個好位置，安靜地傾聽著夫君的心跳。

這種美好安心的感覺，她這一輩子都不會放棄感受，也不會讓其他女人有機會來感受。

「夫君，若是今後我變成一個妒婦該怎麼辦？」這個時代，女人想獨占夫君，本就是一件會落人口實的事情。

步覃正醞釀著大殺四方的情緒，突然聽席雲芝說了這麼一句，不免一愣，但也即刻明白了她想說什麼，不禁失笑，扶著她的後腦，將她壓向自己，親了一口，說道：「怎麼？誰又想送人給我了？」

席雲芝聽到他說「送人」兩個字，登時從他胸膛上抬起腦袋，噘嘴說道：「沒有人送啊，我只是隨口問問嘛！主母的位置我可以不要，我也可以不做將軍夫人，但夫君的這裡……」席雲芝斂下目光，面帶羞澀地撫上了步覃的胸膛，又說道：「我誰都不讓。」

步覃見她說得認真，一張俏臉上紅霞滿布，只覺這個女人生了孩子後，變得比從前更加可人了，白裡透紅的肌膚，杏眼圓瞪的風情，每一樣都像是蝕骨香般對他產生了致命的誘惑。他頓覺口乾舌燥，也不苦了自己，一個翻身，便將席雲芝壓在身下，在她耳邊輕道：

「爺答應妳，這個地方永遠只屬於妳一個人，但是，妳是不是也該叫爺滿意滿意呢？」

席雲芝只覺得，自家夫君是這個世上最會說情話，最能將情話說入女人骨子裡的人，當即被他登徒子般的神情逗笑。

兩相對視，步覃緩緩低下頭，將兩個人的笑意全都貼在一起，吃入腹中。

夜漫長，溫情在紅鸞帳幔中漸漸升溫，令人欲罷不能。

西北的叛軍之戰打得如火如荼。

京城中，太子妃與敬王妃之爭也是日漸激烈。

先是太子妃奪回了敬王妃主持花會的權力，再是敬王妃缺席太子妃的壽宴，然後太子妃回以藉故懲罰了敬王妃貼身婢女的顏色。至此，敬王妃暫處於下風。

太子和敬王之間，倒是相反的局面。太子在太廟面壁兩日之後，依舊我行我素，不上朝、不議政，一副兩耳不聞窗外事的秀才樣，倒叫敬王白撿了好些便宜。

有好些朝臣都已經乘機被敬王收入羽翼下，為了儲君之爭，與太子黨羽展開了殊死較量。

天，像是要變了，但日子還在繼續過，百姓們依舊沈浸在一片祥和的盛世之中。

四月初，皇上攜文武百官下江南視察民情，步覃被留在京中，美其名為鎮守，其實誰都知道，皇上這樣的安排意味著什麼。

皇上帶著群臣下江南去了，步覃每日也不用上朝，便在家裡看看書、陪陪兒子，偶爾帶小安出去玩玩，或是父子倆跟著席雲芝去店鋪裡混一日。

四月初九，在皇上離京的第三日，敬王在府中設宴，邀請留京的官員攜家眷去府中一聚，步覃在受邀之列，席雲芝也一同出席了。

敬王府中燈火通明，男賓席在東廂，由敬王親自接待主持，而女賓席在西廂，由敬王妃及敬王的兩位側妃一同接待。

席雲芝與步覃牽手而入，好些認識步覃的官員紛紛來與他見禮寒暄，步覃一一點頭致意。

席雲芝穿著一身得體的裙裝，身上沒掛太多裝飾，只是一條貓眼珠鏈自領口斜下前襟，形成完美的弧度，將她原本有些刻板的服裝襯托得靈動婉約，手腕上藏著一只雪玉鐲子，色白如雪、毫無瑕疵，一看便知是上上之品。除了這兩樣，席雲芝身上再無其他配飾，雖然簡單，但當家主母的氣勢卻是絲毫未減的。

兩人攜手走了一段路後，便被分別請向兩邊。步覃臨轉身前，還將她拉住，把她髮鬢間無意沾染的落葉輕柔地捏開，席雲芝對他淺淺一笑，步覃則寵溺地在她臉頰上輕拍了兩下，這才轉身去了東廂男賓席，兩人鶼鰈情深的姿態甚濃。

席雲芝被請入了西廂，由敬王府專門的領路僕役帶著走在雕梁畫棟的九曲迴廊上。女賓的席宴，竟然被安排在一座四面環水的水面之上，九曲迴廊周圍全都點著宮燈，將橋面、水面照得如白晝般通明。

敬王妃盛裝打扮，像隻尊貴的蝴蝶，被兩名同樣美豔的側妃陪襯著四處走動寒暄，見席雲芝從迴廊的三階樓梯上走來，敬王妃便挺著胸，抬著下巴走了過去。

席雲芝淡笑待之，先福了福身子。「參見敬王妃，參見兩位側王妃。」

敬王妃抬手讓她起來。自從那回席雲芝主動「投誠」之後，敬王妃對她便是一副姊妹情深的模樣。她親自走過去，拉起席雲芝的手，將之領到座位席上，笑道：「步夫人今日明豔照人，與平日素雅大相逕庭，倒叫旁人以為步將軍是不是換了位主母呢！」

席雲芝知敬王妃想藉由上回贈送舞姬的事再來嘲諷她一番，但她今日不想為了這事跟敬王妃打口舌之戰，便只當沒聽出來含義，笑著說了一句。「謝敬王妃謬讚。」

敬王妃只覺自己一拳打在棉花上，無力得很，又想起今日敬王宴請群臣的目的，對席雲芝冷哼了一聲後，就轉身去招待其他夫人了。

一場宴席下來，席雲芝倒是吃了挺多。因為她行為低調，也不怎麼說話，有人上來攀談，她才開口說幾句，沒人來找她，她就樂得一個人在那兒看風景、吃東西。

戌時將近，席雲芝看見有些夫人已經準備告辭，席雲芝便也跟在她們後頭，一同跟敬王妃行了個禮，然後一同出去了。

原本她是想，若是夫君還沒吃完，她就先到馬車裡等他，誰知道走到馬車裡一看，步覃已一副守候多時的模樣，正半躺在軟墊上，喝著茶、看著書。原來，在宴會開始之初，他就果斷地出來了。

敬王宴請群臣的目的已經很分明了，就是為了在皇上出京這段時間裡，拉攏更多的人站在他那一方，這就等同於公然地與太子展開了對峙。有幾個不願與敬王為伍的大臣們，也都紛紛跟在步覃的身後，走出了宴會廳。

「敬王此舉不是明擺著跟太子唱對台嗎？他就不怕太子那裡反擊嗎？」回家的路上，席雲芝難得來了興致，跟步覃談談政治，不為別的，她只想知道那太子到底是個什麼想法，畢竟張嫣跟他走得那麼近。

步覃雙手抱胸，雙眉緊蹙。「太子已經很久沒有上朝了，敬王這才動了心思。」

席雲芝聽了之後，猶豫了一下，對步覃說出了張嫣和太子的事。步覃聽後只是面上一愣，席雲芝就繼續說道：「據張嫣所說，太子對她情根深種，這些日子就是與她一同躲在燕子胡同中。」

步覃蹙眉。「張嫣的事，我早就聽說過。太子年少時確實傳出與皇上的一位美人有染，但因為當年皇上和太子那裡並未有什麼回應，所以沒有太多人知道這件事。如今敬王生出反叛之心，太子卻在此時與張嫣重溫舊情，實屬不智，還是說……有什麼事情，是我們不知道的？」

席雲芝見步覃陷入沈思，就不再說話。

回到府中，步覃沒有直接回房，而是急急忙忙去了書房，寫了一大堆名單之後，就帶著趙逸和韓峰，匆匆出門去了。

京城的夜，驟降暴雨，轟轟隆隆下了一夜。

小安怕雷，非要席雲芝陪他一同睡，席雲芝將他騙得睡著之後，推開窗看了看。

雨打樹葉，凋零了多少花朵，這樣的凶暴，這樣的無力反擊，似乎正提前預演著即將到來的一場血腥劇變……

步覃連著好幾日沒有回家，只是叫趙逸回來傳了口訊，說是最近城裡發生了大事，讓她一切小心，並將蘭馥園的人全都抽調回了將軍府中守衛。

城中發生的大事，別說是席雲芝了，就是一般的百姓都知道究竟是發生了什麼驚天大事。

三十多位大臣，一夜之間幾乎被人滅門！

凶手手段極其凶殘，就連老人、孩子都不放過。所幸在屠殺當晚，有神秘黑衣客出現，與凶徒搏鬥，每家都救下一些人來。

五日之後，步覃帶著滿身的血腥回到了將軍府中。

席雲芝立刻就叫人打來了熱水，將浴桶放滿，伺候步覃清洗。

步覃躺在浴桶中，大大地嘆出了一口氣，對席雲芝說道：「若是妳最近有看見張嫣，就讓她趕緊離開京城吧，不要再去妄想其他了。」

席雲芝正替他擦背，聽了他的話之後，默不作聲了好一會兒，才開口問道：「最近城裡大臣被殺，是不是都是太子做的？」

步覃閉上雙眼，點了點頭。

席雲芝便也跟著嘆了口氣，又問：「那些大人的家眷，你全救下了嗎？」

步覃又搖搖頭，聲音略感疲憊。「沒能全都救下，如今我手中能調動的兵力不過數百人，要將三十位大人家眷全都救下是不可能的，只能讓他們留個根，不至於斷子絕孫。」

席雲芝聽後，心中難受至極，但也明白，夫君已是盡他最大的能力，搶在最好的時機，盡力做了他覺得該做的事情了。若是沒有他，那些大人家族定會被人斬草除根，不留後患。

這次屠殺事件的凶手，是太子。

太子利用長時間的不上朝來麻痺敬王黨羽，讓敬王以為，他只是個耽於美色、貪圖享樂的太子，敬王的得寸進尺，便是他踏入墳墓的導火線。前幾天他宴請群臣，凡是參與了他那陣營的大人，幾乎都被太子屠殺殆盡。如此大規模的清掃活動，若不是蓄謀已久，根本無法在短期內完成。

被殺的都是敬王剛剛拉攏的大臣，此舉足以震懾仍舊投靠在敬王麾下，或者準備投靠敬王麾下的大臣們，叫他們人人自危，好好看清楚自己將來要站的位置。

敬王一敗塗地，卻又沒有證據指控這次的屠殺是太子所為，因為誰都知道，太子荒於朝政好些時日了，而他敬王，才是最近與朝臣走得很近的那個人。就算皇上回來問起，太子也可以反過來說是敬王所為，畢竟事情發生在敬王宴客之後的第二天，太子會說這些朝臣是不滿敬王的拉攏行為而慘遭敬王滅口的。敬王這邊根本死無對證，百口莫辯。

敬王與太子的爭鬥，就敗在了自大與掉以輕心上，太子隱忍不發，為的就是一擊即中，叫敬王再無翻身的機會。

這一招螳螂捕蟬，黃雀在後的伎倆，太子用得是爐火純青。

太子沒有當場殺了敬王，而是將敬王一家軟禁起來，美其名曰等待皇上回來定奪，其實也是要讓自己盡最大可能的置身事外。

席雲芝擔心張嫣的安危，便讓小黑他們連夜前去刺探燕子胡同。

半夜，他們回來了，並且帶回來一具奄奄一息的破敗身軀。

張嫣滿臉血肉模糊，捂著肚子上的致命傷口，眼神空洞得可怕。

「夫人，燕子胡同早已撤了守衛，手下們去的時候，就她一個人孤零零地倒在血泊中。」小黑他們略帶遺憾地對席雲芝說出了當時的情況。

席雲芝彎下身去，將張嫣扶了起來，看著她流下悔恨的淚，恐怖的臉皮微微顫抖，被血染紅的嘴唇像是要說什麼，卻又怎麼也發不出聲。

席雲芝從她的藥鋪裡搬回來兩筐人參，日日給張嫣煎來吊氣，拚盡自己所能，將她從鬼門關裡拉了回來。

後來席雲芝問她，下手的人是不是太子，她卻意外地搖頭，說不是太子，而是太子妃。
太子將她送給了太子妃解恨。
太子妃闖入燕子胡同之後，二話不說就叫人毒打張嫣，還叫人用簪子劃破了張嫣的臉，最後太子妃親自在她腹上插入一刀。
整個過程，太子蕭楠就在旁邊看著，絲毫沒有理會張嫣痛苦的哀嚎與求救，彷彿被太子妃虐殺的只是一個與他毫不相干的人。
這樣的結果，誰都沒有想到。
原來太子對張嫣只是玩玩，年少時的懵懂情感早已隨著時間的流逝而消失了，既然太子妃已然發現，並且對此事極為憤怒，那麼太子當然寧願把張嫣交出去給太子妃洩憤，也不願讓太子妃覺得他對張嫣動了真情，影響了他們夫妻間的權力平衡。

五月中旬，亂成一團的京城終於等來了聖駕回歸。
但大家等來的不是活生生的人，而是一副厚重的靈柩——皇上駕崩了！
與皇上的靈柩一同回來的不是旁人，正是去年被皇上流放西北的濟王蕭絡。
濟王說，皇上在下江南的途中遭遇刺客，他得知後趕去救駕，卻還是沒能避免。皇上遭到了重創，他盡心盡力伺候在側多日之後，皇上感念其孝心，自知壽數將盡，便在隨行文武百官的一同見證下寫下遺詔，將皇位傳給十三皇子濟王蕭絡。

京城的天，這回算是徹底變了，從之前的淅瀝小雨變成了如今的狂風暴雨。

太子愣住了，敬王傻掉了，他們兩個在京中鬥得你死我活，最後竟然全都輸在一道不知道真假的詔書上？濟王橫空出世，如天降神兵般將他們打得潰不成軍！

濟王有詔書在手，一同隨行江南的文武百官也都見證擁戴。新皇登基，留守京城的官員有少數提出異議的，也很快便被鎮壓了。

濟王回京的第一天，就入主了皇城，並封鎖城門，城禁三日。

太子手中的御林軍盡數被濟王收編旗下，太子被降為禹王，遷離太子府邸，整座京城都籠罩在一片肅殺之中。

濟王繼位後的第一件事，就是將兵權重新交到了步覃手中，讓他全力整合兵力。西北的叛軍自濟王登基之後，便主動投誠，濟王沒有虧待他們，讓他們從叛軍之中脫離，編制入了國家正式軍隊。

京城的動盪，讓升斗小民都為之懼怕。人人自危的同時，生活卻也沒有發生太大的變化。

席雲芝的店鋪照常經營，將軍府也還是將軍府，絲毫沒有改變。

與先帝在位時的投閒置散不同，步覃如今要做的事很多，光是幫著皇上肅清朝堂就夠他忙的了。

每天晚上他都要到亥時才能回家，席雲芝為了等他，便決定每天晚上看帳本，這樣既能節省白天的時間做其他事，晚上又不至於沒事做空等。

步覃回來的時候，發現房間裡的燈還亮著，知道是席雲芝在家等他，一股暖流溫暖了他最近有些發寒的心。

推開房門，席雲芝就放下筆墨，從書案後頭走出來，笑面相迎。

但席雲芝一靠近步覃，不覺眉頭微蹙，夫君疲累不堪，且身上滿是血腥之氣。

不想問他到底去做了什麼，席雲芝不言不語地去外面打了熱水回來，伺候步覃洗澡。

步覃輕輕地抱了她一下，疲累之感不言而喻，席雲芝想回抱他，卻被他用手隔開。「身上髒，洗了再抱。」

席雲芝溫順地點點頭，手腳麻利地替他除去了身上的衣衫。

步覃跨入浴桶，帶點燙的洗澡水讓他舒服地發出一聲呻吟。

席雲芝將他的髮辮散開，他便一頭紮進了浴桶，潛了好長時間才猛地坐了起來，濺了席雲芝滿身的水。

「啊呀，討厭！」

步覃故意搖頭，將頭上的水滴濺到席雲芝身上，惹得席雲芝驚呼不已。夫妻倆笑鬧了一會兒後，步覃才乖乖靠在浴桶邊上，任由席雲芝替他通頭梳髮。

抓住她的手，放在頰邊摩挲，步覃的目光有些遲疑。「我的雙手沾滿了血腥，有一天，妳會不會嫌棄我？」

席雲芝看著側頭看她的步覃，半晌沒有說話，而是將搓澡巾搭在浴桶邊上，不顧步覃身上的水漬抱了上去，用無言的行動回答了他的問題。

「從前在戰場上殺敵，那是為家為國，但是，我接令要做的，卻是替皇上剷除異己這種只能在暗地裡做的事情。有些人甚至罪不至死，可是皇上要你殺他，你卻不能不殺……」

席雲芝不做聲，默默地聽步覃說話。

「只有殺了他們，帝心才會平復，動亂的國家才會安定下來！沒有人煽動人心，沒有人對皇權產生質疑，國家才會太平！」

感覺到夫君的情緒有些波動，席雲芝的手溫柔地在他後背撫觸。此時此刻，她只需要傾聽，任何言語都沒有安靜地傾聽好，因為夫君所做的事並無法憑著自己的意願決定做還是不做。

濟王登基，太子被廢，敬王被圈，各方勢力都會有所反彈。她不知道濟王到底用了什麼方法讓先皇死在下江南的路上，並讓文武百官替他做了見證，確認了詔書的真實性。

就算詔書是真的，但朝中肯定還是會有很多人不服，固執地認為那是假的，這種人若是不在一開始的時候加以打壓，那麼今後很可能會成為隱患。

夫君早前便說濟王是治世之才，如今濟王得了這個天下，他便避無可避地要替他做一些事了。

「夫君，我不管你接下來要替皇上做些什麼，為妻只有一個請求。」

步覃靠在席雲芝的胸前，抬頭看了她一眼。

席雲芝捧住他的俊臉，鄭重其事地說道：「請夫君務必珍重自己。你接下來要做的事情於天下而言，可能有對錯之分，但對我和小安來說，卻沒有。你始終都是我們娘兒倆的依靠，你不能有任何差池，可以嗎？」

步覃深邃的目光中倒映出席雲芝擔憂的面容，步覃不禁為之動容，兩相凝視良久後，他才也鄭重地回以點頭。「可以。我答應妳，不管什麼時候、發生什麼事，我都不會拋下你們娘兒倆。」

席雲芝得到了夫君的肯定回答，欣喜地抱住了他。

步覃被她大力摟在懷中，不能動彈，乾脆腰上一用力，將席雲芝整個人都給拉到了浴桶中。

席雲芝驚呼之中，只覺嘴唇被一片溫熱攫獲。

步覃將她完全拉入水中，忘情地擁吻，在席雲芝快要窒息之前，才一起出了水面。

席雲芝狼狽不堪，只得趴在他的肩頭直喘氣，步覃卻心情大好地摟著她發笑，席雲芝又氣又急，在步覃肩上敲打，想從浴桶中起身，卻被步覃緊緊拉著。最後，兩人在水中嬉戲，玩出了火花，步覃乾脆在水中就直接把人給辦了一次。

席雲芝掙扎無效，全都化作陣陣低吟，春光大好……

兩人從浴桶中出來，收拾好自己後，已經是亥時將過。

席雲芝先前一個人看帳的時候，還覺得有些睏倦，但被步覃這麼折騰了一番，已然全無睡意。

她索性坐下，伺候步覃吃完了點心，這才雙雙回到床鋪之上，相擁而眠。

新帝登基的動亂，並沒有給席雲芝的店鋪造成太大影響。

只是她事先將之前玩票開出來的一家古董店換成了金飾用品店。平安藏古董，亂世買黃金，大多數人都知道這個道理，所以，在這樣的時期，人們更加願意買些金銀回去，而不去碰那些易碎的古董瓷器、字畫章刻。

這日，她的南北商鋪總店裡走進來一個人，年紀輕輕，容貌俊秀，嘴角總是習慣性上揚，渾身上下都有一種叫人難以抗拒的和氣，若不是他穿著勁裝，右臉頰上還有一道淺淺的刀傷，席雲芝還真要以為這是哪家走出來的公子少爺。

店裡的夥計湊上前去招呼他，他卻不予理會，直接走到了席雲芝面前，似模似樣地對席雲芝做了個揖，說道：「這位夫人有些面善。」

席雲芝見他分明就是來找她說話，便對夥計揮了揮手，說明此人由她來招待，夥計退下後，她對那年輕公子笑道：「我來京城也有兩個年頭了，和公子在其他什麼地方見過也說不定。」那公子一雙桃花眼直勾勾地盯著她，叫席雲芝覺得突兀極了。

那人又問：「不知夫人尊姓大名？」

席雲芝見他不像是買東西的，就將手中算盤徹底放下，雙手撐在櫃檯後頭，對這位年輕公子說道：「夫家姓步。不知這位公子有何貴幹？」

她的話已經說得很清楚了：要買東西就買，不買我就不陪你嘮嗑了！

那公子這才像是想起什麼似的，做出恍然大悟狀，抓了抓眉毛，隨手指了指席雲芝櫃檯上擺放的一件東西，說道：「呃，我想買個東西送人，最好大氣一些，送的人身分比較尊貴，是個男的。」

席雲芝聽了他的要求之後，便從櫃檯後拿出一塊盤龍玉和一尊拳頭大小的黃金三角鼎。

年輕人看了那三角鼎之後，眼睛一亮，指著鼎說：「就這個、就這個，包起來吧！」

席雲芝也不跟他廢話，將東西交給夥計，還沒開口跟那人提錢，那年輕男人就從懷裡掏出了五萬兩銀票，遞到席雲芝面前。

「這些夠不夠？」

席雲芝看了看銀票，將剩餘四張退還給他，取走其中一張後，說道：「用不了這些，一張就夠了。」

年輕男人這才聳了聳肩，收起了銀票，見席雲芝轉身過去找錢，口中卻又忍不住問道：「夫人，妳的本姓是不是姓席？」

席雲芝將找好的六千兩銀票給他，笑道：「整個京城都知道南北商鋪的總掌櫃姓席，公子若是有事可以直接跟我說，若是沒事……」席雲芝將夥計包好的東西遞給那人，有禮地說道：「謝謝下次光臨。」

那人也聽明白席雲芝的意思，想想自己是個陌生男子，的確不該在大庭廣眾之下跟她閒聊太多，便不再糾纏，拿了禮品轉身便走。走了兩步之後，又忍不住回頭對席雲芝笑道：「對了席掌櫃，我叫顧然，妳記好了。」

席雲芝看著那人離去的背影，只覺得有些莫名其妙，但生意做久了，什麼樣的怪人她都見過，和那些人相比，這個叫做顧然的也就變得沒那麼奇怪了。當即沒去在意，只將他當作一個普通的客人，便算了。

晚上回到家中，席雲芝先去東苑看了看臉上纏著繃帶的張嫣，跟大夫打聽了一番她今日的情況，大夫和伺候的丫頭說，她今日吃了小半碗粥，精神也比之前好了很多，現在是睡下了。

席雲芝聽後這才放心地離開了東苑，暗自祈禱張嫣能挺過這道難關。

五月中旬，新皇辦好了先帝的身後事與祭祖告廟等繁瑣之事，便在中正殿宴請群臣，表彰功勛。步覃算是受邀首位，新皇言明，必須帶上夫人一同前往受賞。

席雲芝不懂為何新皇會特意要她一同入宮，步覃說若她不想出席就別去，他去跟皇上直說了便是。

席雲芝想想，如今新皇登基，很明顯新皇今後是想要重用夫君的，她若在最初的時候給夫君添了麻煩，那今後說不準會給夫君帶來更大的麻煩，左思右想，還是決定去了。

正在愁該穿什麼衣服出席宮宴的時候，宮裡便有一隊太監捧著皇后娘娘的賞賜來到了將軍府。

皇后娘娘賞賜了一套繡著牡丹國色的大禮服給席雲芝，當看到那華麗的質地和花哨的花樣時，席雲芝的下巴簡直驚訝地要掉了，這……這也太豔麗了吧?!

記得之前蘭嬸娘她們給她繡過一件蝶戀花的衣服，就那樣的花色她都覺得花哨，不好意思穿出去了，如今，皇后娘娘賜下的這件衣衫可比之前那件花哨許多啊！

不知道不穿，皇后會不會治她的罪？

皇宮席雲芝是第一次來，入了正陽門，武官下馬，文官下轎。她從軟轎中走出，走在狹長的高牆甬道上，儘管她努力維持儀態，但來來往往的皆是高官大人，唯有她一個女人家跟在夫君身旁，仍是引人側目。

她最後還是決定穿上了皇后娘娘親賜的禮服，畢竟她這輩子能進宮一遊，說不定就是因為皇后娘娘的青睞。席雲芝如今好慶幸，當初跟甄氏走得近，如今天變，她竟也隨著大潮流，得了這麼個好處。

既來之則安之，想必以她從前跟甄氏的關係，入宮以後應該不會遭受為難才是。

朝臣們統一在中正殿外行了跪拜之禮，就入了中正殿。

殿內比席雲芝想像的要古樸許多，不似一路走來皇宮的金碧輝煌，中正殿有著厚重歷史的沈積感。跟在步覃身後落座，席雲芝總覺得身旁有很多審視的目光，她盡力維持平和的氣質。

偶然間抬頭一看，卻看見甄氏正看著她，臉帶笑意，席雲芝眼神亮了亮，便也對甄氏挑了挑眉，彎唇笑了笑。

步覃見她們用眼神交流，也不打斷，就那麼坐在一邊，替席雲芝拿了兩塊她愛吃的小點心來。

宴會開始，皇上開始說話，一番革新之言說得是面面俱到，然後就是跟群臣敬酒，大家都站起了身，一個個撅著屁股，恨不得將自己手中的酒杯全都送到皇上、皇后面前去。

例行的寒暄碰杯之後，群臣落座，皇上又開口了，他的目光有意無意地瞥向步覃他們這桌，席雲芝以為皇上接下來就要提起她家夫君了，心中還有些小期待，沒想到皇上話鋒一轉，突然指著她說道——

「其實，朕最感激的不是旁人，便是一品上將軍夫人。若是沒有夫人的鼎力相助，便沒有朕與皇后的今日，若論封賞，將軍夫人是第一人，請夫人上前聽封。」

席雲芝愣住了，目光不住地瞥向皇后，只見她使了個「快來」的眼色，手指還偷偷地在衣袖中對席雲芝招了招。席雲芝又看了自家夫君一眼，見他也是滿臉不解，但眾位朝臣都在側目觀看，沒有時間容她再做思考，便從席位上站起了身，拿出自己最好的儀態，走到了龍鳳座椅前的一塊紅毯之上，規規矩矩地行了跪拜之禮，得皇上喊平身之後，才敢站起。

「席雲芝蕙質蘭心，膽色過人，仁義萬千，巾幗不讓鬚眉，實乃爾輩習之楷模，特封一品誥命夫人，享一品祿。另賜黃金三萬兩、綾羅綢緞兩百疋、玉如意四對、南山屏兩座。」

席雲芝聽完這道封賞，簡直想抬手掐自己的腮幫子。一品……誥命夫人？皇上、皇后這回玩大了吧？

「席雲芝……謝主隆恩。」待接過聖旨，席雲芝的心頭都是忐忑的，見周圍群臣也全都起身向她致禮，席雲芝腦中一片空白，便前後左右都作了一個深深的揖，作為回禮。

皇后娘娘鳳駕輕移，由婢女攙扶而下，走到席雲芝面前，對她伸出了一隻被打理得尊貴玉潤的手，姿態親昵地對席雲芝說道：「夫人可願陪本宮去御花園走走？」

如今甄氏成了皇后，席雲芝在她面前哪裡還有說不的資格？當即便學著那些婢女的模樣，扶著皇后走出了中正殿。

甄氏讓人在御花園的水榭之上也擺了一桌瓜果點心，帶席雲芝走過去之後，便有成群結隊的宮人前來伺候，甄氏擺了擺手，那些低眉順眼的宮人們就全都躬著身子退了下去。

「行了，都走了，妳就別撐著了，我看著都累！」甄氏看人都走了，突然一拍席雲芝的後背，嚇了她一跳。

想起她們從前的關係，席雲芝的心裡總算平復了些，將聖旨推到甄氏面前，開門見山地問：「這聖旨是什麼意思呀？幹麼好端端地封我做什麼誥命夫人？我對國家社稷又沒有絲毫貢獻，皇上若是想封賞，那便封給將軍好了，封給我不倫不類的，若給人留下話柄可如何是好？」

甄氏聽席雲芝說了一大堆，終於知道她還沒弄明白怎麼回事。左右看了看，確實沒有人之後，她才將戴著厚重皇后金飾的頭靠近了席雲芝，說出了這次封賞的實情。「妳對國家社稷怎會沒有功勞？正如皇上所言，妳的功勞是最大的。」見席雲芝還是不解，甄氏又道：「還記得我與皇上被流放西北時，妳到石亭送我們的事嗎？妳後來不是在我側襟內塞了一包油紙包的東西嗎？我竟不知道妳有那麼多錢，足足二百萬兩，妳竟也捨得給我！」

席雲芝聽她提起石亭相送，心裡這才有了數。想來是自己當時的舉動讓皇上、皇后感覺她是個仁義之人，這才有了如今的封賞。這麼一想，懸著的心才敢稍稍放下，對答道：「我不過想著你們遠離京城，流放在外，用錢使錢的地方太多了，若是用度少了，定會更加難熬，這才——」

不等席雲芝說完，甄氏便抓住席雲芝的手，捏在掌心，感動地說道：「我懂，妳待我們是真心的！皇上昨晚還在跟我說，今日見著妳，定要當面道謝。」

席雲芝搖搖頭，說道：「謝什麼呀？當初我將你們當作朋友，如今說朋友是高攀了，但我也是求個問心無愧，皇上、皇后不必太過記掛在心的。」

甄氏見她說得誠懇，就又湊過來道：「現在咱們也還是朋友啊！妳不知道，妳那二百萬兩銀子，替皇上解決了多少難題。妳幾乎養活了西北整個軍隊，讓皇上有了重新打回京城的籌碼，這等功績，是開天闢地頭一遭！妳今後若有什麼事，便對我直言，我定不負妳！」

「西北的……軍隊？」席雲芝這才恍然大悟，原來王博沖攻不下的西北叛軍，竟然是當時被流放的濟王所集結的！她給他們銀子，是出於朋友之義，沒想到竟陰差陽錯地成就了這番偉業。

甄氏點頭，又與席雲芝說了一會子話，想著中正殿的封賞儀式應該要結束了，就準備回去一同開席。

不曾想路才走了一半，便聽見一道嘈雜的聲音在前方響起。

甄氏宮裡的掌事太監急忙跑過去一探後，回來回報說有人大鬧御花園。

「誰敢大鬧御花園？好大的膽子！」甄氏帶著席雲芝走過去一看，果真看見一個瘦高的年輕男子，不顧宮人阻攔，非要將手中的麵團拋向皇家池塘，給塘裡那些錦鯉吃。

席雲芝覺得那人頗面熟，一想，竟是那日在她店中選購禮品，與她攀談良久的年輕男子！

甄氏看清那人的長相，沈著的臉這才緩了下來，大聲對那人喊道：「顧統領，你這又是唱哪一齣啊？」

那顧然聽見皇后的聲音，回過頭來，將手中麵團隨意扔到阻攔他的小太監手上，吊兒郎當地走來，彎下腰身便湊到皇后面前，痞氣十足地說道：「甄美人，做了皇后，架子和聲音都不一樣了啊！妳可別忘了，小爺的臭襪子妳還幫著洗過呢！」

甄氏聽他說話這般沒有體統，卻也沒有拉下臉，顯然他們兩人是非常熟悉的，所以甄氏才一副見怪不怪的樣子。

顧然轉頭一看，看到了衣著華麗的席雲芝，立即指著她驚喜地叫道：「席掌櫃?!妳怎麼也在這裡？」

席雲芝見甄氏對她投來問詢的目光，她從未被一個陌生男子這般熟稔地說過話，只覺臉色發紅，不覺低頭說道：「顧公子安好，我隨夫君前來出席封賞宴，沒想到會再見到顧公子。」

「我也沒想到會在這裡見到席掌櫃啊！」

顧然一副「緣分」的表情，讓甄氏看著就討厭，因此拉著席雲芝便走，邊走還邊說道：「別跟這二流子一般見識，他哪怕是跟女人說話，都有可能讓女人懷上身孕，十足的色胚子！」

席雲芝被她拉著走，但聽甄氏的語氣，倒不像是真惱，只是不想在御花園中跟這人多糾纏。

席雲芝本就對那人印象不是太好，如今被甄氏拉走，她也樂得清閒。

回到中正殿後，甄氏回到了皇后寶座上高高坐起，席雲芝則回到了步覃身邊，將聖旨交給他看。

步覃將聖旨放在一邊，又在她面前的盤子裡挾了兩塊新上的點心。「封賞儀式快結束了，妳先吃一點墊墊肚子。」

席雲芝搖頭。「剛才在御花園裡，皇后娘娘招待我吃了些，現在不餓。」

步覃與她相視一笑。

這時，皇帝又舉杯站了起來，對著殿中宣佈道：「還有一人，是朕遊歷西北之時所遇良才，乃國之棟梁，隨朕打下不少江山，功在社稷，必須封賞。傳顧然入殿聽封。」

席雲芝一聽又是此人，不覺一愣，步覃將她的反應看在眼中，不解地捏了捏她的手，席雲芝這才回過神，搖了搖頭。

只聽皇上將顧然封作二品驍騎營統領，代天子管理皇城內外兩萬御林軍和一萬城防兵。

怪不得先前皇后甄氏會直接稱呼他為「顧統領」了，想來這位定是皇上流落西北之時所遇的將才。看甄氏對他的反應，皇上定是十分器重他，這才會不顧京中大臣的反對，空降神兵般將他直接封作二品統領。

晚上回到家中，席雲芝整個人便如癱了，坐在太師椅上就不想起來了。此時是深夜，除了門房，將軍府中的下人已全都睡去，因此無人看見席雲芝這等撒懶之態。

步覃伸手要給她拉，席雲芝也搖頭，表示不願意動，步覃無奈，便將頭上的頂冠摘下，放在桌子上，然後在席雲芝面前蹲下，背朝著她。

席雲芝見狀，嘴角彎起一抹得逞的笑，整個人站起來趴到了步覃背上，緊緊摟住他。

步覃無奈地起身，將她揹在背上，走出花廳，往他們住的小院走去。

席雲芝還是第一次這麼晚看這麼安靜的將軍府。迴廊兩側繁花似錦，四周屋舍雕梁畫棟，但這些都比不上眼前這人的寬厚背脊帶給她的安心。她不自覺地將步覃摟得更緊。

回到房間後，席雲芝將今日在御花園中，甄氏跟她說的那番話全都轉述給步覃知道。

「……我原想著他們被流放出京，今生怕是難再回來了，銀錢便給得多了些，沒想到會讓皇上做成這些大事。」

步覃若有所思地回道：「妳是無心，皇上……卻是有心。看來他在離京之前，就已經有了部署，妳給他們的錢，不過是促成了這件事的飛速發展。」

席雲芝低下頭。「我也不知道是做對了，還是做錯了？總覺得皇上這次回來，比從前變了許多。」

步覃將她按坐在梳妝檯前，親自替她卸了髮釵裝飾，看著鏡中不施粉黛的她，笑道：「別想太多了。皇上剛剛登基，總不能再像從前那般隨意了。」

席雲芝點點頭。「從前只聽戲文裡說伴君如伴虎，今日我算是初見了。」

「以後……」步覃看著她，略微遲疑地說道：「以後會見的更多。」見席雲芝不解，步覃又道：「妳如今已是誥命夫人，這麼跟妳說吧，整個京城曾經出過五位誥命夫人，我奶奶是一個，我娘是一個，如今妳也是一個。五位夫人中，我步家便出了三位，這是殊榮，也是擔子。今後每逢初一、十五，妳都要帶領三品以上官員的夫人入宮請安。之後會有很多人的眼睛關注著妳，盼著妳出錯，盼著妳出醜，這就是這裡的人心。」

「……」席雲芝第一次聽見夫君跟她說這般警告的話，不覺聽呆了。

步覃見她如此，在她柔順的長髮上撫了幾下，又補充說道：「從今往後，妳要徹底地拋開婦人之仁，拋開仁義之心。妳已經被推上了一個沒有硝煙的戰場，若是輕敵，那很可能便會成為眾矢之的，被人攻擊得體無完膚。」

席雲芝瞪著大大的雙眼，覺得夫君說的有些言過其實了。「夫君，沒這麼誇張吧？我只需如從前那般，做好自己分內的事，不惹是生非，不就行了嗎？」

步覃勾起一抹哀傷的笑。「以上那些都是我娘和我奶奶說的。她們一輩子都在竭盡全力維持步家的尊嚴，奈何她們的性格都太軟弱，常常被欺，所以我娘年紀輕輕的便染上了心疾，抑鬱而終。我與妳說這些，不是為了嚇唬妳，只是想讓妳堅強起來，妳無須害怕。妳只需記得一點，妳的身分，是一品誥命夫人，妳的夫君，是一品上將軍。放眼整個蕭國，若有人敢欺負妳，不管是誰，必十倍回之，即使不擇手段也要回擊，明白了嗎？」

聽了步覃這番話，席雲芝的心狂跳了整個晚上。

如果前路真如夫君說的那般可怕，那，她又該如何應對呢？

第十七章

自從席雲芝封了誥命夫人之後，甄氏三天兩頭就傳她入宮相伴，席雲芝推辭不得，只好聽她傳召。

每每入宮也無其他事宜，不過就是陪甄氏喝喝茶、看看花、聊聊近況，再與她說說宮外的新鮮事罷了。

席雲芝與甄氏坐在漣漪湖的水榭上遊玩，看著碧波蕩漾，一片片巴掌大的蓮葉生出水面，已然有盛夏碧葉連天的架勢。

正說著話，有宮婢來報，說是禹王妃和敬王妃受到傳召，已在坤儀宮候駕。

席雲芝正剝著杏仁，聽宮婢說後，便將目光投向甄氏。

只見她嘴角噙著一抹冷笑，對那宮婢說道：「這裡風景不錯，去將禹王妃和敬王妃都請來這裡吧。」

宮婢領命而去之後，甄氏見席雲芝露出疑惑的神情，親自替她剝了一顆蘆柑，遞到她面前，熱情溫婉地說：「這蘆柑可甜了，妳多吃些。晚上回去時再帶些給小安，他定會喜歡的。」

席雲芝笑著道謝後一會兒，從前的太子妃、如今的禹王妃，便和敬王妃一起被宮婢帶來了水榭之上，正走在雕花水廊上，雙雙來到駕前對皇后行禮。席雲芝如今是一品夫人，已不需對她們行跪拜之禮，因此站起身，行了個平禮就又坐下了。

看甄氏躍躍欲試的模樣，席雲芝知道，今日肯定會有好戲看的。

「快平身，兩位姊姊快過來坐。」

甄氏笑靨如花，臉上滿是和善的笑意，對禹王妃和敬王妃招手，讓她們過來坐下。

禹王妃和敬王妃對視一眼，忐忑地從地上站起。禹王妃的肚子已經很大了，起伏都不太方便，卻也不見與她同是姊妹的敬王妃上前攙扶一把，而是各自走來了甄氏身旁，又福身見了見禮，才敢坐下。

「多日不見，兩位姊姊風韻不減啊！不似本宮，去了一趟西北，將原本就不水靈的臉刮得更是見不得人了。」

甄氏似笑非笑地突然提起了敬王害得她和新帝流放西北的事，讓敬王妃原本就緊張的臉變得更加僵硬了。她低著腦袋，顫抖地說道：「皇、皇后娘娘天生麗質，縱使再大的風沙也難損娘娘的美麗分毫。」

敬王妃如今早就沒有了前幾個月的囂張，一副謹小慎微的樣子，令席雲芝不禁笑了出來。

敬王妃瞥了一眼席雲芝，也不敢發作。

甄氏做出一副對敬王妃的誇讚十分受用的樣子，撫著自己的臉頰，對席雲芝問道：「原來在敬王妃眼中，本宮這般美麗呀！雲芝啊，妳怎麼看？」

席雲芝又剝了一顆桂圓送入口中，煞有介事地在甄氏臉上看了看，然後才差強人意地嘖嘖舌，說道：「我倒覺得，皇后娘娘的美貌至多是中上吧，哪有敬王妃說的這樣誇張？不經風霜的那是泥菩薩。」

席雲芝的一番話將甄氏逗笑了，端著茶杯忽然看向敬王妃，稍稍斂下笑意說道：「所以說，敬王妃的這張嘴，還真是沒個準話兒啊！」

席雲芝微笑著點頭。「娘娘說的是。」

甄氏又將目光轉向一直低頭不語的禹王妃，故作親和地對她探出身子，禹王妃立即防備地抱緊自己的肚子。

甄氏帶著指套的手摸上了禹王妃的肚子，似笑非笑地說道——

「禹王妃覺得本宮說的對嗎？」

禹王妃的臉色嚇得發白，卻也不住點頭。「是、是，皇后娘娘說的是！」

甄氏在她肚子上摸了好一會兒才肯收回手，又對她問道：「那本宮若是想責罰敬王妃，禹王妃覺得應該嗎？」

冷汗直流，禹王妃估計都沒聽清楚甄氏說的是什麼，便使勁點頭。「應該、應該！」生怕甄氏會動她的肚子，禹王妃突然從凳子上跪下，抱著肚子對甄氏說道：「娘娘，稚子無辜，還請娘娘高抬貴手，放過他吧！待臣妾生產完畢，必定會來宮中向娘娘請罪的！」

禹王妃會這般害怕也不是沒有理由的，畢竟甄氏的第一個孩子，就是在她和敬王妃的策劃之下小產的，如今甄氏得勢，她自己又懷有身孕，若說不害怕甄氏報復，那絕對是假的。還不如自己先領罪責，將話說出來，這樣甄氏為了顧及顏面，也不會就這麼堂而皇之地對她的孩子下手。

甄氏盯著禹王妃看了良久，這才彎起唇角，親熱地將她扶起，說道：「禹王妃說的什麼話，妳有什麼罪責好讓本宮來問的？現在咱們不是在說敬王妃言不由衷的事兒嗎？」

席雲芝看著甄氏的表現，只覺得她流放了一趟西北後，說話、做事全都變得不一樣了。還是從前她沒有發覺，原來甄氏也有這麼厲害的一面？

禹王妃戰戰兢兢地坐了下來後，甄氏對著敬王妃突然發難，冷面道：「敬王妃口甜舌滑，言不由衷，本宮也就罰妳掌嘴三十下吧！禹王妃若是願意……便替本宮掌她的嘴，可否？」

敬王妃臉色慘白。

禹王妃則是聽見甄氏沒打算動她的肚子便欣喜若狂，哪還管得著其他？當即應承道：「謹遵皇后懿旨。」

緊接著，席雲芝就連吃東西都忘記了，就那麼坐在水榭裡吹風，看著眼前那一齣精彩絕倫的姊妹相殘戲碼。心中雖然也感覺痛快，但……總覺得有什麼很重要的東西，正在漸漸流失。

她將目光轉向滿臉不在乎、兀自喝茶的甄氏身上，久久不語。

甄氏回頭看了她一眼，對她挑眉問道：「怎麼了？」

席雲芝微笑著搖頭。「沒什麼，只是突然覺得娘娘……長大了，變聰明了。」

甄氏嬌嗔著橫了她一眼。「說的好像本宮從前很笨似的。以前我是沒有資本聰明，只好任她們愚弄，如今有了資本，又有什麼是我學不會的呢？」

席雲芝對她微笑著點點頭，便不再說話。她看到敬王妃的嘴裡已經被打出了鮮血，這種畫面，大概就是夫君跟她說的，沒有硝煙的戰場了。女人間的鬥爭，大多是以鬥氣為主，從前甄氏在禹王妃和敬王妃面前受了氣，如今只不過以彼之道還施彼身，還給她們。

掌嘴三十，不至於會鬧出人命，卻足以叫敬王妃吃到苦頭，再加上甄氏讓禹王妃親自動手，這又促使了她們兩姊妹回去之後的自相殘殺，這些都是無形的。

若是她今後不想落得和敬王妃她們同樣的下場，那就只有打起精神來，一路鬥下去才行。

張嫣臉上纏著繃帶，坐在她的獨立小院中曬太陽，精神看上去已經好了很多，最起碼能夠自己走動了。

席雲芝端了一盤子的蘆柑走過來，看到張嫣，不禁笑道：「妳臉上的疤都已經結痂了，還纏著繃帶幹什麼？」

張嫣轉頭看到是她，這才放心地又躺回躺椅，聲音沙啞地說道：「那麼多疤，別露出來把人嚇壞了。」

席雲芝知她為容貌被毀傷懷，打趣道：「嚇什麼？妳血淋淋的樣子我都見過。再說了，妳從前不是一直都以另一張男人的臉生活嗎？那麼多年來，妳讓妳的漂亮臉蛋隱藏在面具之下，不也都活得好好的，如今偏來矯情給誰看？」

張嫣聽席雲芝說的話很不客氣，不禁笑了，深深嘆了一口氣後，自嘲道：「是啊，我如今還能矯情給誰看？」

席雲芝知她心痛，但此刻的軟語安慰只會讓她一輩子消沈下去，只有言語的激勵才能讓她重新找回對生活的希望。

「妳知道就好。矯情也是需要本錢的，既然已經沒有了本錢，那就想辦法去掙回來。這跟做生意是一樣的，虧了不打緊，只要從另一個渠道賺回來便是了。」

張嫣聽了席雲芝的話，沈默了良久之後，才輕輕地點了點頭。「沒錯，不過是做生意虧了，哪裡跌倒，就要從哪裡爬起來，我還要爬得比從前高、比從前遠。」

席雲芝拍拍她的肩膀，站起身來說道：「這就對了！對於一個易容高手來說，要一張什麼樣的臉，還不都是掌握在自己手裡嗎？」

看著張嫣的目光中重拾鬥志，席雲芝這才往她手裡放了一個蘆柑，轉身離開了小院。

小安在席雲芝的店鋪裡跑來跑去，兩名乳母跟在其身後追趕，卻怎麼也追不上那精靈的小子。席雲芝從外頭回來，小安便一頭撞入了她的懷裡，嚷嚷著要席雲芝抱，席雲芝抱上了他之後，他又說要出去吃東西。

席雲芝笑咪咪地看著他，對他張開了五指，說道：「好啊，小安要吃東西，那就吃娘親的這隻巴掌好不好啊？」

小安看著席雲芝展開的五指，愣了愣，便開始在她身上撒潑。

席雲芝也不惱，就那麼任他鬧，鬧夠了之後，才對他說道：「好吧，就這麼決定了。我來看看是讓你的小臉蛋吃呢，還是讓你的小屁股吃呢？哎呀，娘親的這隻巴掌可好吃了！」

「啊——」小安這才確定了自家娘親不是在說笑。雖然娘親從未打過他，但誰也不能保證這次不會是第一次。爹告訴過他，識時務者為俊傑，他可不想娘親為了他破了先例！趕緊從她身上跳下來，乖乖地回頭折騰乳母去了。

席雲芝看著他一溜煙跑走的樣子，搖了搖頭。這孩子真是越來越不像話了，都是給老太爺和她爹慣出來的，看來得找個時間，好好跟夫君說道說道了。

走入櫃檯，掌櫃便將這幾日的帳本送了過來，才坐下看了幾頁，就聽見店裡響起了一道玩世不恭的聲音——

「哎呀呀，幾日沒來，席掌櫃的生意越發興隆了！這客似雲來的，每日得賺多少錢啊？」

抬頭一看，竟然又是顧然，這個剛被新皇封為御林軍統領的男人。她心中閃過一道防備，面上卻是堆出笑容，說道：「原來是顧統領，小本經營罷了，賺不了幾個錢。」

顧然痞氣十足地走到櫃檯前，就那樣直勾勾地盯著她。席雲芝被他盯得厭煩，正要說話，就見他果斷回神，在她櫃檯上隨手指了幾樣東西，看都不看，便說要買。

客人要買東西，席雲芝沒有不賣的道理。讓夥計將東西拿進去包裹，她便抱著帳本打算去後院躲躲清閒，沒想到剛走出櫃檯就被顧然拉住了。

「在西北的時候，我就問皇上，京城中有沒有那種既漂亮又大方、既豪氣又仁義的女人，有的話給我介紹一個，皇上就對我說了一個姓席的女掌櫃的故事。可以說，皇上就是用妳將我勾到了京城，如今席掌櫃這般見外，豈不是叫我寒心嗎？」

席雲芝看著他抓住自己胳膊的手，蹙眉道：「你在胡說八道什麼？我已嫁做人婦，夫君叫做步覃，顧統領若是繼續口無遮攔，別怪我對你無禮。」說著，便將自己的胳膊抽了回去。

顧然卻一副不以為意的神情。「我當然知道妳的夫君是誰，一品上將軍步覃嘛！改天我去會會他，如果他願意將妳讓給我，我便用一百個女人跟他換！」

「不知所謂！」席雲芝簡直氣得鼻孔都要冒煙了，她從未見過這樣無恥的男子，當即不再與他糾纏，抱著帳本，怒氣沖沖地往後院走去。

顧然卻絲毫不在意，舔著下唇大聲追在她身後說道：「我不在乎妳成親了！我就喜歡成過親的女人！」

席雲芝氣得雙頰通紅，難得情緒失控，邊走邊對店裡的護院喊道：「給我把那人轟出去，今後不許這人踏入我店鋪半步！」

被顧然這般大鬧了一場，席雲芝下午早早便回到了將軍府。

府中劉媽和如意她們都從小安的乳母口中聽說了店裡發生的事情，劉媽覺得這事兒有礙女人家的名節，便提議讓席雲芝瞞著將軍，說是男人最忌諱的就是這種事兒。

席雲芝哭笑不得，說：「我若不說，今後若是從其他人口中傳到他的耳朵裡，豈不是更加難堪？」

這麼打定主意，席雲芝便在肚中醞釀說辭。

誰知道，醞釀了一晚上，步覃還在軍機處，根本就沒回來，只讓趙逸傳了個讓她先睡的信。

席雲芝懷著遺憾和忐忑，睡了過去。

第二天一早，宮裡便又派人來傳她。

席雲芝換了衣服，去到了宮裡，發現甄氏的雙眼紅得厲害，一副剛剛哭過的樣子。席雲芝走過去，還沒說話，甄氏就一頭撲進她的懷裡。

「娘娘，怎麼了？是不是又跟皇上吵架了？」席雲芝被她撲得莫名其妙，只好一邊安撫一邊問。

甄氏的貼身宮婢屏退所有宮人之後，偌大的坤儀宮中便只剩甄氏和席雲芝兩人，甄氏哭哭啼啼的聲音這才響起。

「皇上說要選秀，擴充後宮！」

原來是這件事啊！席雲芝當下便沒了主意，不知道這種事情該怎麼安慰。想了想，甄氏如今怕也不是想聽安慰，只是想與她傾訴一番罷了，畢竟這種事情，就算不是皇帝提出來，過個幾日，大臣們也會提出來的。

「從前跟著他，日子雖苦，可橫豎他也就我一個女人。如今他做了皇帝，我卻要與旁的女人分享他！」

席雲芝明白這種夫君被人分享的不安，試著說道：「這也許是皇上的職責，他其實也不想的吧？」

甄氏一聽卻來勁了，突然指著大正宮的方向撒潑道：「他會不想？他就巴不得擴充後宮！我知道，這麼些年來，他也憋壞了，他早就對我失去了新鮮！妳是沒看到他說要選秀女時那種快要笑出來的表情，我算是看透他了！」

席雲芝看著她破口大罵的模樣，覺得這個女人只是心中有氣，她氣的可能不是皇帝要擴充後宮這件事，而是氣皇上沒有跟她商量，一人定奪了此事。

等甄氏發洩完畢，席雲芝才告退。

走到正陽門時，卻遇到了同樣從宮裡出來的步覃，夫妻二人的眼神全都亮了起來。

步覃往席雲芝走來，主動牽了她的手，問道：「皇后又傳妳入宮啦？」

席雲芝點點頭，見他一夜未歸，髮髻卻沒有絲毫散亂，便知他可能一夜未睡。替他揉了揉額角，她溫柔地說：「回去吧。我給你燉了冰糖銀耳在鍋裡。」

步覃不顧他人目光，摟著席雲芝的肩頭便要離開。

忽然，狹長安靜的甬道上響起一道突兀嘹亮的聲音——

「步將軍、步夫人留步！」

顧然穿著一身御林軍統領的官服，姿態威武，步履雄健，臉上卻漾著一抹無賴的笑，讓他看起來痞裡痞氣，像個混街面兒的二流子。

席雲芝見是他，不想在宮裡鬧出笑話，就裝作沒聽見，拉著步覃便要離開，誰知那顧然卻不知死活地追了上來，擋在她和步覃面前，堂而皇之地對步覃抱拳作揖。

「將軍有禮！夫人有禮！」

步覃明顯感覺到席雲芝抓著他胳膊的手有些發緊，又見她紅著臉頰氣鼓鼓的，而擋住他們去路的顧然竟是毫不遮掩地將目光掃在席雲芝的身上。

步覃蹙眉，深吸一口氣，便將席雲芝藏到了身後，正面對上了顧然，說道：「顧統領有何貴幹？」

顧然見步覃擋住了他的視線，訕訕地摸了摸鼻頭，對他說道：「喔，是這樣的，下官今晚在四海樓宴客，請的都是朝中同僚，不知步將軍有時間大駕光臨否？」

步覃面不改色，直接回絕。「沒空。我昨晚沒有回家，家中賢妻想我想得厲害，晚上我要回去安撫慰藉她，著實抽不出空去赴宴。」

席雲芝躲在步覃身後，臉紅得彷彿都快滴出血來了！她這個夫君說的都是什麼呀！什麼叫賢妻想他想得厲害，晚上得回去安撫慰藉？這種曖昧之言，竟然被他在光天化日之下說了出來，簡直羞死人了！

但步覃這句話對顧然來說，倒是有些殺傷力的。只見顧然臉上的表情僵了又僵，過了好久才將步覃這番話消化完畢，抱著手作揖後就轉身離去，也不再多加糾纏。

席雲芝看著他乾脆離去的背影，心中又一次為自家夫君的機智讚嘆。

對付那種口無遮攔的登徒浪子，最好的辦法就是比他還要口無遮攔！就這一點而言，她家夫君做的委實不錯。

回到家中，席雲芝給步覃盛來一碗冰糖銀耳，伺候他吃的同時，也對步覃坦白了昨日顧然在店裡的調戲之言。

步覃停下攪拌銀耳的動作，看著席雲芝好一會兒，才開口問道：「什麼時候的事？」

席雲芝咬唇回答：「就是昨日。我原想昨天晚上告訴你的，可是你一夜未歸。」

步覃若有所思地舀了一勺湯送入口中，對席雲芝彎唇安慰道：「放心吧，我會叫人看著他，不會讓他再去妳店裡的。」

席雲芝乖乖地點點頭後，又想起一件事。「對了，今日皇后召我入宮，是為了皇上將要選秀的事。」

步覃聽後也表示自己知道這件事。「嗯，據說訂在八月，要搞一次夏選，很多大臣都已經在物色人選了。」

「去年春天先帝不是剛選過一回，這些大人家中怎會有這麼多的備用女兒？」席雲芝對這一現象表示很費解。

步覃看著她，不禁笑了。「妳這腦袋瓜裡成天在想些什麼呀？」頓了頓，又道：「聽說這回左督御史府也會出人來選，是御史夫人娘家的姊妹，妳能猜到是誰嗎？」

席雲箏娘家的姊妹？席雲芝在腦中回轉一番後，驚呼：「席雲彤?!席家還有一個彤兒至今未嫁，是三房的嫡小姐。會是她嗎？」如果這個猜測是真的，那麼席家真是想翻身想瘋了，竟然要把彤兒送進宮裡。

步覃搖頭表示不解，讓席雲芝也不要多想，到時候就知道了。

七月，禹王妃誕下一位小郡主，取名寧秀。皇上親自冊封其為康寧郡主，列入宗牒。

席雲芝如今為京城官夫人之首，連著好幾回被邀一同前往看望禹王妃和小郡主，她推辭不得，便隨著她們一同前往禹王府。

禹王府坐落在東城最西，乃前朝舊宅。太子被廢，一時間朝廷也拿不出什麼能夠比擬太子府建造的宅子來，便從民間高價購得此宅，占地面積雖然挺大，但建造風格破舊。說來也巧，這宅子就是從席雲芝手裡賣出去的。

席雲芝穿著一品誥命的鸞錦服飾，在眾人的簇擁之下，裝作高貴冷豔地走入了禹王府，在王府家丁的帶領之下，去到了禹王妃坐月子的香榭。

禹王妃聽到門房回報後，刻意梳洗了一番，端端正正地坐在床鋪之上，見她們一行人走入，便嘴角含笑，接受眾人行禮，並一一致禮回謝。目光掃到嘴角含笑的席雲芝時，她明顯一僵，卻也斂下眸子，對席雲芝笑道：「煩勞夫人親自前來探望。」

席雲芝笑著坐在安放在禹王妃床前的椅子上，自有夫人過來替她鋪開裙襬。她嘴角帶笑，說道：「王妃喜得郡主，下婦理當前來拜見。不知可有榮幸抱一抱小郡主呢？」

提到小郡主，禹王妃面色動了動，不自然地彎了彎嘴角，淡淡地道：「喔，小郡主被乳母抱去吃奶了，夫人若想見她，我這就叫人將她抱來。」不等席雲芝說話，她便喚來婢女，讓她去將小郡主抱來，婢女當即領命而去。

席雲芝見狀，連忙說道：「不不，小郡主既在吃奶，那便不用打擾了。」

禹王妃溫柔一笑，卻叫席雲芝覺得寒意甚濃。

「不礙事的，奶可以待會兒吃，卻不能叫夫人待會兒再抱她。」

席雲芝從來不知道，天下還有如此母親，竟將這麼小的孩子都用來社交，為了討好別人，甚至不惜讓孩子受些罪。

沒多會兒，大聲啼哭的小郡主就被婢女抱了過來，正要送到禹王妃懷中，卻被她快速揮開，指著席雲芝的方向說道：「送過去給誥命夫人抱一抱，若得了夫人眼緣，也算是小郡主的福分。」

婢女將孩子送到席雲芝手中，幾位一同前來的夫人也湊過來看，只是小郡主啼哭不已，想來是還沒吃飽，便被強行抱了過來。看她啼哭得可憐，席雲芝不禁伸出一隻手指放在她的小嘴邊上，像是察覺到什麼，小郡主漸漸軟化了啼哭，小嘴不住地往席雲芝手上湊，小小的舌頭伸出來舔著、尋著。

席雲芝從懷中拿出一只金鎖和兩只手環、兩只腳環，放在小郡主的襁褓邊上，就將她交還回了婢女手中，說道：「快些將小郡主送去吃奶吧，哭得怪可憐的。」

婢女看了一眼禹王妃，在受到王妃首肯之後，才將小郡主又抱了回去。

席雲芝又對禹王妃說了一番體己的話，就告辭。禹王妃以坐月子為由，不便下床相送，對席雲芝抱歉幾語，席雲芝揮手表示不介意。

走到門口時，正好聽到家丁稟報「敬王妃駕到」的聲音。

眾人正要出門，聽到這聲，只好退到一邊。

席雲芝稍稍偏了些方向，沒一會兒，只見一個帶著紗簾的華服女子疾步走了進來。

看見屋裡這一大幫人時，敬王妃先是一愣，然後才定定地看著席雲芝，一動也不動。

席雲芝見狀，便主動問好。「參見敬王妃。」她如今是一品，見到王妃自是不必行禮、不必下跪。

敬王妃秋水般的瞳眸凝視著她，良久後才說道：「原來是步夫人，久違了。」

席雲芝聽她說話仍有些漏風，勉強忍住笑意，對敬王妃說道：「也不是很久，上月在御花園，下婦不是剛與王妃見過嗎？」

敬王妃聽她毫不遮掩地提起上月御花園她被掌嘴一事，頓時惱羞成怒，指著席雲芝就罵道：「席雲芝，妳別得意得太早！如今不過是皇后給妳撐腰，若是哪一天皇后不管妳了，看我怎麼收拾妳！」

席雲芝挑了挑眉，暗想這敬王妃吃了那麼大一個虧，竟然還不學乖，不像禹王妃，壞就在內裡壞，面上卻是做足了服軟的姿態。

席雲芝勾了勾唇，出手如電，將敬王妃遮在臉上的那塊紗簾扯了下來。頓時，敬王妃雙唇紅腫青紫、缺了顆牙、被竹條掌了三十下的嘴和臉頰，就這樣露在眾人面前！

敬王妃驚叫一聲，連忙捂住臉頰，但捂住臉頰捂不住嘴，終歸讓一干與席雲芝一同前來的夫人們看了個大大的笑話。

席雲芝踩著堅定的腳步走了過去，與敬王妃冷面以對。「我等著。」說完之後，就將紗簾隨意地拋在敬王妃顯然被她的氣勢嚇到的臉上，然後頭也不回地走了出去。

敬王妃回過神來後，還想追出去找她糾纏，卻被屋裡另一道冰冷的聲音叫住。

「夠了！還嫌不夠丟人嗎？」

禹王妃一聲怒喝之後，便氣極地將床邊的一只花瓶掃落在地，眉間的厲色叫她看起來姿態全無，獰氣橫生。她盯著席雲芝等人消失的地方，露出沈沈的怒色。

敬王妃在禹王府留了大半個時辰，才上了自己的轎子離開。

席雲芝出了禹王府之後，便說自己要去店鋪裡一趟，叫那些隨行的夫人們先回。然後，她讓人將馬車停靠到禹王府旁的一條小巷中，直到看見敬王妃走出禹王府，上轎走了之後，她才從小巷離開。

回到家中，發現步覃不知為何，今日早早便回府了。

小安被步承宗帶出去遊玩了不在家，席雲芝直接去了步覃的書房，看到步覃立在書架前找著什麼東西，席雲芝走過去拍了拍他的肩膀，送上了大大的笑容，下一刻，卻被步覃嘴角的一抹青紫吸引住了目光。

「夫君，你的臉怎麼了？」席雲芝伸手碰了碰。

步覃就那麼居高臨下地看著她，也不閃躲，也不喊痛，過了好一會兒才勾起唇角說道：

「沒怎麼，就是在路上遇到一隻野狗，打了一架，不礙事的。」

席雲芝無奈地看著自家夫君。跟一隻野狗打架？真虧他說得出來，也不嫌埋汰。正要再問，卻被步覃猛地偷親了一下，她驚嚇羞赧之餘，也忘記了自己原本要說的話。

「我中午想吃糯米糖餅，妳親手做的。」

步覃推著席雲芝的肩，讓她去廚房做餅，席雲芝就這麼被推出了書房。看著自家夫君一副心事重重的模樣，席雲芝輕嘆了一口氣，去房間換了身輕便的衣服後，便去了廚房。

席雲芝將糯米糖餅下鍋，見廚房還有一些新鮮的萵苣，又切了兩顆做絲，想著天氣逐漸悶熱，就另做了一道涼拌萵苣，待糯米糖餅出鍋之後，一併端去書房要給夫君享用。

可是，推開書房的門，哪裡還有夫君的身影？席雲芝將托盤放在桌子上，看見夫君先前站在書架前翻看的那本書，就好奇地走過去看了看，只見上頭寫著一些武功摘要，而那一頁的門派介紹竟是來自齊國的武學大家。席雲芝不懂武功，也不知道自家夫君為何看這個，便連招呼都不打就出去了。

替他將書本收好後，她又端著托盤走出了書房，正巧遇上逛街回來的小安和步承宗。

小安左手一支風車，右手一支冰糖葫蘆，被步承宗抱在手彎裡，小臉紅撲撲的，見到席雲芝，便從步承宗手上下來，飛撲到席雲芝身上，奶聲奶氣地問：「娘，妳拿的是什麼？」

席雲芝從襟下抽出絲帕給他擦了擦汗，將托盤放低給他看。

小安看見糖餅，立即兩眼放光。

席雲芝無奈地搖頭。還真是父子倆，都這麼愛吃甜的。將托盤交給乳母，讓她帶著小安去吃。

步承宗是半刻都離不開這個重孫的，也跟著進去了。

第二天入宮後，席雲芝就從甄氏口中聽說了那件事。

「妳那夫君脾氣也太大了，顧統領不過跟他開口說了一句話，也不知怎的就惹毛了他，把顧統領拉到御林軍的校場去比試。妳說他好歹也是一品上將軍，就算顧統領說錯了話，他只需口頭訓斥一番也就夠了，何必動手呢？顧統領到現在都還吊著胳膊呢！」

「……」席雲芝端著香茶的手就這麼僵在那兒，聽甄氏說完之後，她才反應過來，放下茶杯，輕咳一聲說道：「竟有此事？我、我回去跟他說說。」

甄氏煞有介事地點頭。「是呀，是該好好說說！這麼暴躁，就這點而言，我覺得顧統領可比他好多了，最起碼不會隨便動手不是？」

見席雲芝沈默，甄氏忽然又像是想到了什麼似的，對席雲芝偷偷耳語道：「對了，我跟妳說喔，這個顧統領好像從前就認識妳了。那時在西北，他在聽說了妳的名字之後，就對妳的事問個不停，我和皇上告訴他，妳已經成親了，妳不知道，他失落了好幾天呢，整天心事重重的！」

席雲芝蹙眉不解。「他怎麼會認識我？我與他從未見過才是。他那人說話嘴裡總是沒個把門的——」說到這兒，席雲芝才徹底明白自家夫君找顧然晦氣的真正理由了。

她當時見夫君沒有什麼過激的反應，以為他是轉了性子，誰知道私心裡，還藏著這麼一齣，真是太無語了。

甄氏見她說了一半便不說了，斂下眸子轉了轉，卻是又湊近席雲芝，正色問道：「對了，還有一件事，妳要如實答我。」

席雲芝正在傷腦筋自家夫君的事，被甄氏這麼一問，不知她到底要問什麼，便瞪著眸子靜聽下文。

只聽甄氏稍稍猶豫了下，便說道：「我聽說這回的秀女中有妳娘家的一個妹妹，這是真的嗎？」

原來是這件事！席雲芝鬆了口氣，遂點頭道：「聽說是的，但因她不是來投奔的我，所以，我也不太敢確定。」

「席雲彤。本宮派人探知，她叫席雲彤。妳認識嗎？」

席雲芝心下嘆息，果然是彤兒。她點頭說道：「認識。她是席家三房的嫡女。」

甄氏聽後不禁又問：「她生得如何？漂亮嗎？」

席雲芝見甄氏問得興致勃勃，想來是在詢問「情敵」的資訊，橫豎這都是她們之間的事，席雲芝也就沒什麼好隱瞞的了。

「彤兒在席家算是漂亮的，娘娘不是見過御史夫人席雲箏嗎？彤兒雖不及席雲箏國色天香，但卻不失嬌憨可愛、天真無邪。從前在席家，也就只有彤兒願意跟我說兩句話了。」

甄氏若有所思。「也就是說，妳和那個席雲彤關係還不錯嘍？」

席雲芝不知甄氏此言何意，如實答道：「稱不上不錯。」

甄氏聽了席雲芝的回答，陷入了沈思之中。

就在此時，一聲太監的高聲吟報傳了過來。

「皇上駕到——」

甄氏一聽，整個人彷彿緊繃起來，彈簧似地從座位上站起。

席雲芝也趕忙跟在她身後跪下，迎接聖駕。

自從那日封賞宴之後，席雲芝便沒有私下見過這位皇帝，想起他在洛陽城中與通判楊嘯擁妓女入她店鋪的放浪之態，感覺恍如隔世，更體會了世事萬變的真理。

「參見皇上，吾皇萬歲萬歲萬萬歲。」

兩人行禮之後，便聽蕭絡沈穩的聲音在她們頭頂響起。

「平身。」

席雲芝和甄氏雙雙立起之後，皇帝蕭絡沒有先與甄氏說話，反而走到了席雲芝面前，對她說道：「原想到御花園散散步，沒想到竟會見到夫人。石亭相送，朕還未親自跟夫人道謝呢！」

席雲芝溫婉一笑，低頭恭謹地回答道：「皇上太客氣了，石亭相送不過是盡朋友之義，皇后娘娘也將此事提了又提，倒叫臣婦難為情了。」

「哈哈哈哈，夫人的出資之情也好，石亭相送餵食之義也罷，朕此生絕不會忘記夫人的高義，定將夫人之情載入史冊，美傳天下！」蕭絡爽朗的笑聲傳遍御花園。

甄氏站在一旁，臉笑得有些僵硬，但卻仍舊一副乖順守禮的模樣。

席雲芝溫婉地笑了笑，不知該如何應答皇上如此熱情的話。見皇后臉色不善，席雲芝也不敢多加停留，當即便告辭。

蕭絡點頭准許，目光卻一直盯著席雲芝的背後，嘴角帶笑，不知道在想些什麼。

甄氏站在一旁，看著他這副模樣，目光中不覺摻入了冰涼的恨意。

從宮中出來後，席雲芝回將軍府換上常服，便去了蘭馥園。最近，蘭馥園的生意真是不錯，因為新皇登基不久，形勢相對動亂，有些官員外調，或是調回京城，反正諸如此類的原因，買賣房屋的人是越來越多，而席雲芝一買一賣，取中間過渡費用，每一筆都是很可觀的進帳。

從八月開始，步覃受皇命接手刑部，處理各種官員謀反、結黨營私的案件，每天晚上都要忙到戌時將過才能回來。

八月中旬，迎來了新皇選秀。

因為新皇後宮空虛，只有一個皇后，因此整個八月，甄氏都忙得焦頭爛額的，最後在禮部的協助下，為新皇選定了十五位姿容出眾的秀女。

其中鎮國公府的赫連憂拔得頭籌，被封為妃，左相府的小姐李蘭瑾也被封為妃，其餘十三位皆為美人。而這十三位美人中，有一位是得皇上親口御留的——左督御史府送入的美人，席雲彤。

在選秀宴上，皇上將席雲彤看了又看，最後才說了一句：差強人意，留。

至此，席雲彤便以左督御史府姻親的身分與皇上親口御留的情分，成為了殺入秀女堆中的一匹黑馬，更成為所有秀女中第一個被新皇寵幸的女人。

承寵翌日，她被封為彤貴人，風頭一時無兩。

對於席雲彤的崛起，大多數人都不明所以，只有席雲彤自己才知道，承寵那一夜，皇上抱著她抵死纏綿時喊的是誰的名字……

席、雲、芝！

在步覃執掌刑部後一個月，席雲芝的耳中就陸續聽到一些關於自家夫君的不好傳聞。但因為之前步覃已經給她做好了心理準備，所以，在聽到這些話的時候，她還不算太意外，只能更加用心地做好維護夫君的本分。

除非步覃派人傳話回來說晚上不歸，不然無論多晚，席雲芝都會等到步覃回來才肯入睡。

夫妻二人會湊在一起交流一番白日發生的事情，再交換一下各自的見解或者肢體交流一番，之後才會相擁睡去。

這日，步覃派人傳話回來，說他在刑部參審前按察使受賄一案，晚上便睡在刑部，叫她不要等他了。

席雲芝將小安哄睡之後，正要回房休息，可忽然，寂靜的夜裡，卻響起了一陣空靈又哀怨的笛聲。席雲芝駐足聽了好一會兒，只覺曲調熟悉得很，還沒來得及深想，回頭一看，卻見席徵正負手立在月下，閉目傾聽。

「爹。」席雲芝走過去，喚了一聲席徵。

席徵像是沒聽見席雲芝的喊叫，只是一味地出神聽著。

席雲芝看父親這般癡迷，猛然想起這首曲子的旋律，不正是母親生前最愛吹的嗎？

「爹，這是……」席雲芝說不出這曲子的名字，但可以肯定，這是當年父親寫給母親吹奏的，全天下會奏的只有他們一家，父親、母親，還有雲然。

母親已死，這笛聲卻是從哪裡傳來的？

席雲芝見席徵已然聽得癡了，根本想不起要追找笛聲的來源，便自己匆匆回房拿了一件斗篷，連如意和如月都沒有帶，獨自一人就追出了府外。

因為將軍府位處南郊，周圍地面空曠，席雲芝很容易便分辨出了笛聲的方向，用盡全力向著笛聲奔去。

一直從南郊追到了城中日月潭，笛聲還在響，她站在日月潭的橋面上四處尋找，笛聲聽起來是越來越近的，然而日月潭邊滿是放荷花燈嬉戲的百姓，嘈雜的人聲蓋過了笛聲，讓她再也難辨其方向。

忽然間，笛聲驟停，席雲芝急得在橋上無助地轉圈，焦急的神情引來路人側目。

雲然……一定是雲然！席雲芝在心中默唸這個名字。

可是她在橋上站了一刻鐘的時間，笛聲卻再沒有響起。

放荷花燈的百姓們零零散散走得差不多了，席雲芝靠在橋墩上等了又等，終於失落地轉身，打算回去了。

低著頭走路的她，因沒有看清前方，不小心一頭撞入了一堵胸膛，抬頭一看，席雲芝嚇得忙往後連退了兩步，卻被橋面的青石板絆了一下腳跟，身體不受控制地往後面倒去！

長臂飛速探來，摟住了她的腰肢，讓她免於摔倒在地。

席雲芝剛一站定，便將腰上的手臂迅速揮開，看好後面的路之後，又急急往後退了幾步，與來人保持距離。

「席掌櫃緊張什麼？我不過是怕妳摔了而已。」

席雲芝防備地看著眼前這個總是嘴角掛笑，但目光中卻明顯透出侵略性的男子，驚魂未定地對他點了點頭。「多謝顧統領，告辭。」

「席掌櫃慢走，告辭。」顧然嘿嘿一笑，也不糾纏，就轉身與席雲芝擦肩而過。

席雲芝正巧看到了他另一隻手上攥著的一支粉穗玉笛，立刻喊住了他。「等等！」

顧然停下腳步，不解地看向她，戲謔道：「怎麼了席掌櫃？跟我說話，就不怕步將軍再掉進醋罈子嗎？」

席雲芝癡癡地看著他手中的玉笛，不理會他的調侃之言，指著笛子說道：「這笛子，你怎會有？」

顧然見她表情奇怪，挑眉一笑，將玉笛送到席雲芝面前，說道：「不過是一支笛子，席掌櫃喜歡，拿去便是。」

席雲芝看著被送入手中的玉笛，一時不知該說些什麼。她想起小時候在院子裡，娘親吹笛，父親撫琴，她和雲然追著蝴蝶滿院子跑的情形。她娘最愛的樂器便是玉笛，然後在玉笛尾端繫上粉色的穗穗。

再度回神之際，顧然已經離開了日月潭，周圍放花燈的百姓也都陸續回去了。

席雲芝拿著玉笛，一路又走回了將軍府，在路上正巧遇到了前來找尋她的將軍府人。

失魂落魄地回到家中，將粉穗玉笛交到了席徵手上，席徵立刻熱淚盈眶，拿著玉笛的手都在顫抖，口中直喊著席雲芝的娘親「貞娘」的閨名。當席雲芝對席徵說起，那持笛之人是顧然時，席徵一口咬定，那人便是席雲然，是席雲芝的同胞弟弟。

席雲芝當然不會因為席徵的一句猜測和發生在顧然身上的巧合，就認定顧然的身分。一來疑點太多，二來她對顧然這個人是真的沒有兒時對雲然的感覺。

她讓席徵稍安勿躁，自己則把小黑等人叫來，讓他們暗地裡去西北調查一番顧然這個人。

在下結論之前，她是不會妄加猜測的。至於步覃那邊，她也不會事先提起此事，畢竟真相是什麼，現在誰都不知道，她不能用自己的猜測影響了步覃對顧然這個人的判斷。

九月初，席雲芝再次被傳入了宮。甄氏說近來得了一尊玉雕而成的觀音像，足足有一人高，實為罕見，便想著叫席雲芝一同入宮欣賞。

席雲芝入宮之後，發現甄氏的坤儀宮中坐滿了人。想想也是，皇上重新選秀，妃子也納了兩個，這後宮中，再也不會像從前那般清閒了。

對各位美人娘娘們行了禮後，席雲芝被甄氏拉到了鳳座旁的座椅之上，那是她特意給席雲芝留的座。

席雲芝坐定之後，甄氏便打算叫人將那尊玉觀音搬進殿中，誰料寧妃赫連憂卻突然出列，對甄氏說道——

「皇后娘娘，彤貴人還未到來。」

甄氏停下了準備召喚太監近前的手，有意無意地瞥了一眼席雲芝，說道：「喔？彤貴人可是身體抱恙？」

寧妃搖頭。「回娘娘，未曾聽說。」

就在這時，宮外傳來太監吟報。

「彤貴人到——」

席雲彤一身華服，被三、四名婢女攙扶著入了內，臉上掛著笑容，看起來福氣滿滿的。只見她入內之後，便乖乖巧巧地來到甄氏面前，對她盈盈拜下，巧笑倩兮地說道：「彤兒參見娘娘。」一眼睛掃見席雲芝時，席雲彤的眼中有些意外，但卻很快恢復了過來，在甄氏讓她平身之後，便湊近席雲芝，親暱地說道：「長姊怎會在此？」

席雲芝拉住了她伸過來的手，溫婉一笑，回道：「皇后娘娘客氣，請我來與大家一同欣賞玉雕觀音。妳且去位置上坐好，莫要走動，壞了規矩。」

席雲芝不是沒看出來甄氏雖然對席雲彤表面帶笑，但眼底卻露出不耐，見席雲彤仍不自知，便出言提醒了一番，讓她別忘了宮裡的規矩。

誰料席雲彤嬌羞一笑，竟然回了席雲芝一句風馬牛不相及的話。「昨晚侍奉聖駕累得慌，皇上勇猛無敵，絲毫不懂憐香惜玉，今日我這腰肢還痠著呢！」

席雲彤這番話一說出來，便招來了後宮所有女人的瞪眼，因為誰都知道，雖然皇上一次招了這麼多的秀女入宮，但除了兩位妃子和席雲彤這個彤貴人之外，其他女人是一次都沒有被傳喚侍寢的。而席雲彤承寵的次數，要比兩位妃子加起來還要多一些，所以她才有些恃寵而驕。

席雲芝暗自嘆了口氣，用眼角餘光看了看端坐鳳座的甄氏。

只見皇后依舊笑得溫柔如水，對席雲彤說道：「既然彤貴人腰痠不願坐，那便隨意走動也無妨，橫豎是在我宮裡，也不是在駕前伺候。」

席雲芝蹙眉，甄氏這是對席雲彤惱上了，可惜彤兒還是糊裡糊塗的，以為甄氏說的是真話。

內宮的事，席雲芝不會參與，要怎麼對待這些後宮女子，是甄氏說了算，她也沒有權力去提點誰，或是擠兌誰。

玉雕觀音被四個太監平穩地抬入了坤儀宮，眾妃及美人皆對其工藝嘖嘖稱奇，就連席雲芝這見慣了寶貝的人也不得不承認，這尊觀音的雕工堪稱完美，幾乎找不出任何有瑕疵的地方。

也許是職業的關係，在眾人欣賞過後，開始例行茶話會之時，席雲芝橫豎不想與她們多說話，便仍舊在一旁，用宮中提供的放大鏡對玉雕進行深度觀察。

可看著看著，席雲芝卻發現周圍變得很是寂靜，先前七嘴八舌的說笑聲像是被人從半截砍斷了般，再無聲息。

她奇怪地放下放大鏡，回頭一看，卻發現蕭絡離她甚近，不知何時竟然走到了她的背後！

怪不得坤儀宮中突然靜了下來。

可皇帝駕到，竟然沒有人通傳，這又是怎麼回事？

第十八章

席雲芝趕緊向旁邊退了兩步，慌忙地跪下行禮。隨著她的下跪，坤儀宮中所有妃子、美人全都一一跪下行禮。

甄氏從鳳座上走下，對皇帝盈盈拜倒，將座位讓了出來，安寧順和地站在一旁。

「都平身吧。」

蕭絡穿著龍袍，一身貴氣，他原本生的就好，一雙桃花眼總是在不經意間勾得女人為他心動，只見他掃過一圈之後，最後將目光落在低頭不語的席雲芝身上。

「步夫人，朕剛才見妳看得認真，便沒有打擾，嚇著妳了嗎？」

席雲芝深吸一口氣，溫婉一笑，盡力讓自己表現得大方些。「回皇上，沒有。只是覺得有點意外。」一意外得差點讓她奪門而出！

蕭絡見她這般，便不由自主地笑了，一邊撫弄著手上的扳指，一邊對席雲芝說道：「夫人先前那般認真地在研究這尊玉雕觀音，覺得如何？」

席雲芝看了看甄氏，面上顯出猶豫，蕭絡見狀便揮手道：「夫人照實說就行了，朕絕不怪罪。」

甄氏也跟在蕭絡後面出聲附和。「是啊，雲芝，皇上讓妳說，妳便說吧。」

席雲芝只知這尊玉雕是皇后近來得到的，並不知它的來歷，怕說的重了，會不經意間得罪什麼人，幾經思量之後，才決定揀一條最好的說了。

「是。」席雲芝低頭應承之後，便走到放在中央的玉雕觀音身旁，最後又確認了一遍之後，才開口說道：「這尊玉雕……就雕工而言的確是一絕。」

甄氏坐在原本給席雲芝留的座位上，皇上則半倚在甄氏的鳳座上，饒有興趣地盯著席雲芝看，聽她那般說後，蕭絡勾唇反問：「那夫人的意思是，雕工一絕，用料卻不絕嘍？這可是上好的油田薄玉，羊脂白雪也不過如此吧？」

席雲芝微笑著不說話，既然皇上已經對這玉雕進行了肯定，那麼她再說什麼都是贅言了，乾脆點頭默認。

怎料蕭絡卻不依不饒，從鳳座上走下，去到玉雕觀音身邊，並從席雲芝手中拿過放大鏡，看了又看，然後才確定地說：「不錯，朕看這就是油田薄玉。難道夫人還有其他見解？但說無妨。」

席雲芝見他信心滿滿，又從他的話語中聽出了他對這玉雕的喜愛，不禁搖頭說道：「臣婦才疏學淺，並沒有見過皇上所說的油田薄玉，但此玉料瑩潤如雪，光滑如鏡卻是事實。只不過，若讓臣婦出價……」

蕭絡搶問：「出價多少？」

席雲芝看著玉雕，深深地嘆了一口氣，對蕭絡比出了三根手指。

「三十萬兩？」蕭絡試探地問。

席雲芝搖頭，揭曉答案。「三萬，至多三萬。這個價格，有一半還是因為它入過宮，被宮中貴人們賞玩過。」

「……」蕭絡被席雲芝說得啞口無言，盯著她看了好一會兒。

甄氏也走過來打圓場，對席雲芝說道：「雲芝，這可是皇上親自從民間選回宮的東西，足足花了——」

怎料甄氏還沒說完，便被蕭絡打斷了。

「多嘴！」隨意掃了甄氏一眼，甄氏便識相地閉上了嘴，只聽蕭絡又對席雲芝問道：「夫人何以判定這玉雕只值區區三萬？」

席雲芝總算明白了，這東西是皇帝親自買回來的，所以對它的評價才會特別高，而她稍有貶低，他就不依不饒，一定要問個清清楚楚。

指了指玉雕，席雲芝勾唇說道：「這玉料就紋理手感而言確實不錯，但可惜不是整玉，而且這尊觀音絕不是一位名家雕刻而成的。這衣裙裙襬上的紋理有些是雕刻的，有些則是碎玉打磨拼接的，全身上下最值錢的便是觀音臉上的這塊玉。臣婦所說的三萬兩中，一萬五千兩算作這尊玉雕的經歷，另外一萬兩，便是觀音的這張臉，其餘碎玉，頂多便是五千兩。」

蕭絡聽完席雲芝的分析，用放大鏡湊近觀音的裙襬仔細看了一遍，再抬頭時，俊臉上現出一絲尷尬。「聽夫人這麼一說，確實是朕買貴了。」長嘆一聲，將放大鏡交給貼身太監，拍拍手，故作瀟灑地說：「得，白花花的銀子打了水漂，連個響兒都沒聽著！」

後宮眾妃和美人們看著皇帝這樣子，一個個想笑卻又不敢笑。她們英明神武的皇帝陛下竟然也有買賣被坑的時候，還興師動眾地把老婆們聚集在一起看他買回來的一尊假貨！

「夫人果然是生意好手，朕甘拜下風！」

蕭絡雖然知道自己吃了虧，但最起碼的風度還是有的，對席雲芝揭穿他的行為並沒有覺得生氣，這一點令席雲芝鬆了一口氣。原來剛才皇帝就是為了顯擺他買回來的東西，才會讓所有人噤聲，偷偷地走到她的身後，就是為了聽到真心的評價吧！

這麼一想，席雲芝原本忐忑的心一下子便安穩了起來。

蕭絡又坐了一會兒，與眾妃美人們說了一會子話，便回到中元殿批閱奏章去了。

眾女見皇上已走，也沒了再待下去的興趣，一個個都拿出人睏馬乏的姿態，跟甄氏告了罪，請安退下。

席雲芝走出坤儀宮後，在狹長的宮道上，被席雲彤喊住了。

「長姊，多年不見，妳過得可好？」

席雲芝見她這麼些年了，還是這副天真面貌，不知該為她慶幸，還是為她不幸。微微一笑，道：「我挺好的。妳入宮前，有去慈雲寺看過三嬸娘嗎？」席雲芝最擔心的就是三嬸娘了。

只見席雲彤提起母親，神色有些黯淡，無奈地說道：「看過了，只是她不肯見我。老太太年前便修書回了洛陽，席家是徹底破落了，我若不聽她們安排入宮伴駕，怕是也沒有好日子過。」

席雲芝見她說這般話，不禁握住她的手，說道：「難為妳了。妳去慈雲寺時，三嬸娘就沒有跟妳說什麼嗎？」

席雲彤不解。「沒有啊！我娘應該跟我說什麼嗎？」

席雲芝看著這天真無邪的姑娘好一會兒，才淡淡地搖頭，說道：「沒什麼，我就是覺得三嬸娘應該要見一見妳才是。宮裡人多口雜，妳要處處小心，沒事盡量低調些。」

席雲彤乖乖巧巧地對席雲芝福下了身子，說道：「多謝長姊提點，彤兒自會小心的。」

席雲芝又在她的肩頭拍了拍，這才轉身離去，若有所思。

直到坐上了回府的馬車，她才將手攤開。聞到手指上沾染的濃厚香氣，她知道，連從前最嬌憨可愛的彤兒都變了。

她在離開洛陽之前，特意去了趟慈雲寺，給三嬸娘留下了一筆不小的財產，其中也言明有部分可以給席雲彤。如果彤兒真在入宮之前曾去慈雲寺求見過三嬸娘，三嬸娘定會將財產交給彤兒，不會忍心看這個唯一的女兒因為家族落魄、走投無路而進京做他人手中棋子的。

所以，由此斷定，彤兒根本沒去過慈雲寺，彤兒在對她說謊。

回府的路上，席雲芝想起了小安跟她說要吃鼎豐齋的八寶醬鴨，便讓趕車的去了鼎豐齋買。

因為她穿著寬袍大袖的禮服，不便下車，趕車的替她進去買，席雲芝就坐在車裡等待。她無聊地掀開車簾時，竟看到一個意想不到的人從鼎豐齋後院鬼鬼祟祟地竄了出來。

敬王妃穿著一身平民的衣服，臉上的傷已經沒之前那麼嚴重了，若不是她身穿素衣，頭上卻戴著一支金光閃閃的髮簪，就她這造型，還真引不起席雲芝的注意。

只見跟隨在她身後出來了一位婦人，那位婦人席雲芝也認識，正是從前內務府撥給將軍府的三十人裡的一位，好像叫什麼三福的，聽說從前在宮裡是專門管主子們衣物細軟的，來到將軍府之後，席雲芝只讓她去管了廚房。

她怎會跟敬王妃走在一起？

這時趕車的買來了醬鴨，席雲芝才將車簾放下，一路回到了將軍府。

門房老陸告訴她說，將軍也剛剛回來，席雲芝一聽，心中欣喜，顧不上身分，拎著裙襬一路跑回了小院。

步覃正在換衣服，見她氣喘吁吁，便知她是跑過來的，不禁勾唇笑道：「我又不會消失，妳跑過來幹麼？」

席雲芝將八寶醬鴨放到桌上，兀自平定了氣息，沒好氣地與他唱反調道：「人家又不是為了見你才跑過來的！」

步覃見她語帶嬌嗔，覺得可愛極了，不禁環住了她，挑眉問道：「不是為了見我，那是為了見誰啊？快說！不說我可要……哈妳癢癢了！」

席雲芝大義凜然，誓死不屈。

步覃也沒對她客氣，一手摟住她，一手以飛快猛烈的動作在席雲芝上上下下的敏感處輕抓，惹得席雲芝像條魚般跳來跳去，卻又怎麼都跳不開步覃這片水潭。

兩人胡鬧了好一會兒之後，才雙雙換了衣物，調整心態，步履正經地走出了房門，叫人無論怎麼看都看不出兩人先前才在房間裡胡鬧過。

席雲芝買回來的八寶醬鴨深受小安的喜愛，他一個人就包辦了兩隻鴨腿和若干鴨肉，吃得小嘴周圍全是油光。席雲芝將他強勢抓到身上，用帕子給他擦嘴的時候，廚房又送來了羹湯。

而送湯之人，正是席雲芝白日裡在街上遇到的那個婦人。

她和敬王妃到底達成了什麼樣的交易呢？

一尊一人高的玉雕觀音像被送入了席雲芝的南北商鋪中。

掌櫃見押送之人皆是穿著黃馬褂的御林軍，當即派人快馬去了將軍府，報告給總掌櫃席雲芝知曉。

席雲芝匆忙趕到店中，只見為首那名太監有些面熟。

他見著席雲芝便腆著笑臉走過來，邊走邊打千兒作福。「奴才劉朝給夫人請安。」

劉朝這個名字，席雲芝是知道的，皇上的貼身掌事太監。看了看他的臉，認出他來，當即便客氣地對他抬手。

「公公不必多禮。不知公公將這尊玉雕像送來我店中是何意？」

劉朝做太監已有好些年，舉止完全是女性化了，他翹著蘭花指，指著觀音像對席雲芝說道：「喔，皇上說，既然夫人是懂行之人，那這尊觀音便贈予夫人，若賣不出就當做個情義，賣得出那也好為皇上挽回些損失。」

席雲芝雖然表面在笑，但心底卻對這個皇帝的行為很無語。這不明擺著想叫她做冤大頭嗎？

劉朝對席雲芝親口說出了皇上的意思之後，就撤了御林軍，將玉雕觀音像留在了席雲芝的店鋪之中。

掌櫃湊上來問：「總掌櫃，這東西是皇上賜的？可我前兒怎麼在青石街見過這菩薩，是青石街那些人專門拼起來蒙外行的，根本不值什麼錢兒啊！」

席雲芝繞著玉雕觀音像兩圈後，才若有所思地對掌櫃回道：「甭管內行、外行，這就是皇上入的乾股啊！叫人抬起來，把東西放在最顯眼的位置。」皇上既然要挽回損失，那她就幫他挽回個大的。

正說著話時，有一官兵模樣的人匆匆忙忙跑了進來，見著席雲芝就喊——

「夫人，出大事兒了！爺遭了刺客埋伏！」

「什麼?!」

席雲芝得知步覃遇刺的消息之後，幾乎是立即衝回了將軍府。見府中多了好些官兵，她的一顆心撲通撲通地懸在半空，直到看見趙逸和韓峰好端端地站在院子裡跟那些官兵的頭在說著什麼話，便想出聲詢問狀況。

韓峰見她趕回，忙上前說道：「夫人，爺沒受傷，您放心吧！」

席雲芝聽了韓峰的話，心頭大石落了一半。步覃聽見韓峰喊夫人的聲音，就也從裡頭走了出來，只見他身上的官袍裂了幾處口子，髮髻有些凌亂，倒是真的沒有受傷的痕跡。

席雲芝小跑到他身前，一邊仔細檢查，一邊問道：「怎麼回事？怎會突然遭遇刺客呢？」

步覃見她緊張，不禁笑了，搖頭說道：「沒事兒，那些刺客我還沒放在眼裡，傷不了我的。」

席雲芝還想再問，便見韓峰他們也湊了過來，對步覃說道——

「爺，剛才嚴大人抓了幾個活口，其中一個便是前按察使的兒子秦建。他定是不服刑部判刑，才會找來殺手對爺下手的。」

席雲芝一般不會參與這種大事的討論，但這回關係到夫君的安危，她也不禁多問了幾句。「那可有漏網之魚？他們會不會捲土再來？爺身邊要不要多加一些護衛呀？」

韓峰被席雲芝問得不知道怎麼說，趙逸在一旁卻忍不住了。

「夫人，就那幾個爛番薯，怎麼可能傷得了我們爺呢？再多加幾個護衛，只會給我們爺添麻煩！」趙逸邊說，還邊將目光瞥向旁邊一臉慚愧的官兵，因為若不是要救他的幾個手下，在他們爺手上就絕不會存在漏網之魚！

步覃見席雲芝仍舊一臉擔憂，不想再繼續這個話題，直接做出了決定。「行了，把秦建交給刑部追查，讓各級涉案官員也全都小心點，出入多派些人手跟隨，這事兒就這麼揭了，去吧。」

官兵們得了指令，便從將軍府中撤走了。

席雲芝拉著步覃回到房間，打了水來給他擦洗身體，順便檢查是不是真的沒有受傷。

「那些人為什麼要刺殺你呢？」席雲芝一邊替步覃脫去髒衣，一邊問道。

步覃也配合著她，將散亂的髮髻鬆散了下來，說道：「我是主審，秦橫被判午門斬首，他家人不服。」

席雲芝將毛巾擰乾，過來給步覃擦拭，憂心忡忡地問：「只要你還在刑部，那今後這種事豈不是會更多？」

步覃沒有說話，默認了。

見席雲芝一副悶悶不樂、快要哭的神情，步覃捧起她的臉，重重地在她唇上親了一口後，才道：「妳放心吧，妳夫君我是領兵殺敵的將軍，千軍萬馬我都闖過來了，這種程度的刺殺，不礙事的。」

雖然得到步覃的保證，席雲芝還是覺得心慌得厲害，但也明白，這就是夫君如今在做的事情，她不能多加干涉。

給他換上了乾淨的衣衫，又被他摟在懷裡安慰了好一會兒，席雲芝才破涕為笑，讓步覃嘲笑，當了娘，倒是越來越愛哭鼻子了。

席雲芝大窘。

就在步覃遇刺的第二天，皇上便對刑部發出聖旨，說一定要嚴懲秦家，百官若有說情，同罪處置。各家官員都感覺風聲鶴唳，紛紛在自家院子裡多添了不少的護院守衛。

席雲芝這日從鋪子裡回來，聽說席徵在花廳中會客，問來者是誰，門房老陸告訴她說，也是一位大人。

既然是父親朝中的朋友，那席雲芝便沒打算去理會，準備回房間去換身衣服。沒想到席徵正領著一個人在家中迴廊上走動，看見席雲芝經過，席徵就喊住了她。

席雲芝走近一看，只見父親請回來的大人不是旁人，正是那身分可疑的顧然！

雙雙點頭致禮之後，她將席徵拉到一邊，輕聲問道：「爹，事情還沒確定，你怎麼就把人領回來了？」

席徵見女兒緊張，便也小聲解釋道：「我就是想確認，才把他帶回來的，妳就別管了，先進去。」

對於父親急於認親這件事，席雲芝覺得有些頭疼，但小黑還沒從西北回來，顧然的身分沒法確認，她也不好太過干涉，就隨他去了。反正她是從心底覺得，顧然不會是她的弟弟席雲然的。

她比雲然大三歲，雲然只喜歡黏著她這個姊姊，以前她沒少給他洗澡、換尿布，那種血脈相連的感覺，在旁的人身上是感受不出的。雖然已經十多年沒有見面，但她相信，姊弟間那種默契的溫情感絕不會就這樣消失的。

但，如果小黑回來，確認了顧然的身世，那……只能再做思量了。

席雲芝正在店裡算帳時，掌櫃忍不住走過來跟她商量事情。

「總掌櫃，這尊玉雕觀音像擺在這裡實在太扎眼了，要是這玩意兒是真品也就罷了，可這根本瞞不住行家的眼睛，擺著都有點自砸招牌的意思了。」

掌櫃說的也是事實，一家專門賣真貨的貨行中，擺放著這麼一尊明顯是從青石街出來的贗品，確實不太像話。但皇帝那邊……

見席雲芝還在猶豫，掌櫃又說：「這東西別說是五十萬兩，就是五萬兩我都不會去買。」

嘆了口氣，放下正清點的帳目，席雲芝低頭想了想之後，便對掌櫃招手說道：「你去將軍府找趙逸，讓他安排幾個官兵隨你一同去青石街轉一圈，就說皇上日前買了一尊玉雕觀音回宮，被人指出是贗品，正龍顏大怒，要南北商鋪的席掌櫃代為賣賣，若是賣不出去，那就證明東西是假貨，一個月後，他要抓那騙他的工匠回去問罪。」

掌櫃聽得有些發呆，滿臉的疑惑。「總掌櫃，咱就這麼去，人家能信嗎？」

「信不信，試試不就知道了？」

席雲芝說完，又繼續埋頭算帳，掌櫃只得半信半疑地往將軍府趕去。

兩日之後，席雲芝正在後院教小安寫字時，掌櫃便興沖沖地跑了過來，指著外頭對她說——

「總掌櫃，您快去看看，青石街上好幾家的匠人、掌櫃都來咱們店看那尊玉雕觀音了，正看著是哪家的手法呢！」

席雲芝斂目一笑。「讓他們繼續辨，辨出結果了再來喊我。」

「哎！」

掌櫃離開沒多久，又過來喚她。「總掌櫃，找到那工匠了！他們要把東西買回去！」

席雲芝將小安交給乳母，自己則擦著手，走到水缸前，勾唇說道：「好啊，那就賣給他們，一百萬兩。」

青石街那些人做贗品買賣不是一、兩個年頭了，這回他們撞到了槍口上，席雲芝也沒有理由縱容他們。給他們個教訓也好，讓他們今後騙人的時候，能夠想起今次的教訓，下手悠著點。

劉媽從洛陽跟著席雲芝來到了京城，又從蘭馥園跟到了將軍府，算是府中的三朝元老了，在將軍府中自有一分地位。

當席雲芝將廚娘三福的事情跟她說了之後，劉媽就明裡暗裡都在替席雲芝監視著她，直到這一日，三福鬼鬼祟祟地走向後門的時候，被劉媽當場截獲，連人帶物都給扭送到了席雲芝面前。

席雲芝讓人將廳門關了起來，只留下劉媽和如意、如月在旁伺候。

「夫人，您待府中下人最是寬厚大方，可這賤婢竟然還嫌不夠，竟然偷盜主家東西！」

三福大喊冤枉。「夫人明鑑啊！老奴雖然沒錢，但也不至於做出偷盜主家東西的惡行，請夫人明察呀！」

席雲芝坐在上首悠閒地喝著茶，不說話，倒是劉媽很有眼色，一腳便踢在三福身上，讓她倒地不起，接著撲上去在她身上找出來一個小包裹，對三福說道：「還說沒有！這是什麼？」

三福看了看東西，難以置信地指著劉媽，說道：「這是前幾日妳送我的東西，怎會是我偷盜的？妳這女人好毒的嘴、好狠的心啊！」

劉媽不管三福說什麼，兀自將東西呈到席雲芝面前。

三福三兩下爬到了席雲芝跟前，大聲哭訴道：「夫人，這不是我偷的，是她日前送給我的，她說要與我結拜為金蘭姊妹，我這才收下的，不是我偷的呀！」

席雲芝煞有其事地將小包裹打開，從裡面拿出一對珍珠耳墜來，說道：「這東西是將軍送給我的，劉媽怎會拿它去送給妳？一派胡言！」席雲芝突然臉色一變，一掌拍在案上，言語中盡是偏袒劉媽之言。

三福知道自己著了她們的道，當即苦著臉跪在地上。

席雲芝見她這般，又開聲說道：「妳老頭子患的是肺熱，若是沒有銀子抓藥續命，他活不過今年冬天。敬王妃只是個失了勢的，妳幫她陷害主家能得到幾個錢？」

三福一聽席雲芝開口便說到了癥結，驚訝之餘終於明白今日她被陷害是為何了，當即淚崩哭道：「夫人……我二十五歲出宮，嫁得一老實男人，心滿意足，我生不出孩子，如今只剩他一人願陪伴我，我怎能眼睜睜看著老頭離我而去呢？敬王妃只是讓我將府中發生的一切告訴她，我……我沒有做什麼傷害主家的事啊！夫人，我錯了，是我一時糊塗，一時糊塗啊！」

席雲芝看著她，依舊冷面以對。「只是將府中的事告知於她？沒做別的？」

三福連連搖頭，從頭髮裡掏出一張紙條，顫顫抖抖地遞給席雲芝，說道：「她讓我每隔

三、五天便將府裡的事寫下來，從後門交出去，我真的沒有做其他的了！」

劉媽指著她叫道：「妳出賣主家，這就不叫事兒嗎？」

三福泣不成聲，看來是真的在乎她那纏綿病榻的老頭子。

席雲芝將那張紙條看了一遍，便放在一邊，對如意揮了揮手，如意就對三福遞去了一只錦袋子。

「這裡是十兩金子，足夠妳家老頭子看病。還是那句話，敬王妃不過是個失了勢的，她連自己的生活都保證不了，如何保證給妳的賞金？將軍府如日中天，我自是待人不薄，妳自己想清楚，應該站在哪一邊？」

三福拿著金子，忘記了哭泣。良久之後，才對席雲芝感激涕零地磕頭。

席雲芝對她揮了揮手，讓她繼續給敬王妃傳遞消息，不過每回的消息寫完之後，要先給她過目一番，才能送出。

三福已經嚇得七魂出了竅，自是對席雲芝拜服不已，連連點頭答應下了。

玉雕觀音「賣」出，或者說是被工匠們贖回去的第二天，席雲芝便帶著賺來的銀兩自請入了宮。

蕭絡看著被呈上來的一百萬兩，饒有興趣地看著跪在龍案下的那個女人，一邊清點，一邊笑道：「夫人不是自掏腰包吧？」

席雲芝搖頭。「皇上多慮了，東西確實是被人以這個價格買走了。皇上若是不信，可以派人前去打探一番，便知真假。」

蕭絡從龍案後走出，叫席雲芝起身回話。

「那朕就覺得奇怪了，席掌櫃不是說，這東西至多值三萬兩嗎？怎的一轉手就是一百萬兩？莫不是之前是騙朕的？」

席雲芝處變不驚，淡然答道：「回皇上，東西的確只值三萬兩，這一點相信皇上後來定去暗訪過，席雲芝縱然有天大的膽子，也不敢拿此事欺騙皇上。」

蕭絡被她說了個正著，他在聽她說了之後，的確派人去探了探虛實，證實席雲芝所言非虛，他就是買了個假貨回來。

但一個假貨，她都能賣出這麼高的價格，這一點令他不得不好奇了。

席雲芝將事情原委說了出來。「……如此，臣婦誥命夫人的身分擺在那兒，更加證實了傳言，那些工匠覺得害怕了，自然就會上門贖回。臣婦不過是坐地起價，給他們一個教訓罷了。」

蕭絡聽著聽著，就站著不動了。良久後，才吶吶地開口問了一句——

「所以說……現在整個青石街都知道，朕……買了尊假貨？」

席雲芝低頭不語，算是默認了。

蕭絡見她如此，只覺得哭笑不得，但也不得不承認，這個女人很懂得變通，既不明確捅破那層窗戶紙，又能很好地震懾到對方。算了，橫豎他也沒虧，還給國庫又賺回來五十萬兩。

見她就那麼站著，整個人如空谷幽蘭般，低垂的臉龐看起來那樣安靜，還有那張嘴，雖不見紅潤豔澤，但卻粉嫩馨香，叫他不禁喉嚨一緊……

席雲芝不知道皇上此時在想什麼，她的腦中在想的是另一件事。躊躇了會兒，她開口說道：「皇上，臣婦今日進宮除了要奉上這些銀錢，還有一事，想跟皇上討個便宜。」

蕭絡正愁她沒事求他，聽她這般說後，立即爽快地點頭。「好！只要是夫人開口，朕沒什麼不能給妳的！」

席雲芝沒聽出蕭絡話中一語雙關的意思，向前一步說道：「皇上，臣婦自知是女流之輩，做不成什麼大事，但自覺女工刺繡還過得去，若是皇上准許，臣婦願給天下兵士做衣製甲，驅寒禦敵。」

蕭絡看著席雲芝，愣了半天。「妳是說……妳想做軍需？」

席雲芝鎮定地看向蕭絡。「臣婦不會冶煉製鋼，軍需的兵器做不了，但士兵的禦寒衣物與盔甲訂製自問還是能夠勝任的。」

她這個想法太令人驚奇了，蕭絡饒是皇帝聽起來都覺得有些不可思議，不禁搓手猶豫道：「這個……軍需的事都是由左相和鎮國公在負責的，貿然替換，想來並不是一件容易的事，妳讓朕考慮考慮，如何？」

席雲芝對蕭絡又是盈盈一跪。「臣婦先謝過皇上。」說完席雲芝便想告退。

蕭絡一心急，叫住了她，席雲芝不解地看著他，那如水的剪瞳像是墨玉般黑亮，被她這麼一盯，蕭絡只覺自己竟如一個毛頭小夥子般，心跳加速了起來。

「那個……天色不早了，夫人不如留在宮裡用膳，用完膳，朕派御林軍送妳回去。」

席雲芝沒想到皇上會開口留飯，想著小安今天說了要吃她做的白糖糕，她若留在宮裡用飯，就太對不起小安了，便委婉開口道：「這……天色也不算晚，家人都在府中等候，臣婦來時也沒跟他們說一聲，還是不了吧。」

蕭絡不想放棄這個機會，當即攔在她的面前，說道：「朕現在派人去將軍府傳話不就得了？」說著話，蕭絡便招來了劉朝，正要不顧席雲芝的阻攔，讓他去將軍府傳話時，中元殿外驀地傳來一聲太監的高聲吟報。

「皇后駕到——」

席雲芝如釋重負，偏到一邊去迎接皇后的到來。

蕭絡一副被人打斷了好事的臉色，看著不明所以的甄氏。

甄氏將席雲芝扶了起來，目光在他二人之間轉了轉後，溫和地說道：「臣妾聽聞雲芝在宮裡，便特意來接她去坤儀宮用膳。打擾你們談事情了嗎？」

蕭絡負手背對著她，用行動表示自己的不痛快。

倒是席雲芝很懂得抓住時機，立即對甄氏說道：「謝娘娘惦念，雲芝的肚子正好有些餓呢！」

甄氏對她笑了笑。席雲芝對蕭絡跪拜告退，蕭絡還想說些什麼，卻被甄氏打斷。「如此，臣妾也告退了。雲芝，走吧，本宮準備了妳最愛吃的棗泥山藥糕。」

「多謝娘娘。」

兩人相攜走出了中元殿。

親昵地走到了御花園後，甄氏便放開了席雲芝的手，屏退宮人，對席雲芝冷道：「我的席大小姐，妳是真傻還是裝傻，沒看出來皇上對妳的心思嗎？今日若不是我趕到，妳敢想像接下來會發生什麼事嗎？」

席雲芝看著甄氏，半晌沒說話。其實就在剛才，她確實感受到了來自皇帝的那股狂熱逼迫，她心叫不妙，卻又無計可施。

見席雲芝不說話，甄氏也覺得自己的情緒有些失控了，不禁又牽了席雲芝的手，克制脾氣，溫和地說道：「皇上這個人我已經看透了，他是個為了達到目的不擇手段的男人，不管是對江山，還是對女人，他都是這個態度。我與他捆綁在一起，坐上了如今的高位，世人皆羨慕我運氣好，可是他們哪裡知道我的苦？流放西北的時候，我跟著他過的是什麼下三濫的日子，妳知道嗎？有時候回想起來，連我自己都要看不起自己！」

甄氏越說情緒越激動，席雲芝想上前安慰，卻被她抬手攔住了。

只見甄氏對席雲芝攤牌道：「雲芝，我希望妳以後沒事就別入宮了，我也不會再主動傳妳。妳有一個好的歸宿，有一個幸福的家庭，犯不著為了這麼一個吃人不吐骨頭的金絲牢籠毀掉如今的一切。我已經不是從前那個與妳一同笑、一同瘋的濟王妃了，我是皇后，我得母儀天下，我高高在上，我不允許有人搶奪我的位置，這宮裡的女人別想，妳——我曾經最好的朋友，也別想。聽明白了嗎？」

甄氏的一番話，重重地敲擊在席雲芝心頭，令她一直到出了宮門都還處在失神之中。

她又何嘗沒有看出來甄氏已經變了？她變得野心勃勃，變得陰森深沈。席雲芝明知，這些變化都是甄氏用來應對後宮險惡的本能，任何一個人身處那樣危機四伏、所有人都巴不得將她拉下位取而代之的環境中時，都會發生變化的。席雲芝一點都不怪她，反而感激她能夠如實地對自己說了這番話，也為自己不能幫到她而感到愧疚。

她今日之所以想去宮中向皇上討那份差事，也只是想將她的事業做得再大一些，只要她足夠強大，那她的夫君便不需在朝中做那般危險之事了。

可是，事實證明，一切都是她自以為是，太天真了。

失魂落魄地回到家中，調整了心態後，她便去廚房給小安做白糖糕。

可是小傢伙下午的時候跟步老太爺出去遊玩時吃了很多其他東西，小肚子裡根本塞不下他娘做的白糖糕了。席雲芝略感惆悵地將之端到了房間，既然小的不吃，那就給大的吃吧，反正他們父子倆都愛吃。

悠揚的笛聲再次隱隱傳來，還是上回那種曲調。

席雲芝去完房間後，想去後院找她爹，沒想到後院的僕役卻告訴她，說席老爺下午的時候就出門了，說是與人相約在日月潭飲酒。

席雲芝心下大致明白她爹去幹什麼了。

笛聲鑽入她的耳朵，撩動著她的心，跟門房老陸說了一聲，也坐上了去城中日月潭的馬車，不一會兒便到了。

席雲芝站在人來人往的拱橋之上，忽然聽見有人在叫她，循著聲音望去，在河面的那頭，有一間二樓的雅間，窗戶邊一個人正在對她揮手，不是她爹席徵卻又是誰呢？

席雲芝走過拱橋，去到了他們所在的那間酒樓，上了二樓雅間。

她爹扶著欄杆，站在樓道口接她，走入了雅間，只見顧然似笑非笑地倚靠在窗邊。

席徵喝得有些醉醺醺的，但神情卻十分興奮，指著顧然對席雲芝說道：「雲芝啊，他就是雲然啊，爹終於找到妳弟弟了！」

席雲芝扶住了歪歪斜斜的父親，看著一臉清明的顧然，久久不語。

席徵說了幾句話之後，便醉倒在軟榻之上，偌大的雅間內，只剩席雲芝和顧然兩人對視。

顧然對席雲芝彎下了腰身，將臉湊到她面前，別有深意地對她說道：「原來妳就是我的姊姊啊，席掌櫃！」

席雲芝看著眼前這張侵略性十足的臉，心中百般不是滋味，忍不住脫口說道：「你根本不是雲然！你到底是誰？」她的話在靜謐的雅間內傳開。

顧然勾起唇角，饒有興味地看著她，良久之後才將雙手抱胸，說道：「姊姊，這就是妳跟親弟弟相認之後的第一句話嗎？」

「雲然的容貌承襲了我娘，他眼角上揚，丹鳳眼，左眼之下有一點很小的淚痣。就算這些容貌特徵隨著年齡的增長會有變化，但最起碼我記憶中的雲然不是你這樣的。」席雲芝出奇的冷靜。「我不知道你假扮雲然到底有什麼目的，但是請你不要欺騙一個老人對失散多年的兒子的期盼之情，那樣會讓人覺得你很卑鄙！」

她說出這番話之後，又盯著顧然看了好一會兒，這才越過他，扶起醉倒在軟榻上的席徵，走出了雅間，絲毫沒去在意跟隨在她身後的侵略目光。

顧然看著她扶著席徵，吃力地走下樓梯，不自覺地摸了摸下巴。

他好像還是第一次被一個女人這樣嫌棄呢……

席雲芝將席徵領回家之後，就交給門房老陸，讓他扶著席徵回到了後院，她自己則回了主院。

步覃看來是回過房間，因為她走之前放在桌上的那盤白糖糕不見了。

席雲芝將披風掛在屏風上便走出房間，去到隔壁的書房，果然，看到步覃正坐在燈下研究著什麼。

她走進去的正是時候，步覃頭也不抬，將空了的茶杯朝她比了比，席雲芝就順便從桌子上拿了茶壺向他走去。

「晚上去日月潭幹什麼？」步覃一邊查找書冊，一邊記錄，嘴裡還不忘跟席雲芝說話。

不想讓顧然的事情再度困擾步覃，席雲芝便一邊倒茶一邊說道：「喔，沒什麼，我爹在日月潭邊的酒樓喝醉了，我去把他接回來。」

步覃接過席雲芝倒滿的茶杯，喝了一口，這才說道：「對了，今天聽說彤貴人得罪了皇上，被罰杖責二十，妳要不要抽空進宮看一看她？」

席雲芝聽步覃提起宮裡，情緒更是低落。將窗邊的太師椅搬到步覃的書案旁坐下，手肘撐在桌面上，她無精打采地搖搖頭。「不去了，彤貴人被罰定有緣故，我不是內宮的人，管不了那麼多。」

步覃聽出了席雲芝話語中的低落，不禁抬頭看了她一眼，見她面色蒼白，神采全無，整個人像蔫了般趴在他的書案邊上，可憐巴巴地玩著硯臺。

放下筆，步覃拉著席雲芝的手，讓她坐到自己腿上來。

席雲芝先是搖頭，說不想動，但拗不過步覃的氣力，只好強打精神走到了他身邊。躲入他溫暖的懷抱之後，就不想再起來了，兀自尋了個好地方，枕著不動。

「不想跟我說些什麼嗎？」兩人沈默了片刻後，步覃率先開口。

席雲芝搖了搖頭，提不起興致。

步覃伸手在她額頭上摸了一把，確定她沒有發熱，這才又道：「妳不想說便算了，我相信妳能處理好一切。」

「嗯，我可以處理。」席雲芝邊說邊點點頭。

步覃在她臉蛋上拍了拍以示安慰，忽然又想到什麼，對席雲芝說道：「對了，這幾日，鎮守南寧步家軍的步元帥會回京一趟，可能會借住在將軍府，妳安排一下，一行大概十多人吧。」

席雲芝一聽有客人上門，突然抬起了頭，瞪著圓滾滾的眼睛看著步覃，不解地問：「南寧步家軍的元帥？」

步覃點頭。「嗯，我沒跟妳說過嗎？步家在南寧還有二十萬的兵，全都是步家軍，元帥步遲是我的一位叔父，也是步家最後一位領袖，德高望重。」

席雲芝搖頭。「沒有，你沒跟我說過。步家還有這樣一位德高望重的領袖，那你和爺爺被趕出京城的時候，怎麼沒見他站出來保你們呢？」

步覃對妻子一出口就是這麼犀利的問題很是無奈，失笑道：「那時我不是打了敗仗嗎？在叔父眼中，打了敗仗的將軍就該受到懲罰。」

席雲芝看著自家夫君，沒有多說什麼，雖然心中覺得這位叔父實在太不通情理，但對方畢竟是他們的長輩，她也不好在背後多加議論。既然夫君讓她準備客房待客，她只需做好便是，其他的，她相信自家夫君定然是有分寸的。

席雲芝在南北商鋪的後院看著洛陽繡坊的帳本，覺得潛力無限。她早就派人回洛陽傳話給蘭嬸娘她們，讓她們將洛陽香羅街上的空閒店鋪都買下來擴充繡坊，如今繡坊的規模空前的大，也從原來的幾十名繡娘，發展成了如今的五、六百名，就這麼多人，還是日夜地趕工在做。

席雲芝也在京城開設了一間成衣鋪子，接受本地製衣的同時，也代買洛陽繡坊做出來的成品。因為繡工精湛，很受京中貴婦小姐們的歡迎，再加上她誥命夫人的名聲，她的成衣鋪漸漸地就做成了京城之最。

她會去跟皇上討要做軍需衣物，也不是完全沒有底氣的，最起碼她有一條完整的產業鏈在這裡，就算京城的鋪子做不完，她還可以讓洛陽那邊加緊做。

只可惜，這條路因皇上的私慾給封死了。

走出後院，席雲芝正要回將軍府，可一出店門，就看見朱雀街上滿是爭先恐後的百姓，全都往街頭跑去，擁在道路兩側，一眨眼的工夫，就萬人空巷了。

「大家去看什麼呀？」

席雲芝印象中，朱雀街有兩回萬人空巷，一回是她家夫君以兩萬精兵大挫犬戎十萬，凱旋而歸；第二回，則是她的父親高中狀元，遊行入宮時。

只是不知，這一回大家卻是為了什麼？

店鋪裡的小方立刻情緒高昂地回道：「看將軍啊！咱們蕭國唯一的一位女將軍，威風著呢！」

女將軍？席雲芝不解，但也難掩心中好奇，便站在自家鋪子前頭，遠遠地眺望起來。

威武的馬隊自北面駛來，高高揚起的三角幡上寫著一個大大的「步」字，席雲芝這才想起昨晚夫君和她說的話。南寧步家軍，就是他們了吧？

為首那人四、五十歲的年紀，剛毅威嚴，兩鬢有兩綹白髮，令他倍感滄桑，任何人見了，都會為他的鐵血剛氣所折服。

但席雲芝掃過馬隊一眼便知，人們簇擁在一起觀看的，絕不是這個威嚴的元帥，而是跟在元帥身邊，那抹白馬紅衣、銀槍颯颯的身影。

「她就是咱們蕭國唯一的那位女將軍？哎喲，看著可真英氣啊！」

席雲芝聽到身旁的夥計圍繞著這位女將軍的話題如豆子般撒開，收都收不住。

別說他們，就連席雲芝見了她，都覺得這樣一位女子實屬傳奇。容貌自是出色，一對細長劍眉如刀鋒般斜插入鬢，細長的鳳眼說不出的銳氣，只見她端坐馬背，英姿颯爽，緊抿的唇未擦胭脂，看著有些泛白，但卻絲毫不影響她周身的英氣散發。

像是感受到了席雲芝的審視目光般，那雙凌厲的鳳眸直直掃向席雲芝的方向，精準地落在她的面容之上。席雲芝只覺心中咯噔一下，像是被人撞了一撞，衝突的感覺立即侵襲而來。這就是所謂的氣場吧？席雲芝這回算是徹底見識到了。

馬隊從她的店門口經過了，人們也隨著馬隊的移動，漸漸地往前方遷移。席雲芝想著夫君昨日的吩咐，見馬隊往正陽門走去，定是先入宮拜見皇帝，然後才會到將軍府休息。

她坐上了回去的馬車，從城中最好的酒樓中買了十幾罈陳釀米酒和十幾罈竹葉青，另外又買了八寶醬鴨、蒸蹄膀等有名的大菜。經過香糯齋的時候，想了想，再拐進去買了幾包蜜餞果子，這才返回將軍府。

親自監督收拾了一座離主院頗近的院子之後，她才去廚房安排晚上宴客的菜色。

一切準備就緒，小安見滿桌子的好菜，爬上凳子後就要往桌上爬，幸好被步承宗發現得早，不然等到客人來時，這小傢伙說不定已經坐在桌上吃起來了！

酉時剛近，步覃便帶著客人來到了將軍府，來人正是她白日在街面上看到的那位威嚴元帥和颯爽將軍。端正大方地對他們行了個禮，她便拿出主母的架勢請他們入了內。

席雲芝一共安排了八葷、八素的冷盤，一罈散發著濃郁香味的米酒一揭封，便引起威嚴元帥步遲的注意。

步遲將那酒罈直接拿在手中觀看，還不時將罈口送到鼻下輕嗅。「這是……不少於二十年的香糯米酒吧？」

眾人不解，元帥怎會對宴客用的酒這般有興趣？

席雲芝在旁微笑著解釋道：「步元帥高見。此乃京城歸一酒莊特製的陳年佳釀，的確是糯米酒。若是元帥覺得不夠勁力，這裡還有陳年竹葉青。」

步遲對落落大方的席雲芝不禁多看了幾眼，這才對步覃點點頭，笑道：「好啊，只要是酒我都愛，但最愛的，還是這香糯米酒，聞一聞都覺得是享受哇！覃兒，是不是你跟你的夫人說過，老夫愛喝米酒哇？」

步覃看了席雲芝一眼，笑道：「叔父愛喝米酒，小姪至今不知，怎會特意告訴內人呢？」

「是嗎？」步遲仍舊一副不怎麼相信的神情。

席雲芝不以為意，招呼隨行之人坐定時，只覺身後有一火紅身影一竄而過，二話不說便坐在步覃身邊的位置，豪邁奔放地勾住了步覃的肩膀。

「覃堂哥，咱們好久沒見了，今晚可得好好喝幾杯！」

席雲芝見她一個姑娘家做派這般豪邁，不禁嚇到了，但見她家夫君一副見怪不怪的神情，就知他們從前的相處模式便是這樣的。

只聽夫君好聽的聲音在廳中傳開——

「琴哥兒難得一見，自當捨命相陪。」

被步覃喚作「琴哥兒」的女將軍一臉「我就是在等你這句話」的神情，在步覃背上又拍了兩下。
「好！今兒可說好了，不醉不歸！誰先回去，誰他媽就是孫子！如何？」
琴哥兒沙啞的挑釁之言發出後，立即得到了飯桌上所有人的附和，大家紛紛舉杯。
「好，今晚不醉不歸！」
席雲芝突然覺得自己好像做錯了一件事。
回程時特意去買的那幾包蜜餞，估計是用不上了。
以為這女將軍是漢子身、少女心，會對蜜餞瓜果之類有興趣，沒想到這姑娘根本就是漢子身、漢子心！
蜜餞什麼的娘貨，還是留給她用來騙小安睡覺吧……
家裡來了客人，小安興奮得不睡覺，席雲芝把他抱在懷裡又是唱歌、又是哼小調，才終於把他哄得眼睛瞇了些。
步覃進來時，小安剛剛睡下，席雲芝對他比了個「噓」的手勢，步覃才放輕了腳步，來到床邊探頭看了看熟睡的小安。
席雲芝見他雙頰泛紅，滿身酒氣，顯然是喝得有些多，伸手在他臉頰上摸了摸，還有些燙人，便對他輕聲說道：「你先去睡吧，我再陪他一會兒就回房。」
步覃迷離著雙眼，也在她臉頰上拍了拍，這才點頭，轉身離開了小安的房間。

席雲芝回房的時候，聽見客院中仍舊傳來響動。她家夫君都喝得有些多了，那些客人定然也是的。於是，她又轉去了廚房，讓廚房熬製了些醒酒湯，自己端了一碗回房，剩下的全讓婢女送去了客院。

推開房門一看，步覃連衣服都沒換就倒在床鋪之上了，聽見開門聲，才撐著頭勉強坐了起來。

席雲芝見他的模樣有些難過，便從外頭打來溫水，給他洗了把臉，步覃這才覺得眼前清明了些。席雲芝又端來了清涼的醒酒湯，步覃也乖乖喝下了大半碗。

正要轉身時，卻被步覃抱住了腰，發燙的臉貼在席雲芝的胸腹間，悶悶的聲音傳了出來——

「多謝夫人。」

席雲芝知他有些醉，不禁在他後腦上摸了幾下，然後才用對待小安般柔軟的語調對他說道：「謝什麼？」

「謝夫人給了我最大的體貼，讓我走出頹敗；謝夫人給了我一個安定溫暖的家，讓我不必再四海漂泊；謝夫人給了我一條無後顧之憂的前路，讓我不至於瞻前顧後。」

席雲芝低頭看了他一眼，沒有說話。

步覃抬頭看著她，夫妻二人深情對望。

良久之後，席雲芝才對他溫婉一笑。「夫君，你喝多了。」

步覃自床沿站起，捧住她的臉頰，如珍視寶般親了下去。

唇瓣相接，席雲芝感覺到一股濃濃的酒氣侵襲而來，濃情密意得令她沈醉，不覺攀過他的肩頭，讓兩人貼得更近。

步覃喝了許多酒，原本就覺得身焦體燥，當即便回以更盛的熱情。

在這件事上，步覃是占絕對主導地位的，席雲芝只需跟著他的步調走就成了。

兩相廝磨了一會兒後，雙雙都喘息不止。

步覃情生意動，將席雲芝緊緊摟在懷中，在她耳旁沙啞著聲音低吟：「妳變得越來越好，我好怕守不住妳……」

席雲芝被吻得渾身無力，只得軟著手臂圈住他，感受著兩人之間的動情韻律。

這一夜，步覃前所未有的瘋狂……

不知過了多久，席雲芝累極睡了過去，卻又被步覃弄醒，足足欺負了大半夜，才在她帶著哭腔的求饒聲中歇了過去……

第十九章

第二天，席雲芝醒來的時候已是近午時分，只覺四肢痠軟得絲毫都不想動，從床上爬起之後，低頭看了看自己身上的斑駁痕跡，臉上又是一陣燥熱，慌忙穿戴整齊，走出了房間。

經過院子時，聽見那裡傳來聲聲打鬥和陣陣叫好聲，她覺得好奇，便走過去看了看。

只見假山石上，兩道風馳電掣的身影正打得不亦樂乎，動作如行雲流水，卻又招招剛勁。

步覃將長髮束於腦後，沒有成髻，每一個旋身都令他倍增瀟灑，席雲芝從未見過這樣的夫君，每一個動作都是那般賞心悅目。原本心中還有些埋怨某人昨日做得太狠，如今看到這樣的他，心中那小小的埋怨也隨之消失不見，取而代之且更多的是甜蜜。

步覃像是在人群中看到她，忽然停了手，一招隔開纏鬥不休的琴哥兒，兀自從假山石上翻身而下。

琴哥兒還沒打過癮，自是不悅，一同翻身而下，由背後扣上了步覃的肩胛。「還沒打完呢，你去哪兒？」

琴哥兒順著步覃的目光看去，圍觀眾人這才也看見站在拱門邊上的席雲芝。

步覃將琴哥兒的手自肩胛處取下，轉頭對她說道：「明兒再打。」說完，便走到席雲芝身邊，動手將她的一只耳墜捋順，勾唇問道：「還累嗎？」

席雲芝嬌羞地低頭搖了搖，取下側襟乾淨的帕子替步覃拭去額間的汗珠，又替他將衣衫上打鬥留下的褶子撫平，重新穿戴整齊。

步覃就那麼理所當然地站著，任她擺弄，全都弄完之後，才對她說道：「下午刑部有事兒，晚上可能會晚些回來。元帥今日入宮面聖，會在宮中用膳，妳替我招呼好琴哥兒他們。」

步覃將事情盡數交代，席雲芝聽後乖巧地點頭稱是，步覃便又在她秀美的臉頰上摸了幾把，這才將兵器拋給先前圍觀在外的一個男子。

席雲芝昨晚已經知道他們分別的名字與身分——參將魯恒，文質彬彬，說話總是帶著之乎者也，故作文采風流；副將強生，魁梧高大，不用閉眼就能灌下一罈子燒酒；還有張果，也是副將，一雙眼睛就沒離開過琴哥兒半刻。

這三個人看來是對步覃極為折服的，就算私底下怎麼打鬧，但在步覃這兒都變得守禮謹慎。

步覃走了之後，席雲芝才對他們福下身子，溫婉大方地說道：「諸位有什麼需要，儘管跟我提了便是。」

魯恒是個讀書人，知道以席雲芝如今一品誥命的身分是絕對不用跟他們行禮的，趕忙趨身向前彎腰回禮。「夫人您忙，我們有事兒自己解決就好，不敢煩勞夫人費心！」

席雲芝見他這般誇張，不禁笑了，白皙的容顏彷彿沾染了光澤般，叫人眼前為之一亮。

「魯兄弟不必如此，你們與將軍是上陣的手足兄弟，都是自家人，無須這般客套。」

強生是個粗性子，本來就不待見魯恒的窮酸性子，當即推了魯恒一把，對席雲芝拍著胸脯說道：「既是一家人，那咱們也就不叫妳勞什子夫人了，就叫嫂子！嫂子既然要招待，那咱也不客氣了，中午我要吃大塊肉、喝大碗酒，其他的倒也不用了。」

席雲芝順和地點點頭。「好，保准酒肉管夠。張兄弟呢？可有什麼要求？」

張果被席雲芝點名，終於將鑲在琴哥兒身上的目光轉了過來，對席雲芝搖頭。

席雲芝又將目光投向手持銀槍、一身紅裝冷眉的琴哥兒，她英姿颯爽的模樣確是一派女中豪傑之像。

席雲芝走到她面前，親熱地想去拉她的手，琴哥兒卻反射性地避開了，席雲芝只好收回了手，像是什麼都沒發生般，笑著問道：「那琴姑娘呢？可有什麼要求嗎？」

琴哥兒冷眼將席雲芝從上到下掃了一遍，這才從鼻腔噴出一股氣，冷冷問道：「夫人會武？」

席雲芝微笑搖頭。「不會。」

琴哥兒又掀著嘴皮子問：「那是打過仗？」

席雲芝見她滿面的傲氣，覺得這姑娘性子很特別，倒也沒在意她話語中的不敬，當即搖頭。「從未見過戰場。」

琴哥兒一副不耐煩的模樣，雙手抱胸，抬首用鄙夷的目光看著席雲芝，再問：「那妳是讀過戰略兵法？」

席雲芝不知這姑娘想做什麼，便也耐著性子回答。「不曾。」

琴哥兒終於受不了席雲芝的柔軟，放下手臂，橫眉怒目道：「我的興趣跟堂哥相同，打架、打仗、論兵法，妳什麼都不會，我要怎麼跟妳說我的要求啊？」

琴哥兒說了這番話之後，魯恒和強生對望了一眼，心道這小祖宗這就跟人家槓上了？但他們畢竟跟琴哥兒相熟一些，聽她說了這番挑釁之言後，並沒有出聲制止責怪她，反而將目光投向席雲芝，期待她的反應。

不得不說，他們還是有點等著看戲的小激動呢！琴哥兒的霸道大氣對上溫婉柔美的步夫人，鐵樹對上菟絲花，將會是什麼樣的結果呢？

席雲芝像是完全聽不懂她話中的諷刺般，突然對琴哥兒伸出了手，在她防備的視線下，將她髮鬢上沾的一根枯草摘了去，接著在眾人意外的目光中，對琴哥兒笑了笑。「這般美麗的姑娘，怎能張口便是打殺之言呢？會把男人都嚇跑的。」席雲芝說著話，還伸手在琴哥兒的臉頰上摸了兩把，微笑恬靜地說道：「許是風沙吹多了，皮膚有些乾燥呢。我那兒有些香蜜膏，待會兒便讓丫頭給妳送來。」

不等因為被席雲芝摸了兩下而渾身僵硬的琴哥兒反應過來，席雲芝便對眾人福身告辭。

強生和魯恒又對望一眼，看著渾身都被驚起了雞皮疙瘩的琴哥兒，強生快人快語，脫口就說：「原來覃少爺喜歡這種調調啊！」

說完，三人都以一種很是同情琴哥兒的眼神，將她從上到下都打量了一番。

魯恒最善補刀，看完之後，還在嘴裡發出「嘖嘖嘖嘖」的聲音。

琴哥兒回過神來，終於相信了自己剛才被一個女人摸了兩回的事實，驟然暴怒，對著在一旁看戲的三個大老爺們大吼道：「看什麼看？再看把你們眼睛挖出來當尿泡踩了！」

「……」三人摸摸鼻頭，果斷撤退。

果然不是一個類型的啊！

席雲芝去到店鋪處理了些事之後，便順道去了她開設在朱雀街的成衣鋪子，從裡頭挑了兩套十分素雅甜美的衣衫，又拿了三盒全新的胭脂，這才回到府中。

原想回來安排琴哥兒他們一行的晚膳，誰知道，門房老陸告訴她，中午過後，客人便出府遊玩去了。有個大塊頭還給她留話，說晚飯就不要準備大塊肉、大碗酒了，他們會在外頭解決。

席雲芝讓丫鬟將兩套甜美衣衫和三盒精美胭脂送到了琴哥兒的房間，自己則去了後院陪小安玩。

小安如今已經能說好些話了，一張嘴皮子利索得不得了，逮著誰都能跟他聊上半晌。席雲芝將他抱在懷中，不厭其煩地陪他說話，陪他寫字。

琴哥兒等一行人直到晚上步覃回來，他們都沒回府。

席雲芝身子有些乏，半躺在軟榻上看繡本，看著看著竟然睡著了，睡夢中感覺自己的身子漂浮，她猛地睜開眼睛，便看到自家夫君的俊臉。

步覃怕她著涼，想把她抱到床上去睡，沒想到卻吵醒了她。

席雲芝睡了一會兒，又來了精神，摟住他的脖子問道：「用過晚飯了嗎？」

步覃點頭。「在刑部審堂時用過了。」

席雲芝想像著那個畫面。「堂下壓著犯人，說不定還是血淋淋的，虧你們還吃得下去。」

步覃失笑。「犯人不招，乾耗著也是耗著，乾脆吃點東西。」

席雲芝笑著替他除下了外衫，從檀木櫃子裡取出了他的中衣，替他換上乾淨的衣服後，主動說道：「琴哥兒他們出去了，沒在府裡吃晚飯。」

「嗯，我知道，他們去刑部找我了。後來他們便被榮安郡王請去了光華樓，估計此刻已經喝高了。」

席雲芝正在整理他的中衣，聽他這麼說，不禁問了一句。「榮安郡王為何要請他們呀？」

步覃一副妳有所不知的樣子。「榮安郡王從小跟琴哥兒一起長大，長大後，郡王跟著王爺回了京城，娶妻生子，跟琴哥兒他們也好幾年未見了。」

「喔。」席雲芝這才明白其中的含義。

步覃見她連連點頭的模樣，慵懶中帶點隨意，長髮披肩的她看起來更加柔美動人，不禁一把將她摟入懷中。「妳就不問問琴哥兒和我的事？」

席雲芝不解。「夫君與琴哥兒發生過什麼事嗎？」

步覃沒想到她會問得這麼直接，立即果斷地搖頭。「沒有啊！」

席雲芝嬌嗔地橫了他一眼，柔柔道：「那夫君要我問什麼呀？」

「……」步覃被她反問得一時語塞，不知道該如何回答，摸著鼻頭支支吾吾了半天才說道：「就是……妳沒看出來，琴哥兒對我的態度……不一樣嗎？」

席雲芝點頭。「自是看出來了。但只要夫君對她還是那樣，我就沒什麼好問的了。」

「好吧。」步覃第一次感覺到了人生的挫敗，兩手一攤。「既然妳不需要幫忙，那就算了。」原本還想從這個小女人口中聽聽她的求助之言，他好在她面前得意一番，充當一回護花使者的，沒想到好心被當成驢肝肺，這個小女人壓根兒沒打算就琴哥兒的問題向他求救。想了想，他不禁出言嚇唬。「別怪我沒提醒妳啊，琴哥兒的脾氣很壞，連男人都不敢惹她！」

席雲芝想了想後，問出了她自認為最重要的問題。「那她會打我嗎？」

步覃蹙眉。「那倒不至於吧。」

「喔，那就行了！」

席雲芝做出一副「那我就放心了」的姿態，看得步覃不禁埋在她的肩窩裡悶悶地笑了起來。

夫妻二人又打打鬧鬧了好一會兒後，才肯雙雙躺回了床鋪。

因為昨晚要得太狠，所以，今晚步覃只是摟著席雲芝入睡，並沒有做出什麼出格的舉動。

席雲芝在夫君懷中，一夜好眠。

第二天一早，席雲芝醒了過來，便主動到廚房去安排早膳，並親手做了一些肉包子和糕點。

辰時剛到，廚娘們剛剛將粥碗擺上了桌，步承宗和步遲就連袂而來。席雲芝親自替他們端上了兩個青花白瓷的粥碗，滋潤的白粥在晨曦中倍感晶瑩，她又將包子和糕點端上桌，並另外端了幾盤爽口涼菜過來。給步遲遞上筷子之後，就站在一側，伺候兩位長輩用膳。

步覃大汗淋漓地走了進來，身後跟著同樣汗漬漬的琴哥兒，這兩人今日又是一番惡戰，而看琴哥兒的表情，想必是輸了。

席雲芝取了早就準備好的毛巾給步覃擦拭了汗珠，在他的目光注視下窘迫地低下了頭。

待席雲芝給步覃擦好之後，他才坐了下來，對席雲芝拍了拍身旁的凳子，說道：「妳也別忙活了，坐下來吃吧。」

「你們先吃吧，我等小安起來了與他一同吃便是。」

席雲芝對步覃笑了笑，便繼續忙碌，將琴哥兒和魯恒他們的粥碗端到面前，分別遞上了筷子。

遞到琴哥兒面前時，席雲芝特意用她的筷子給她挾了一個最大的肉包子，說道：「琴哥兒也累壞了吧？女孩兒家的體力不比男兒，要多吃些才好。」語氣溫柔得像是要掐出水來般。

琴哥兒看著她，又是一陣雞皮疙瘩。這個女人軟得就像是一團棉花，無論多大的勁力打上去，都沒有什麼反應，反而語氣越來越溫柔，動作越來越纏綿，叫人想發火都發不出來。

步覃一邊吃，一邊看著那邊的戰況，突然明白了為何昨晚席雲芝問她，琴哥兒會不會動手打她了。因為除了動手能力沒有琴哥兒強，在他這位妻子身上，琴哥兒還真不容易討得到便宜。看琴哥兒吃了一肚子悶氣的模樣，步覃隱下笑意，兀自吃起了早飯。

步遲吃著吃著，突然開口說道：「這多年不見，感覺覃兒比從前愛笑了些，人也沒那麼死板冷漠了。從前他那副臉子一拉下來，八匹馬都拉不回去呢！」

步遲的話叫飯桌上一陣寂靜，見步覃沒有生氣，便都大著膽子發出齊刷刷的哄笑聲。

步覃不以為意地繼續吃飯，好像現在大家笑的不是他，而是其他人一般。

步承宗也看了一眼步覃，喝了一口孫媳婦煮的粥後，滿意地笑道：「是啊，都是他媳婦調教出來的。那小子從前的死樣，我可不想再見了！」

步遲被步承宗的話逗笑了，看著步覃，希望他也出聲發表些什麼。

步覃三兩口便喝完了粥，站起身，雙手撐著飯桌邊緣，大大方方地承認道：「是啊，從前血氣方剛的男人，身邊沒個女人，難免火大一些，有得罪諸位的地方，步覃就此告罪了。」

席雲芝聽後大窘，飯桌上的老少爺們卻是情緒空前高漲，一個個肆無忌憚地討論起男人如何不火大。

一頓早飯，吃得是相當熱鬧。

用完了早膳，席雲芝原想陪小安出去遊玩一番，卻不料宮裡來人了。琴哥兒與魯恒他們聽說宮裡來人，便都從他們的小院裡跑出來，以為是皇帝召見，誰知道，皇帝的貼身太監劉朝過來說，是皇上傳席雲芝入宮覲見。

席雲芝心中一驚，將劉朝請到一邊問道：「公公，不知皇上召我所為何事？」

劉朝是個人精，他就是知道為什麼，也不會直接告訴你的。只見他對席雲芝抱歉一笑，抱拳彎腰道：「唉喲，夫人恕罪，奴才還真不知道皇上為何召見，許是皇后娘娘依託的也說不定，夫人自己入宮一趟不就明白了嗎？」

席雲芝有些猶豫，正想著要不要派人去刑部給夫君傳個信時，劉朝又出聲催促了。

席雲芝無奈，只得趁著換衣服的時候，讓如意偷偷去一趟刑部，自己則趕忙換了身衣服，坐上了入宮的軟轎。

魯恒和強生不解，抓著門房的老陸便問：「夫人跟皇上也很熟嗎？怎會傳夫人入宮？」

老陸替席雲芝解釋道：「喔，皇后娘娘與咱們夫人感情深厚得像金蘭姊妹，咱們夫人是宮裡的常客，見怪不怪了。」

張果的心思都在琴哥兒身上，在一旁聽了，見她不悅，自然要替她說話，就數落起來。「呵，還以為那個女人只是傍上了咱們少爺，沒想到她還傍上了個皇后娘娘，怪不得能封上誥命夫人！」

「……」

琴哥兒冷冷地瞪了他一眼。「你不說話會死啊？」

魯恒和強生在一旁笑張果第無數次踢到鐵板。

席雲芝懷著忐忑的心情，被帶入了中元殿。令席雲芝感到意外的是，今天的中元殿並不是只有她和蕭絡兩個人，還有封賞宴上見過一回的左相李尤和鎮國公赫連成。

有這兩個人在，席雲芝就感覺放心多了，但心中又不禁起了疑問，皇上讓她前來所為何事？

「夫人，上回妳與朕說想做軍需一事，朕與兩位愛卿商量過後，兩位愛卿覺得也不是不可以，所以，今日才會叫妳入宮商談。」

席雲芝一聽，竟是此事?!不禁看了一眼左相和鎮國公。

只見左相李尤撚著小鬍子，走到席雲芝身前，用輕微的聲音說道：「步夫人財力雄厚，李某在京城中也略有耳聞，夫人若是願接手兵士們的四季常服與盔甲製造，那也是朝廷之福啊！」

席雲芝不動聲色地聽著。

只見左相與赫連成對視一眼，然後又說道：「不過，臣等之前也與皇上說過此事，因為夫人提的突然，我等年初便與南國商人進了四十石的布料，囤放在戶部倉庫之中，夫人若是要接手此事，能否順帶接手戶部倉庫中的布料呢？」

席雲芝聽他語氣有疑，便斟酌著答道：「若是戶部已經進了今年所用布料，自然就用戶部的了。」

李尤一擊掌。「好，有夫人這話，我等就放心了！」說完轉身，對龍案後的蕭絡作揖道：「皇上，既然步夫人想為國效力，那咱們也不想阻了步夫人的忠心。製衣一事，臣等願全權交託步夫人手中！」

席雲芝還想說些什麼，卻被鎮國公赫連成打斷。

「夫人大義，必將美傳天下，軍中將士們也必將感念夫人情意！」

左相李尤隨即奉上了戶部的帳本，然後與鎮國公兩人退出了中元殿。

偌大的宮殿內，又只剩下蕭絡與席雲芝兩人。
「朕也覺得這兩人答應得太過輕易，便派暗衛前去戶部查探了一番，戶部倉庫中確實有堆積如山的布料，與帳目相符，這一點夫人大可放心。」
席雲芝捧著帳本，覺得此事太過蹊蹺，正思考之際，沒察覺蕭絡竟不知何時來到了她的身前。
蕭絡看著眼前這女子，低眉順眼的乖巧模樣，不知在想些什麼，就連低頭不語的姿態都那樣婉轉動人……他不禁又向前走了兩步。
席雲芝這才回過神來，趕忙往後退兩步，似是有所防備。
蕭絡負手靠近，邊走邊說：「夫人緣何怕朕？」
席雲芝正想著要不要跑時，外頭便傳來了救命的聲音——
「啟稟皇上，上將軍求見！」
蕭絡明顯感覺到眼前的女人鬆了一口氣，他收起滿腹的邪火，走到龍案後頭，振臂一呼：「宣！」
「宣上將軍覲見——」
隨著太監的吟報聲，中元殿的大門再度被打開，步覃冷著面孔走上了前，單膝跪下對蕭絡行禮。
蕭絡熱情地大步走出龍案，親自將步覃給扶了起來，說道：「上將軍免禮！朕早跟你說過，你我二人情同手足，沒有外人的情況下，你大可不必行禮。」

步覃沒有說話，而是走到席雲芝身邊，將她慘白的臉色和捧在手上的戶部帳目掃了一遍，這才問道：「聽聞皇上召見臣的夫人入宮，不知所為何事？」

蕭絡像是換了一個人似的，對步覃笑道：「喔，上回步夫人對朕說起，想做一做軍需方面的事，朕近來與左相和鎮國公商談一番後，決定准了步夫人的要求。這不，就叫她來宮中交接了。」

步覃看了一眼席雲芝，席雲芝對他點點頭，表示確有此事，步覃才又對蕭絡問道：「不知現下皇上與臣的夫人商談好了嗎？」

蕭絡一副光明磊落的姿態，連連點頭。「喔，好了好了！朕正要派人送夫人回去呢，沒想到上將軍便親自來接了，真是鶼鰈情深，羨煞旁人啊！」

步覃不想再跟蕭絡客套，拉著席雲芝又行了個禮後，轉身便要離開。誰知兩人走到中元殿大門處時，卻被蕭絡叫住了。

席雲芝身子一僵，步覃卻是一派淡定從容。

只見蕭絡站在龍案前頭，笑吟吟地看著他們，突然對步覃說了一句。「對了，南寧二十萬大軍的繼任統帥，步帥屬意上將軍，昨日他已經正式跟朕提出了，朕想問問上將軍，意下如何？」

步覃斂目想了想後，爽利回道：「步帥如今身康體健，此時易帥，為時尚早。」

蕭絡聽了步覃的話，便一邊敲著龍案，一邊對他點點頭，背過身的步覃看不見他的神情。

「是啊，為時尚早……那就容後再議吧。」

「是，臣等告退。」

步覃不再理會中元殿中的皇帝，拉著席雲芝就出了宮。

馬車裡的空氣凝滯不動，席雲芝端坐在一側，低著頭，連大氣都不敢喘一下。

步覃與她僵持了好一會兒後，才開口說道：「虧妳還算聰明，知道叫如意去刑部找我。」

席雲芝低著頭，不住咬著下唇，說明了她此刻的不安。

只聽步覃又說道：「若是比經商、比心計，我絕不擔心妳，可是妳現在面對的是一個對妳動了不該動的心思的男人！妳竟然敢單獨跟他待在一起？」

席雲芝被步覃說得汗顏不已，不禁小聲解釋道：「剛開始……有其他人在的。」

「還敢頂嘴?!」

步覃很明顯是在氣頭上，席雲芝見他如此，便乖乖地閉上了嘴，挪動屁股往他身邊靠了靠。「夫君，我知道錯了，下回絕不敢了。」

雖然席雲芝覺得這回被罵得有些委屈，但她知道，如果現在自己流露出了那種委屈神情，她家夫君就會更加生氣，與其讓夫君更加生氣，還不如她稍稍忍耐一些，不管對錯，自己先認錯總是對的。

「下回？」步覃的聲音繼續提高。「下回妳就被他拆吃入腹，啃得連骨頭都不剩了！」

「……」

見席雲芝低頭不語，步覃也知道自己把她嚇著了，深吸一口氣後，不禁將聲音柔了柔。「下回他若再傳妳，妳便全然推到我的身上，就說是我說的，不讓妳再進宮了。」

「是，夫君。」席雲芝乖乖地說完這句話，見步覃的臉色稍微好看了些，這才大著膽子，讓自己與他靠得更近，挽住他的胳膊，讓自己的頭枕在他的肩膀上。

步覃被她這麼一軟，頓時就沒了脾氣，摟著她的肩頭，看著一掀一掀的車簾，若有所思了起來。

席雲芝將戶部的帳本翻看了一遍，並未發現有什麼奇怪之處。照理說，軍需製造這樣一件大事，左相和鎮國公定然不會輕易放手才是，可是他們如今這般輕易地便交出了權力，這又是為何？僅僅是為了成全皇帝對她的私心嗎？這樣的行為是不是太過輕浮、太過冒險了？

還有，皇上對她家夫君的態度很是耐人尋味，像是在顧忌什麼，又像是在隱忍什麼。聽他提起南寧二十萬兵的統帥，在夫君遇刺之前，也許皇帝的這塊心病還不至於發作，但因為夫君遇刺一事，讓南寧的步家軍都為之震動，甚至連步帥都親自趕來了京城探望他，這種信任與重視，定是叫皇上感到了前所未有的威脅。

在皇上還是濟王之時，步家的這二十萬兵是他急於拉攏的勢力，那時候他肯定巴不得步家軍不是二十萬，而是二百萬，那樣就增加了他稱帝的資本。可如今他真的做上了皇帝，這二十萬兵顯然又成了他的心腹大患，欲除之而後快了。

皇上的心思，夫君定然已經看出，那他又是怎麼想的呢？

正在院子裡陪小安盪秋千時，之前被她識破的內奸三福突然來求見她。席雲芝讓劉媽過去問了問，才知道原來是敬王妃那裡終於要有行動了。

席雲芝聽完三福的話，便將她打發了下去。

琴哥兒他們回京的第六天，她在城中便打了大大小小一十六場架，有五回都給人找上門來投訴，剩下的基本上人家當場就給投訴了。

步遲對這個女兒很是頭疼，說她從小就只聽步覃的話，便將她拉扯到步覃面前，讓步覃教訓她。

「妳看看妳，都成什麼樣了！還有一點姑娘家的樣子沒有？」步遲氣得吹鬍子瞪眼。琴哥兒額角還掛著彩，氣鼓鼓地站在他面前讓他數落，絲毫沒有了揍人時的霸氣。

「我什麼樣子，都是你給慣的，如今怪誰？如今你還能怪誰？就怪你自己！」琴哥兒對步遲沒大沒小慣了，牛脾氣一上來，根本就不知道退讓二字怎麼寫。

步遲氣得想抽她兩個巴掌，毫不意外地被步覃攔住了。

「叔父，打若是有用，琴哥兒就不會變成這樣了。」

步遲憤憤地放下手掌，轉而對步覃說道：「那你說說該怎麼辦？這丫頭再這麼野下去，我就只能把她嫁給你了，其他男人誰還敢要他？」

琴哥兒一聽父親說這話，眉眼頓開，故意氣他道：「爹，說話算話，那我可繼續野下去了啊！」

「沒羞沒臊的東西！」步遲哪會不知道自家女兒的心思？掃了一眼步覃之後，便又道：「覃兒，既然從小這丫頭便只聽你一個人的話，我就將她交給你管教了，隨你要打要罵，打死了最好，老子也省心了！」步遲對步覃說完這話之後，刻意地重咳了幾聲。

步覃在他們兩父女間看了幾眼後，當機立斷地提議道：「叔父，讓我管教琴哥兒，只會讓她更暴躁，不如……讓她跟著雲芝過幾天吧，說不定還能沾染些女兒家的秀氣，叔父覺得如何？」

「……」步覃的一番話說的在理，步遲也挑不出理由來反駁，便支支吾吾地點頭了。

晚上回到房間，席雲芝像聽說書那般聽完了步覃的話。

「……如此這般，我就提議讓琴哥兒跟著妳學幾日。」步覃摟著席雲芝光裸的肩頭摩挲。

席雲芝聽後，轉身趴到他身上，黑髮流瀉在他的胸腹之上，涼滑舒服，故作驚訝道：「那怎麼行？萬一琴哥兒大怒，我可是受不起她一巴掌、一拳頭的！」

步覃見她說得可憐，知道她只是在跟他說笑，並不是真的不願，遂挑起她的下巴，在唇瓣上親了一口後，說道：「放心吧，借她幾個膽，她也不敢跟妳動手。」

「那可說不準！誰都看得出來她對你的心思，我若管教得嚴了，她還不得記恨我一輩子啊？到時候你這個做堂哥的一心疼，我倒成了惡人，我才不幹呢！」

席雲芝邊說邊用秀髮在步覃的胸膛上畫圈，誰知自己剛一說完，便被人撲了個正著。

「夫人，為夫剛才沒聽清，妳是幹還是不幹來著？」

席雲芝被他壓在身下，氣不過地敲打了他兩下胸膛。「你無賴！我說我不幹！」

步覃將她的兩隻手腕抓在掌心，勾唇一笑。「是嗎？那咱們可得好好討論討論這個問題了……」

「啊——」席雲芝所有的話都被驚呼給取代了。

步覃對教育琴哥兒的事不感興趣，但對教育自己的小妻子還是很感興趣的……

被「馴服」的第二天一早，席雲芝便端著一籃子的女工針線，窈窕娉婷地去到了琴哥兒的小院，正式接受了步覃的指令——開始了將暴力女將軍改造成溫柔美少女的課程。

琴哥兒還在被窩裡睡覺，就聽到房門被推開，逆光中，一個女人帶著兩個丫鬟，走入了她的房間，唇角漾著美麗又矜持的微笑，琴哥兒只覺得自己一個頭兩個大！

「要做一個賢良淑德的女子，首先要重視的就是儀容。」

席雲芝端坐在太師椅上，微笑地看著換回女裝後，怎麼站都覺得彆扭的琴哥兒。只見她雲鬢紗裙也掩不住渾身野性，許是邊關的風吹多了，即便抹上了胭脂也不能看出絲毫的女氣。

「哼，儀容能當飯吃嗎？」琴哥兒被迫坐在梳妝檯前，身後站著兩名梳妝丫鬟。她眉頭緊蹙，神情不豫地盯著自己頭上高高翹起的髮髻。

席雲芝喝了一口熱茶，語氣柔和地反問道：「那打架能當飯吃嗎？」

琴哥兒被席雲芝一句話堵死，看著鏡中不倫不類的自己，心頭的火不住地蔓延擴散。

「打架雖然不能當飯吃，但我習武是為了保家衛國，我是在保證天下百姓有飯吃！女人就一定要躲在閨房裡刺繡，到了年齡就找個男人嫁了，然後伺候男人，替他生兒育女一輩子，這樣女人的一生就圓滿了嗎？井底之蛙，簡直可笑！」

席雲芝聽她這般說，便放下手中茶杯，不緊不慢地說：「有很多女人都不願意這樣子過一生啊！但她們沒有妳幸運，因為她們不能自己選擇命運，沒有人教她們武功，也沒有人教她們兵法，她們若不做這些，就將被現實的社會摒棄。一個被摒棄的女人命運有多淒慘，琴姑娘想像得出來嗎？」

琴哥兒轉頭看了一眼席雲芝，沒想到她會認真地跟她討論這個話題，便強作鎮定道：「我怎麼不能想像？我自小流浪，什麼苦沒吃過？女人吃點苦又如何？我還不是照樣活得好好的？」

席雲芝知道，琴哥兒是步帥的養女，是個孤兒，在顛沛流離之際，被步帥撞見收養了回去，所以，她說這話，也是無可厚非的。

「雖然這麼說很是不敬，但……琴姑娘能不能想像一下，如果在妳流浪的時候，沒有遇見步大元帥，沒有被他帶回府中教養，如今的妳又將會在哪裡，做著什麼事呢？」

琴哥兒盯著席雲芝，陷入了沈默。

席雲芝從座椅上站起，來到琴哥兒的面前，接過丫鬟手中的梳子，親自給她梳頭，口中繼續說道：「妳比世間上的很多女子都要幸運，有著能夠肆意張揚的青春年華，但是妳也不要忘了，這個機會是天給的，不是妳自己掙來的。」

將她一邊的髮髻盤上了頭，席雲芝推著琴哥兒的肩膀，讓她面對鏡子坐著，彎下腰身，在她耳旁繼續說道：「一般的女子，除了出身這種不能選擇的因素，只有讓自己的德言女工更加出色，才能用自己最大的資本，找到屬於自己的幸福。」

琴哥兒看著與她並排映在鏡中的席雲芝，久久說不出話，心中雖然想反駁，但卻又知道，她說的的確都是事實，這個時代的一般女人就是這麼悲哀的。但她也不想就這樣軟下來，於是又嘴硬道：「那妳呢？覃堂哥當初也是因為妳的德言女工看上妳的嗎？」

席雲芝見她氣鼓鼓的模樣，不禁笑道：「我嫁給他的時候，可沒有什麼德言女工的。」琴哥兒不由蹙眉。「那妳現在憑什麼跟我說這些？」

席雲芝親密地戳了戳她的臉頰，直起身子說道：「那是我的運氣，就像妳遇上步帥是妳的運氣般。但是步帥這樣的爹只有一個，步覃這樣的夫君也只有一個。」

琴哥兒被她戳得氣惱，白眼怒道：「既然堂哥那樣好的夫君只有一個，妳就不怕被其他女人給搶了去？」

席雲芝讓丫鬟在琴哥兒的髮鬢上配一些金釵，自己則拿出側襟的帕子，擦掉了手心的頭油，說道：「怕呀，所以，我只能讓自己變得更好，把其他女人比下去啊！」

琴哥兒被金釵刮了一下頭皮，眉頭又是一蹙。「妳用什麼比？用妳這一棍子打不出個悶屁的性子？」

席雲芝聽了她這般粗魯的針鋒相對言語，非但沒有生氣，反而笑出了聲。「是啊！我家夫君就愛我這樣的性子啊！」

「……」

一番談話之後，琴哥兒的髮髻終於束好，高高的華貴髮髻配上席雲芝特意給她挑選的豔麗牡丹裙，一道道淺藍色的褶縐將衣裙的質感完全襯托出來，讓琴哥兒看起來更加高眺動人——如果她走起路來，不是將裙襬高高提起，露出一對走路外八的大腳的話，這個造型將會更加完美。

當席雲芝將她的作品推到眾人面前時，魯恒、張果、強生他們簡直嚇得下巴掉地，根本合不攏嘴，一個個直呼逆天。

張果忍不住來到琴哥兒面前，正要稱讚一番琴哥兒改變了的外在，誰知還沒開口，就被琴哥兒還未改變的內在給一巴掌掀翻。

「滾！」

張果欲哭無淚地跑回了原地。

琴哥兒大剌剌地坐下，仍舊一派大馬金刀的豪氣樣。

席雲芝在旁看了，不禁搖頭，對魯恒他們問道：「元帥呢？他說讓我把琴哥兒打扮好了後，帶來給他瞧瞧的。」

強生還沈浸在琴哥兒的女裝扮相中，眼珠子一動也不動地盯著琴哥兒，隨口答道：「被傳入宮了。妳說這皇帝也真奇怪，兩天傳三趟，有事不能一次說完嗎？」

魯恒讀書比他多，聽他這般無禮又無知的言語之後，便白了他一眼。「你懂什麼？這叫聖寵眷顧！旁的人就是想叫皇上傳，都未必有這機會呢！」

張果獻殷勤般給琴哥兒端來一杯熱茶，把她當祖奶奶似的伺候著，嘴裡也不忘參與話題。「我怎麼聽說，這回是咱們元帥自請入宮的？」

三人你一言、我一語，又圍繞著琴哥兒的造型，七嘴八舌地討論了起來。

席雲芝無心聽他們鬥嘴，轉身走出了客院，正巧遇上了風塵僕僕趕回來向她彙報情況的小黑，席雲芝便將之帶到了書房之中。

小黑從西北回來了，帶回了席雲芝想知道的問題的答案。

「顧然是當初集結所有西北叛軍的首領，他手下的叛軍一共有七撥，如果不是他的鼎力支持，當時的濟王根本不可能這麼快打響旗號。」

席雲芝聽後，又問：「那他的身世呢？」

小黑知無不言。「他是上任麒麟山叛軍首領收留的義子，據說他小時候是從河裡被撿回去的。但是屬下去了麒麟山一趟，並沒有發現那裡有叛軍集結過的痕跡，也許是年代太過久遠，才找不到的。」

席雲芝陷入了深深的疑惑。

只聽小黑又道：「那些叛軍有很多人都被顧然從西北帶回了京城，編制在御林軍中，因此在回城之後，我就又去了一趟御林軍營，顧然的身世是沒探出來，但是卻遇見一個奇怪的人。」

「奇怪的人？」

小黑點點頭。「是，一個不該出現在那裡，卻意外出現了的人——禹王妃。」

「禹王妃?!」席雲芝大驚，這兩個人怎麼會湊到一起了呢？

小黑點頭。「是，小人從前在宮中當過值，太子還未搬離東宮之時，我曾見過前太子妃，不會認錯的。那日他們兩人湊在一起，像在密談著什麼。」

小黑帶回了一些有價值的消息，卻令席雲芝更加迷惑不解了。

讓小黑回去休息幾日，席雲芝便馬不停蹄去了廚房，找到了正在埋頭幹活兒的三福，將她叫到廚房外的小院，在她耳旁說了幾句話之後，三福這才點頭，匆匆地領命而去。

上回三福稟報過，敬王妃對她說了，讓她盯著席雲芝，什麼時候單獨出門了，便向敬王妃彙報。

席雲芝不知道她們在打什麼主意，她在明，敵在暗，情勢對她很不利……既然如此，那她何不主動出招，引蛇出洞呢？

步覃晚上從刑部回來之後，還沒跟席雲芝說上兩句話，便被也是剛從宮中回來的步遲叫了過去。

兩人說了大約半個時辰，步覃才面色凝重地回到了房間。

席雲芝從軟榻上走下，關切地問道：「怎麼了？」

步覃看著她，良久後才重重地嘆了口氣，說道：「沒什麼，跟叔父發生了些意見分歧。」說著，便擰著眉，心事重重地走到了書案後頭。

席雲芝斂目想了想後，也跟著他走到書案旁，步覃坐下，席雲芝就站到他的身後，輕抬素手替他按摩經絡，抒解痠痛。

步覃默不作聲地讓她按了一會兒後，才覆住了她的手，將她拉到身前，語氣柔和地說：「別按了，妳也怪辛苦的。不是什麼大事，只是一些戰略上的意見不大統一，等過幾日我再說服說服就好了。」

席雲芝看著他的模樣，洞察一切的雙眸中顯出了步覃的安慰倒影，席雲芝又看了他好一會兒，便乖順地點點頭，沒再說什麼。可她心中卻十分明白，這回步帥跟夫君說的事，定然是與她有關的，說不定就是她心中猜測的那件事，但是既然夫君不願讓她知道，也不想多說，那麼她就不問了，反正她相信夫君一定會妥善地解決這件事。

席雲芝將派小黑去西北打探顧然身分的事情與步覃說了一番。

步覃蹙眉詢問：「那他是妳弟弟嗎？」

席雲芝搖頭。「不是，我敢肯定。」

步覃若有所思地看著她，修長的手指在書案上敲擊了幾下。

席雲芝又將他與禹王妃私下會面的事跟步覃說了，步覃大驚大怒，站起來一副要去找顧然晦氣的姿態，被席雲芝強行拉了下來，讓他稍安勿躁，只需配合她引蛇出洞的戲碼便可，步覃這才冷靜下來。

席雲芝拿著從左相李尤那裡拿來的戶部帳本去到了戶部倉庫，因為一早戶部便來人到將軍府催促，讓她快些將庫中的布料買走。因為涉及一大筆金錢，所以席雲芝想要去戶部親眼驗一驗庫中的貨。

誰知去到戶部，倉庫卻不肯給她開門，說是她未付清貨款，不能驗貨。一個戶部的官員甚至讓席雲芝當場就要簽字畫押，將銀錢付給他們。

席雲芝一來身上沒有這麼多銀票，二來覺得戶部此舉也確實奇怪，便先將事情壓了壓，沒有當場給出承諾，就打道回府了。

在馬車上，席雲芝覺得有些頭疼，便靠在軟墊上瞇了一會兒，昏昏沈沈中，不知道馬車走了多久，突然就停了下來。

席雲芝驚醒，朝車外問道：「怎麼了？」

良久，車外都沒傳來回聲，席雲芝疑惑地掀開車簾一看，只覺四周一片荒蕪，根本不在回將軍府的路上。她驚得從馬車上走下，誰知車簾剛剛掀開，一把透骨涼的鋼刀便架到她的脖子上，趕車人早不知跑到什麼地方去了！

席雲芝被再度挾持上了馬車，那持刀的兩名漢子，一名趕車，另一名也跟著她上了車，席雲芝不敢說話，生怕脖子上的刀偏了方向。

馬車繼續驅動，不知駛向什麼地方。

大概過了一炷香的時間，馬車停在了一條陌生的小巷中，席雲芝被押著下了車，推入了小巷的一處後門。

從後門走入了後院，席雲芝只覺鼻腔內盡是刺鼻胭脂的香味，後院四周掛著顏色曖昧的燈籠，緊閉的房門裡也偶爾傳出一些嬌人的聲響。

她被帶到什麼地方，明顯可以斷定了。

席雲芝被推入了二樓最東邊的一間房間，房間內刺鼻的脂粉味簡直令她窒息，但這種窒息的感覺還比不上此刻她的心快跳出心房的激烈感覺。

驀地，一道尖銳的聲音響起——

「哈哈哈哈，步夫人大駕光臨，真是蓬蓽生輝啊！」

席雲芝轉身一看，只見一個蒙著面紗的女人走了進來，那挾持她的大漢就轉身出去，順便將門給關了起來。

那女人走到燈光之中，席雲芝才認出她是誰。

「敬王妃好大的雅興，竟會約我來這種地方見面。」席雲芝故作鎮定地對她說道。

縱然沒有來過這種地方，但從擺設到氣氛，這分明就是一間青樓楚館，虧得她還是個王妃，竟然想用這種下三濫的手段逼迫。

「是啊，能夠親眼看著步夫人如何受辱，我的雅興自然是大大的。」

席雲芝深吸一口氣，冷冷說道：「我敬妳是個王妃，聰明點就把我放了，否則只要我有一口氣爬出這裡，我定然不會放過妳。」

「哈哈哈哈哈！」敬王妃笑得妖嬈，哪裡還有半點身為王妃的端莊與矜持？她突然衝到席雲芝面前，怒叫道：「那就看看妳有沒有命爬出這裡！席雲芝，我告訴妳，今日我便有仇報仇，有冤報冤，妳休想再從我手裡逃走！」

耐著性子跟她理論，席雲芝乾脆坐了下來。「我真是不明白，我與妳有什麼仇怨？要有，也是我對妳吧？我初來京城，妳便對我和我的孩子出手教訓，我隱忍作罷，不料妳又送女人去我府中想挑撥離間，這我也忍了，妳到底還有哪裡不如意？」

敬王妃看見席雲芝故作淡定的模樣就討厭，她忿恨地將臉上的面紗扯下。「妳看看我這張臉就知道我哪裡不如意了！妳席雲芝是個什麼東西？不過一隻鄉野麻雀，飛上了枝頭，就以為自己真成了金鳳凰了？妳現在擁有的一切，妳也配得到？妳是什麼身分，別以為我不知道！妳就是洛陽城中的一條野狗，也配到京城來跟我們姊妹搶風頭？」

席雲芝就那麼坐著，看著這個女人發瘋。

敬王妃上回被打壞了臉，永遠都好不了了。席雲芝也是後來才知道，甄氏讓人在禹王妃掌嘴的那些竹條上抹了三花粉，只要抽得見了血，那粉便會侵入肌膚，將表皮灼傷，以達到傷口永遠好不了的目的。所以，此刻卸了面紗的敬王妃看起來就像是一個鬼怪，正對著席雲芝張牙舞爪。

「還有那個甄氏，她從前在我們面前，不過就是一隻螻蟻，我一根手指就能碾死她，她竟做了皇后！她憑什麼做皇后？就算蒙涵不做，也還有我，她一個五品小官的女兒，憑什麼？我這張臉就這麼被她毀了，敬王的霸業也被她毀了！妳說，我哪裡不如意？」

席雲芝聽了半天，只覺得這個女人真可憐，不禁開口說道：「妳只說旁人憑什麼，但是妳有沒有想過，妳又憑什麼？妳怪皇后對妳出手狠毒，可是妳對她呢？她腹中懷胎不久的孩兒，妳們說殺便殺掉了。皇后仁義，最起碼沒有以彼之道還施彼身，否則禹王妃的小郡主也生不下來。」

「住嘴！」敬王妃的情緒越趨瘋癲，只見她一邊在房間內轉圈，一邊抓著自己的頭髮，口中唸唸有詞。「她生不生得下來，不關我的事！我只知道，我什麼都沒有了，沒了身分、沒了尊貴、沒了容貌！可是妳們呢？一個個過得都比我好！就連蒙涵都笑話我！妳知道嗎？她一個廢太子妃也敢笑話我！」

「但這一切又關我什麼事？妳有能耐去找她們報仇啊！」

席雲芝說出了一句事實，卻讓敬王妃更加惱火。「我找她們報仇？我是要找她們報仇，但我要一個一個慢慢來，首先就是妳！誰叫妳最笨，誰叫妳將軍府治下不嚴，誰叫妳第一個上鈎！」

敬王妃說完，不等席雲芝反駁，便拍了拍手，兩名大漢應聲而入，其中一名手中拿著一支迷香，席雲芝被香味薰到後，只覺手腳開始發軟，頭腦也昏昏沈沈的。

跌坐在椅子上後，席雲芝心道不妙。

軟著四肢被人抬到了床鋪之上，她的意識仍舊清明，但身子卻是絲毫都動不了。

只見敬王妃走到床前，當著她的面又戴上了面紗，用極其卑鄙陰冷的聲音說道：「哼，妳今晚就好好享受這最後一夜吧！明早我會帶著人來，親眼見證一品誥命夫人有多淫亂，竟然在青樓與男人私通！哈哈哈哈哈！我看步將軍到時還會不會要妳？我看妳還有什麼顏面敢再活下去！哈哈哈哈哈！」

就在敬王妃一陣近乎變態的笑聲之後，席雲芝聽見房門被打開的聲音，隨之響起的是另一道男聲。

敬王妃說：「便宜你了，可別忘了這份情喔！」

男人答道：「放心吧，我不是忘恩負義的人。」

這聲音……席雲芝心中有些疑惑，直到那張痞氣的年輕臉龐出現在她的床前，她才驚覺過來。

竟然是顧然！

第二十章

席雲芝四肢無力，躺在滿是胭脂味的床鋪之上，顧然將她從上到下掃視了一遍，便不再浪費時間，邊脫衣服邊說：「妳放心吧，妳是我看中的女人，就算明日妳身敗名裂，步覃不要妳了，但我還是會要妳的。」

席雲芝努力深呼吸，如果不是現在全身無力，她還真想指著這廝的鼻頭破口大罵。這麼無恥下流的話，真不敢相信是從一個人的口中說出來的！

「雲芝，我會好好待妳，跟我離開蕭國好不好？我會讓妳過得更好，步覃能給妳的，我都能給妳。」

顧然將上身的衣衫除盡之後便想要上床，誰知，背後突然竄出一道黑影，重重在他後腦上劈了一下，顧然連轉身看是誰偷襲的機會都沒有，就那麼暈死過去。

席雲芝從急出淚花的眼中看到了那個叫她安心的身影，這才深深呼出一口氣。其實她早就跟夫君商量好了今日引蛇出洞的方法，可是等了這麼久，他都沒出現，席雲芝的一顆心不禁懸在半空，晃蕩得不行。

步覃居高臨下地看著這個嬌軟地倒在豔麗床鋪之上的女人，她雙眼迷離，檀口微張，微微敞開的領口間，兩道誘人的鎖骨正引誘著他犯罪……

「夫君……」席雲芝低若蚊蚋的聲音傳出。「不知道他們給我下了什麼……我沒有力氣，你揹我出去吧……」

步覃俯下身子湊近她的唇邊才聽清她想說的話，他勾唇搖頭道：「不急，我已經讓趙逸和韓峰守在暗處了，他們搞不出其他花樣。」

「快走吧……否則到了明日，我就是跳進黃河都洗不清冤屈了……」誥命夫人淫亂青樓的事情若是傳了出去，那縱然她身上長滿了嘴也是說不清的。

步覃原想將她抱起離開，誰知見她吐氣如蘭，熱呼呼的喘息聲就在他耳畔輕擾，突然發覺這是一個多麼自然的夫妻間增加情趣的機會啊！若不好好把握，豈不是暴殄天物了？

這麼一想，步覃便將席雲芝又放回了床鋪上，將倒地不起的顧然捆綁打包丟到了櫃子裡，自己則代替了顧然的位置，鑽入了豔光四射的帳幔之中……

第二天一早，敬王妃便帶著好些三姑六婆闖入了房，奚落的聲音響起——

「哼，我說什麼來著？席雲芝那個女人荒淫無恥，竟然背著將軍在這裡與人私通呢！」敬王妃的聲音尖銳地傳出。

其中有個被強行拉來的官夫人不相信，替席雲芝說話。「敬王妃，這種骯髒之地，步夫人怎麼會來呢？您隨隨便便把我們叫來這種有傷風化的地方，到底想幹什麼呀？」

敬王妃得意一笑，指著落下的豔麗帳幔說道：「我想幹什麼，妳們待會兒就知道了。我將妳們帶來這種地方，為的就是叫妳們當個見證。」

「哎呀，見證什麼呀？敬王妃您就別賣關子了！」

「是啊是啊，若是有什麼好戲，就趕緊放出來吧，難得我們起這麼早，可不是來跟您喝茶消遣的。」

人群中的三姑六婆開始催促，敬王妃得意洋洋的聲音再次傳出——

「好，今日我就讓妳們大開眼界，讓妳們看看這所謂的誥命夫人是如何與男人私通的！」

「嗤啦」一聲，敬王妃一把將擋得嚴嚴實實的帳幔掀了開來。

眾人屏住呼吸，對帳幔內翹首以盼，只見一隻男人的手探出帳外，人群中已經有人發出了興奮的驚呼。

「咿，真的是男人！」

隨著大手探出，一雙男人的腳也從床鋪上踩下，步覃帶著一臉被人吵醒的起床氣，出現在眾人面前。

敬王妃抓著帳幔的手突然鬆了，驚愕地看著從帳幔中走出的男人，得意的笑容僵在了臉上，難以置信地說：「怎麼會是你？」

人群中的三姑六婆，有的沒見過步覃，立即大驚小怪地驚呼起來。「真是個男人出來了！步夫人呢？她是不是還藏在裡面？快把她揪出來看看呀！」

那婦人顯然是個好事的，見帳幔中真的走出一個男人，便對抓姦一品誥命夫人這件事更加熱情了，撲上前要將餘下的帳幔全都掀開，讓大家看看裡頭的風光！

誰知，她的腳才剛走上踏板，便被步覃一腳踢在肚子上，整個人飛了出去，當場就吐出一口血來！

步覃的舉動震懾了在場所有人，只見他拿出戰場上厲兵秣馬的獰氣，對所有人冷聲說道——

「我與夫人在此歇腳，誰給妳們的膽敢闖進來？」

人群中也有見過步覃的，當即變了臉，對步覃討饒道：「將軍息怒！是她，是敬王妃帶我們來的，我們什麼都不知道啊！」

步覃的怒火絕不是一干深閨婦人可以承受的，當即一聲怒吼：「滾——」

前來看熱鬧的官夫人們一個個都嚇得往回跑，只恨爹娘少生了兩條腿。不一會兒的工夫，豔俗的房間內，就只剩下敬王妃一人與步覃對視。

敬王妃氣短，眼珠子左右亂轉，還想再說些什麼力挽狂瀾的話。「這……我、我也是聽旁人說的，下回、下回……」

步覃不想再聽她廢話，對著門外大聲喊了一句。「趙逸、韓峰！」

兩人立刻如鬼似魅般出現在房中，雙雙對步覃跪下，說道：「爺。今日前來的所有人，都已經記下名單了。」

步覃冷道：「將那些人全都以窺探朝廷命官私隱的罪名關入刑部，按律執行。」

「是！」趙逸、韓峰剛勁應答。

只聽步覃指著敬王妃又道：「將這個女人的衣服全都剝了，丟到敬王府門外，敬王若想找人算帳，叫他來找我步覃便是！」

「是！」

趙逸、韓峰領命之後，便俐落乾脆地捉著敬王妃的兩隻胳膊，將她架出了房間。

「啊——你們不能這麼做！我是王妃，敬王不會放過你們——唔唔唔！」

敬王妃的尖銳喊叫還未說完，便被韓峰當機立斷地塞入一顆剛剛蒸出籠的饅頭，燙得敬王妃不住地掙扎喊叫，卻始終說不出話來。

那些埋伏在外的王府狗腿們，也明白如今站出來救她就是找死，一個個早溜得不見人影了。

可憐敬王妃一介弱女子，無力掙扎，就這麼被兩個大男人架去了敬王府。

這一仗，席雲芝和步覃算是險勝。

他們誰都知道，如果不是事先洞悉，做出了預防，真的讓敬王妃的惡計得逞了的話，那實在太悲慘了。

將軍府的密室中，顧然被揍得鼻青臉腫地綁在一根木樁子上，步覃好整以暇地坐在一旁喝茶，看著那一下下的棍棒敲打在這個敢覬覦他女人的男人身上。
微微一抬手，行刑的士兵便停下了動作，步覃冷然的聲音在空曠的密室中響起。
「怎麼樣？想通了嗎？」
顧然是個硬骨頭，吐掉了嘴裡的一口鮮血之後，仍舊一臉高傲。「呸！想通什麼？你我同是朝廷命官，你背後偷襲不算，現在還敢私下囚禁行刑，我若是告到皇上那裡，你就能保證皇上不治你的罪嗎？」
步覃挑了挑眉。「你也知道，前提是你能告到皇帝那裡去。」
顧然咧開滿是鮮血的嘴。「你是說，你敢就這樣殺了我？」
「有何不敢？」步覃聳肩，一派輕鬆自然的模樣。
「哈，我顧然從前還敬你是條鐵錚錚的漢子，沒想到竟是這般卑劣不堪之人！」
步覃掏掏耳朵，態度照舊無波無瀾。「論卑劣不堪，步某自認及不上你。」從座椅上站起身，步覃來到顧然面前，冷言道：「說吧，你到底是誰？混到蕭國來，意欲何為？」
看著步覃近在咫尺的臉，顧然就忍不住滿肚子的氣，噴著血水大聲喊道：「我是跟著皇上打江山的功臣，我不像你，一個只會靠著家族庇護、打些小仗的懦夫！」
步覃不想與這樣一具髒污的身體靠得太近，往後退了一步後，才繼續說道：「第一次跟你較量時，我就發現你的武功路數很奇怪，不像是中原人，待我回去查了典籍之後才發現，你所使的是齊國武學大家鳳氏的旁支招數。如果你想死得痛快些，最好告訴我，你跟齊國鳳家有什麼關係？否則，我相信在這密室中，要折磨你個三天三夜是不成問題的。」
顧然聽見步覃提到齊國鳳家時，面上微微一怔，但很快就恢復過來，嗤笑道：「什麼鳳家不鳳家的？聽都沒聽過！有本事你就打死我，若打不死我，我發誓，一定會在你身上十倍討回！」
步覃不喜歡跟人說太多廢話，見他嘴硬，便兀自轉身走出了密室。
剛剛靜了一會兒的密室中，再次傳出了棍棒敲擊和男人咬牙忍受的悶哼聲。
席雲芝在敬王妃落網的第二天，就又去了一趟禹王府。
她早就知道，憑敬王妃那種性子，絕不會想出這般惡毒又陰險的主意，既然她不是主謀，背後定然還有操控的黑手。
這個人不會是旁人，只會是廢太子妃，如今的禹王妃。
席雲芝求見的時候，禹王妃正在院子裡教訓奴婢，見她走來，雖然有些心虛，但殘留的傲氣卻不允許自己低頭。
席雲芝似笑非笑地坐到她的對面，也不請安，也不問好，就那樣一動也不動地盯著她。
禹王妃被她盯得難受，率先說道：「夫人前來，不知所為何事？我正在教訓這無禮奴婢，怕是招待不周，惹夫人生氣。」
席雲芝又看著她好一會兒，才開口嘆道：「嘖嘖嘖嘖，禹王妃不過雙十年華，貌美如花，禹王卻不知珍惜，真是可憐啊！」

禹王妃瞪著席雲芝，冷道：「不知道妳在說什麼！」

席雲芝挑了挑眉，朝與她一同前來的小黑伸出了手，小黑便將一疊紙交到了席雲芝手中。席雲芝將紙攤開，如數家珍般說道：「就因為妳給禹王生了個女兒，所以，禹王才會再找這麼多女人給他生兒子。東城的張小姐、西城的王姑娘，全都被禹王收入房中，養在外頭生兒子呢！」

自從上回禹王妃產後，席雲芝過來探望之時便看出了禹王妃對小郡主厭煩的態度，因此推斷，定是禹王想要個兒子，可惜卻生了個女兒，頓時因此冷落了禹王妃。

女人產後的心情起伏很大，饒是席雲芝這般好脾氣的女人在生產過後都有些蠻不講理的地方，這個時候，若是沒有人在一旁好好引導紓解，很容易釀出心病來的。

一個人心傷些沒什麼，就怕有了心病，這可不是三言兩語就能擺平履順的，久而久之，心理一定會產生極大的問題。

「不可能！妳瞎說什麼？禹王對我好得很，他絕不會背著我在外頭養女人的！」

禹王妃的情緒已經有些失控，席雲芝卻還是一派雲淡風輕。「是嗎？可是，據我所知，禹王並不是沒有在外頭養過女人啊！那個女人叫什麼來著……張嫣？是不是？」

禹王妃聽她提起那個慘死在自己手中的張嫣，頓時緊張得站了起來，不住踱步搓手，神情緊張。「什麼張嫣？我不懂妳在說什麼！」

席雲芝好整以暇地說：「就是張嫣啊！那個生得比禹王妃還要美麗的那名女子啊！據說禹王為了她，曾經不惜得罪先皇呢！那個女人……死得好慘啊！是不是？」

禹王妃僵立當場。

席雲芝不知不覺地走到她身旁，在她耳後吹了一股陰陰的冷氣，又在她耳旁唸叨起來。「她的臉上全是血，眼睛瞪得嚇人，肚子上還有一個大窟窿，禹王妃……妳說是不是？」

「啊——」

席雲芝剛剛說完，禹王妃就抱頭蹲下，雙臂捂住耳朵，一副再也不願多聽的樣子，不住地搖頭。

席雲芝不依不饒，繼續蹲下在她耳邊故意說道：「禹王就喜歡外面的美人，他寧願叫外頭的女人生兒子，也不願要妳生，為什麼呢？因為他不喜歡妳啊！他更喜歡那個叫做張嫣的女人，是不是？」席雲芝知道，禹王妃很沒有安全感，就算張嫣被她親手殺了，但是張嫣與少年太子的那段感情卻是讓她耿耿於懷，她始終覺得張嫣才是夫婿唯一動過真情的女人，就算那份真情早已消逝，但它畢竟存在過，如鯁在喉！

「啊——妳不要說了，不要再說了！」

席雲芝冷笑一聲。「唉，我要是妳啊，早就跳井自殺了，還留在這裡丟人現眼？現在別說是張嫣了，就是張小姐、王姑娘都能將妳比下去呢，妳個沒了身分、沒了男人寵愛的可憐蟲……」席雲芝最後幾句話說得極其小聲，幾乎只有禹王妃一個人能聽見。

只見禹王妃抱著腦袋不住地搖頭，眼神渙散，失心瘋般，無論旁人怎麼叫，她都不肯放下手臂。

席雲芝對她的反應很是滿意，站起身後，隨手撣了撣身上的灰塵，轉身離開了禹王府。

「夫人，我還以為您叫我一起來，是為了揍她一頓，沒想到您就說了幾句話而已，真不解氣。」小黑自然知道了禹王妃和敬王妃兩姊妹的惡行，有點替席雲芝感到不值。

誰知席雲芝卻勾唇一笑。「有時候，說幾句話可比揍她一頓有更好的效果。」

小黑不懂席雲芝這句話的含義。

第二天，禹王府便傳出禹王妃跳井自殺的消息，雖然被人及時救起，但卻成日瘋瘋癲癲，嘴裡總是唸叨著什麼「張嫣別殺我」的話。

在傳出禹王妃瘋了的消息後，席雲芝再去到張嫣養傷的小院時，就發現她已經不辭而別了。

席雲芝派小黑在城裡客棧找了個遍，都沒能找到她的身影。席雲芝怕她去找禹王送死，便特意讓人在禹王府外監視禹王，沒想到好幾天過去了，張嫣根本就沒有去過禹王府。

日子過沒多久，宮裡傳來了消息，說是席雲彤恃寵而驕，對寧妃以下犯上，被杖斃在御花園。

宮中誰都知道，寧妃是皇后的人。

席雲彤的死，並沒有讓皇上表現出絲毫悲傷，不過幾天的工夫，就寵幸了新入宮的一名絕色女子。

倒是送席雲彤入宮的左督御史府受到了一定的牽連。

原本左督御史尹子健因為小姨子得寵而深受朝中各大臣的敬畏，有好些事情都看在宮中貴人的面子上，交給左督御史去做。如今席雲彤被人鬥死了，左督御史府頓時失了依傍，再加上尹子健本就不大會做人，朝中官員大多不願跟他來往，如今更是連搭理都不願了。

緊接著沒多久，就有大臣聯名上奏左督御史貪污行賄的罪責，皇上將此事壓下，說是交由刑部調查過後，再做定奪。

左督御史親自到將軍府登門拜訪，步覃自是不會見他，便將事情全權交給了席雲芝出面應對。席雲芝知道這人的品性，自然不會讓自家夫君跟著他同流合污，言語委婉地拒絕了他求情的要求。

琴哥兒被席雲芝管得怕了，不能對席雲芝動手，每每開口膈應，席雲芝又都能溫和著脾氣跟她講道理，講到最後，好像都成了她的錯一般，琴哥兒算是徹底怕了席雲芝。在後來的幾天，她乾脆一大早天還沒亮時就跑出將軍府，直到天黑才敢回來，第二天、第三天亦如是，周而復始。

席雲芝看不到她的人，就是想管教都沒有機會，倒也樂得清閒。

步帥這幾日總入宮覲見，不怎麼留在將軍府，偶爾回來與步覃照了面，兩人也都是冷著臉不說話。

席雲芝想到他們之間會變成這樣，是從那日步帥找步覃去書房說了一會兒話後，步覃就一直冷面以對，心中的擔心不禁日盛。

直到這日，一紙聖旨送到了將軍府中。

皇上賜婚，要一品上將軍步覃擇日迎娶步遲養女步琴哥為側夫人！

聖旨送來的時候，步覃去了刑部不在家，席雲芝代接了聖旨之後，一直呆坐在院子裡，直到小安爬上她的膝蓋，窩進她的懷裡她才有所感覺，將小安抱在腿上坐好，摟著他默默不說話。

小安像是感覺出了娘親的不開心，所以也很乖地靠在她懷裡。

步覃回來的時候，就看到他們娘兒倆抱坐在一起，彷彿天塌下來了一般無助。

看著他們身邊放著的那卷明黃聖旨，步覃眉頭蹙了起來，走過去將聖旨拿了便轉身要走。

席雲芝反應過來，拉住了他，說道：「你想幹什麼？難不成還想到宮裡去撒野嗎？」

從前只要她受了委屈，他都會偷偷地去給她出氣，可是這回不一樣，下聖旨的是皇上啊！看步帥前幾日的行為，想來就是一直在跟皇上醞釀著這件事，如今聖旨都下來了，他再鬧到宮裡去又有什麼意義？這件事基本上可以說是板上釘釘了。

「不撒野，難不成妳想我娶她？」

席雲芝看著步覃。「我只是不想你出事，咱們可以想其他辦法，不一定非要用暴力的手段來解決啊！」

步覃甩開席雲芝的牽制。「其他什麼辦法？他們這是在逼我，用南寧二十萬軍主帥的位子在逼我！我若不娶，他們就易帥！面對如此卑劣自私的手段，我若屈服，既對不起妳，也對不起我自己！」步覃說完之後，全然不管席雲芝在後面追趕，大步走出了將軍府。

席雲芝抱著小安，怎麼也追不上他，只得站在大門外，看著他絕塵而去的身影。

小安緊緊摟著她的肩頭，小小的一手捧住她的臉，奶聲奶氣地說：「娘，不哭……爹爹，壞！」

席雲芝將他摟得更緊。她有預感，將軍府將會發生一場前所未有的巨大風暴。

沈了沈目光，她從悲傷的情緒中走了出來，將小安交給劉媽帶著，自己則去了房間，拿出她的寶匣，看著匣子裡的東西，目光前所未有的深沈。

寶匣裡滿是珠寶，最下面一層則壓著厚厚的一疊銀票。

席雲芝手腳迅速地將所有東西分成了十份，珠寶、銀票分作堆，先用幾張油紙包裹好，外頭再包一層衣服，十份寶貝被盡數打包到一個包裹之中，然後席雲芝誰也沒知會，換了身普通農婦的衣物後，便從後門走了出去。

轉了兩條街之後，她雇了一頂破舊的騾子車，讓車伕往城南燕子巷走去。

燕子巷這間廢太子私宅如今已是人去樓空，蕭條破敗。因為是官宅，所以沒有人可以買賣，而且出過命案，院子裡還有一些褐色的血跡未曾打掃乾淨。席雲芝將十份寶貝，分別埋在了十個地方，做好只有她自己才認得的記號之後，才又匆匆地出了門，回到城中。

她從後門回到將軍府中，剛換好了衣服，從屏風後走出，房門就被一陣急促的聲音敲響。

老陸帶著一直跟在步覃身邊的一個小廝前來報信，小廝看見席雲芝便跪在地上。

「夫人，不好了！將軍御前失儀，被關入大牢了！」

席雲芝蹙眉大驚。「什麼?!」

「是的、夫人，韓總領讓我回來給夫人報信，您快入宮去救救將軍吧！」

席雲芝聽到步覃被關，整個人像是散了神，禁不住小廝一再催促，席雲芝就讓他們去門房候著，她換過衣服便隨他去宮裡。

老陸跟小廝走了之後，席雲芝火速將如意、如月還有劉媽叫了進來，交給她們一張千兩的銀票，對劉媽說道：「妳們立刻帶著小安出城去，無論在路上聽見什麼，都不要回城，帶著小安一路往北走，有多快走多快，聽到沒有？」

劉媽和如意她們都不明白夫人是什麼意思。「夫人，幹麼要帶著小少爺走啊？您和將軍呢？不走嗎？」

席雲芝沈吟片刻後，對她們說道：「我和將軍都要進宮，出宮之後，會盡快追上你們。妳們現在就走，衣服也不用收拾了，抱上小安，直接去城裡找車，不要用將軍府的馬車，快走。」

如意和如月到底年輕些，見一向冷靜的席雲芝如今都慌了神，知道肯定是出了大事。這兩個丫頭跟了席雲芝好幾個年頭，平日裡沒少受席雲芝的大恩，早就打定主意，要對席雲芝效忠一生了，如今主母有難，正是她們報恩的時候。

如意當即點頭，推著如月和劉媽往外走的同時，也對席雲芝保證道：「夫人，您放心吧，我們這就帶著小少爺走，沿著官道一路向北。您和將軍出城之後，順著官道找來便是。」

席雲芝對如意這個丫頭還是很放心的，平日裡做事穩妥，懂得也多。對她點點頭，感激地笑了笑之後，將她們推出了房門，自己則飛快地換上了誥命夫人的朝服，往內宮而去。

席雲芝入了正陽門，便有一頂明黃軟轎停在那裡接她。她心中有疑，知道這軟轎不是皇上便是皇后安排的，但為了自家夫君，她只得硬著頭皮坐了上去。

長長的甬道，像是走了數年般難熬。

席雲芝走下軟轎時，發現自己所到之處並不是中元殿或是坤儀宮，而是另一座她從未來過、美輪美奐的宮殿。

心道不妙，席雲芝轉身想跑，卻被守在門邊的兩名御前侍衛攔住了去路。

席雲芝這才明白，自己這是中計了。這回中計並不像上回敬王妃的那次，因為和夫君有過商量，心中有底，這一回她是完完全全地被騙到了宮裡！接下來會發生什麼事，她根本想像不到。

啪啪啪！一陣清脆的擊掌聲驀地在這座空蕩蕩的宮殿中響起。

席雲芝循著聲音望去，只見花團錦簇的廊下走來一道明黃色的身影。

蕭絡笑得如地獄惡鬼般，一雙眼睛直勾勾地盯著席雲芝。

他的身後還跟著一名傾城的絕色美人，看兩人的衣著，像是剛在這座宮殿中做過好事般，鬆鬆垮垮的華麗宮裝，在這美輪美奐的宮殿內愈顯奢華淫靡。

「夫人好大的架子，要妳進宮，可費了朕不小的心思啊！」

蕭絡像是喝了些酒，雙頰有些酡紅，腳步也是虛浮的。他沒有走下院子，而是坐在連接院子和迴廊的臺階之上，好整以暇地看著席雲芝。

席雲芝注視了他良久之後，才緩緩開口。「皇上，聽聞臣婦的夫君也在宮中，只不知此刻卻在何處？」

蕭絡聽她提起夫君，不禁怪笑起來。「哈哈哈！夫人是說……步將軍嗎？他出宮啦，早就出去了呀！怎麼，夫人沒遇到嗎？」

席雲芝閉起雙眼，深吸一口氣，咬碎銀牙也無法表達她此刻心中的悔意。

蕭絡見她端立在一株秋海棠旁，花團錦簇更映襯得她人比花嬌。回想第一次在洛陽相見時，她還是個瘦弱不堪的黃毛丫頭，如今卻出落得這般動人……

他抬手朝身後揮了揮，對立於他身後的美人說道：「妳先離開吧，我跟夫人還有些事要辦。」

那美人在皇上與席雲芝之間看了兩眼，這才恭謹地退了下去。

蕭絡直起了身子，腳步虛浮地走到廊下，朝席雲芝的方向走去。

「朕要的東西，從來就沒有得不到的，妳越是不給，朕就越是想要。」來到席雲芝面前，蕭絡彎下身子，湊近席雲芝，故作姿態地在她耳畔聞了聞，一種像是終於把獵物咬到嘴裡的滿足感躍然其上，抬手就要去觸碰席雲芝的臉頰。「日思夜想，夜不能寐，怎麼樣都想嚐嚐妳的味道……」

席雲芝不住後退，蕭絡步步緊逼，他探手，席雲芝便閃躲，兩人在花園中追趕了好一會兒，但席雲芝終究不及蕭絡的身手，被他抓住了裙襬，絆倒在地。

蕭絡也不管是不是在外面，毫不客氣地就壓了上去。

席雲芝驚呼，雙手護住自己衣領的同時，還要騰出手去敲打蕭絡作惡的手。

「啊——你走開！我是有夫之婦，我的夫君是步覃——」

「步覃又怎麼樣？不也是朕的臣子？朕要他生，他便生，要他死，他便只能死！朕的賜婚他不要，南寧二十萬軍主帥的位置他也不要，正好遂了朕的意，讓步遲惱了他，讓他們兩個鬥去，朕就只需坐收漁翁之利！」

蕭絡將席雲芝的手腕壓在頭頂，一把扯開了她的外衣，席雲芝的尖叫聲頓時響徹宮殿。

「啊——」

「皇后駕到——」

就在席雲芝的一聲尖叫之後，宮殿外傳來了太監高聲的吟報。

甄氏穿著明黃鳳袍，神情冷凝，讓宮人全都在殿外等候，獨自一人走入了殿，正巧看到花園中正在上演的強暴戲碼，當即斂眉怒道：「蕭絡！你到底知不知道自己在幹什麼？」

甄氏說罷，趕忙跑了過去，把蕭絡從席雲芝身上拉開，將驚魂未定的席雲芝從花園中拉起。

蕭絡被她推得往後倒退了幾步，酒醒了大半，見是她，原本想發怒的神情才稍微斂了斂，訕訕地摸著鼻頭說道：「妳來幹什麼？」

甄氏將席雲芝護在身後，讓她整理衣衫，對蕭絡冷笑道：「我來幹什麼？我若不來，真要問問你想幹什麼？蕭絡，你太忘恩負義了！如果不是她，你我如今還在那個骯髒粗魯的世界中苟延殘喘！如果不是她，你我這輩子都別想回到京城！你現在竟對她起了齷齪之心，就不怕天打雷劈遭報應嗎？」

蕭絡被她說得面紅耳赤，藉著酒氣與她對峙。「我遭報應？妳以為妳是什麼好東西嗎？別以為我不知道妳在宮裡幹的那些勾當！妳逼死那些女人，不也是怕她們威脅妳的后位嗎？

我由著妳去做，我不管妳，如今妳憑什麼來管我？」

甄氏周身散出從未顯露的狠勁。「我逼死那些女人，是我應該要做的！就好比你身為皇帝，有權力擴充後宮，而我身為皇后，就有權力給你清理後宮，我只是盡了我的本分！」

蕭絡冷著臉看著甄氏，只覺得這個女人再沒有了從前的退縮。是什麼給了她這種底氣？要知道，他才是皇帝啊！

「好，那朕就廢了妳的后位，讓妳在冷宮裡過一輩子吧！」

甄氏也毫不示弱。「好，那你可別後悔！我敢做那些事，就不怕你廢我！咱們走著瞧，看是被你廢了的我淒慘，還是弒父篡位的事傳出去之後，被趕下帝位的你淒慘？我倒要看看！」

蕭絡與甄氏站在繁花似錦的花園中對峙，良久之後，蕭絡才憤然轉身，走出了宮殿，留下一句話——

「皇后御前失儀，軟禁在此，不得朕命，不許出門一步！」

說完之後，宮殿的拱門便被宮人關了起來，靜謐一片。

將軍府中滿是熊熊燃燒的火把，城防總兵李鶴帶著五百城防營的兵士闖入了將軍府，奉命來抓人。步承宗有先帝御賜的尚方寶劍，李鶴自知動他不得，何況他只是奉命來抓步將軍的獨子，並沒有接到指令要將步老將軍一同抓回去。

步承宗護著一頭霧水的席徵坐在後院，院子周邊圍滿了士兵，卻無一人敢與步承宗的尚方寶劍對上。

「大人，都找遍了，裡裡外外都沒找到步將軍的獨子！」

李鶴大怒。「一個兩、三歲的孩童能去什麼地方？再給我搜！挖地三尺也要給我搜出來！」

士兵們領命，又去找了一圈，卻還是沒有發現。

李鶴命人將將軍府的人全都壓到身前，一個個問了起來，都說從今日下午起就沒有看見小少爺在院子裡出現過了。

李鶴正一籌莫展時，突然，最北面傳來一聲驚呼——

「大人，這裡有間密室！」

李鶴聞聲趕去，看見在假山石的後面有一個機關，士兵們偶然間發現，打開機關之後，露出裡頭蜿蜒而下的石階。李鶴怕有詐，便讓一隊先鋒士兵下去探路，不一會兒，士兵們抬出一個渾身是血的男人。

李鶴湊近一看，大驚道：「統領，是顧統領！」

被酷刑伺候過的顧然是御林軍和城防營的大統領，李鶴的頂頭上司，所以，儘管他給折磨得滿臉血污，但李鶴還是能夠很快地認出他來。

顧然微微睜開正在閉目養神的眼睛，看見周圍滿是火光，自己則被搭在兩名士兵的肩膀之上，火光耀眼得讓他睜不開眼睛，聲音虛弱地問道：「你們在這裡幹什麼？」他絕不會相信，這些人是來救他的。

李鶴如實回答。「皇上命我們前來將步將軍的獨子抓入宮去，沒想到會救出大人。大人怎會被困在將軍府的密室之中，還被人施以酷刑？這到底是怎麼回事？」

顧然將口中的血水吐出，讓自己站直了身子。一聽說皇帝對步家動手，首先想到的不是別的，而是——

「步夫人呢？她在哪裡？」

李鶴不解地回道：「這個……下官聽說，步夫人午前便入宮了。」

顧然再也顧不得身上的傷口，大叫一聲「不好」，就衝了出去。

步覃被步遲困在刑部大堂，步覃對他做最後的攤牌。

「叔父，我再說一遍，我是不會娶琴哥兒的，就算不是為了雲芝，我也不會娶她。即便你用兵權威脅我，我還是那個答案，不會娶。」

步遲坐在大堂之上喝茶，看著冥頑不靈的姪子，突然覺得自己說了這麼多全是白費。

「覃兒，我知你喜愛雲芝，但男兒志在四方，豈可迷失溫柔鄉中？用一紙婚約，換二十萬的兵權，怎麼算你都不虧吧？更何況，我給琴哥兒求的只是側夫人之位，並未要求你將雲芝休棄，你仍舊這般堅持，實在沒有道理啊！」

步遲對這個姪子很是喜愛，所以才會耐著性子跟他說這些，若是換做旁人，他早上去教訓一頓，強勢安排一切了。

步覃轉身看著堂外，堅定地說：「不管是正夫人，還是側夫人，我都不會負了我心愛的女人。更何況，這裡面還牽涉到了兵權，我更加不願以此為籌碼，叔父你就死了這條心吧。若再不讓我離開，我便要強闖了。」

步遲從大堂後走出，一邊搖頭一邊說道：「既然你意已決，那我也沒什麼好勸的了。皇上一開始就說，要將雲芝和小安抓入宮中，逼你答應，被我壓了下來，如今我勸不動你，那麼，只好試一試皇上的法子了。」

步覃臉色驟變。「誰敢動他們一根汗毛試試！」

步遲看了看天色。「這個時辰，他們估計已經被抓入宮了，不信你可以回去看看。」

步覃雙目中透出一股殺氣，一拳打在刑部大堂中的圓形石柱上，柱子立即沿著他拳印的一角開始崩裂。步覃冷哼一聲，飛也似地竄出了大堂，叫上一直守在堂外的趙逸和韓峰，三人便迅疾如電地飛身上了屋簷。

驀地，刑部大堂之中發出一聲巨響，轟隆一聲，屋簷一角已然倒塌，掀起滿院塵土。

步遲快一步地竄出了大堂，看著轟然倒塌的一地狼藉，再看了看自己的拳頭，不禁吶吶地自言自語道：「這小子的功力，又增加了……」

就這勁力，就算是他拚盡全力也未必能夠做到，不得不說，這小子確實是個奇才啊！

步覃回到將軍府時，府中各人正在收拾殘局，院子裡一片狼藉，滿是熄滅的火把。

他隨手抓了一個人問道：「夫人和小少爺呢？」

被問的是個外院僕役，平日裡難得見到什麼大場面，今日一見早就被嚇懵了，只知不住地搖頭。「不、不……小人不知道……」

步覃一聲怒吼，將人舉過頭頂摔了出去。

步承宗聽見動靜，拿著尚方寶劍從後院走了出來。

步覃見到他，趕緊迎了過去。「爺爺，雲芝呢？他們娘兒倆去哪兒了？」

步承宗臨危不亂，讓步覃先冷靜些，這才說道：「雲芝午前便入了宮，宮裡派了一直跟隨你的小廝來府，說是你被關入了大牢，雲芝心急就跟著進宮面聖，替你求情去了。」

「……」步覃看著步承宗，良久才想起來要有些反應，緊捏著拳頭湊到嘴間一咬，想起還有個兒子，遂問道：「小安呢？小安也被抓進宮了？」

步承宗搖頭。「沒有，李鶴他們帶人來搜了好幾遍，都沒找到小安。」

「那小安人呢？總不會就這樣憑空消失了吧？」

步承宗見步覃心急如焚，便將他拉到了一邊，在他耳旁輕聲道：「除了小安，劉媽、如意和如月也全都不見了。在雲芝入宮之後，府裡就再沒人見過他們了。」

步覃愣愣地看著他。「你是說，雲芝走之前讓劉媽她們把小安帶走了？」

步承宗將食指在唇上一比，怕被人聽見他們正在討論的話。「雲芝心思縝密，說不定她早猜到自己凶多吉少，才作此安排的。」

步覃嘆息沈吟。「這個傻女人，為什麼自己不也跟著跑呢？」

就在此時，突然從外頭闖進來一批御林軍，御林軍副統領直接拿著聖旨，說是要以通敵叛國之罪來擒步覃入宮對質。

步承宗聞言，當即破口大罵。「荒唐！我步家世代忠心，何來通敵叛國？欲加之罪，何患無辭！這世道終究是變了嗎？人心終究是變了嗎？」

御林軍副統領臉上現出一絲尷尬，卻也是皇命在身，無可奈何。對步覃比了個請的手勢，說道：「步將軍，我們自知不是您的對手，但皇上說了，您若不去，他便讓步夫人一力承擔此罪責，您自己看著辦吧。」

步覃冷言掃了他一眼，副統領立刻避開了目光，並讓御林軍們紛紛退後一步，給步覃讓出了通行的道路來。

「好，我倒要看看，皇上是如何治我通敵叛國之罪的！走！」

步覃看了一眼步承宗，知道爺爺手上有尚方寶劍，就是當今皇上親自前來，也奈何不了他，便讓他照顧好全然不會武功的席徵。

席徵擔心女兒安危，斂目想了想之後，突然露出恍然大悟的神情，緊張地追在押送步覃的御林軍身後，也要自請入宮。

副統領將他攔阻下來。「席大人，您老還是在家裡好好歇著吧，聖上可沒傳您。」

席徵憂慮地站在那裡。

步覃見他一臉焦急，心中閃過疑惑，卻仍是對他喊了一聲。「岳父大人請回，我自會將雲芝平安帶出宮來。」

席徵站在原地一動也不動，閃爍的目光中盛滿了擔憂。能稱得上是通敵叛國罪名的，怕就只有那個了……

步覃被一路押到了中元殿中。

皇帝蕭絡高坐龍椅之上，看起來威嚴肅穆，殿下站著幾個人，跪著幾個人。

站著的分別是左相李尤和鎮國公赫連成；跪著的則是左督御史尹子健，還有一個老婦和一男一女。

這老婦步覃曾經見過，便是席家老太太。她怎會在宮中出現？見左督御史埋頭擦汗，步覃隱約覺得今天這事兒就是這幾個人挑起來的。

左相李尤歷經兩主，自是學得了一身逢迎拍馬之功，見步覃來到，便狐假虎威地上前兩步，對步覃罵道：「大膽叛賊，還不束手就擒，俯首認罪！」見步覃瞪了他一眼，李尤當即退了好幾步。「如今證據確鑿，不容你狡辯！」

蕭絡低頭看著自己手上的扳指，對尹子健說道：「尹大人，步將軍乃是我蕭國棟梁，你說話可得要有依據，否則別怪朕不留情面，判你個滿門抄斬。」

尹子健又擦了擦額間的汗珠，臉貼在地面上，連頭都不敢抬一抬，結結巴巴地說道：「是、是……臣定是有、有證據，才、才會越級告發一品上將軍的。」

尹子健說完，就對身後的三個席家人揮了揮手。

席老太太帶著席遠和董氏跪爬著上了前，顫抖著聲音稟報道：「啟、啟稟皇上，老身乃步夫人席雲芝的嫡親奶奶，從前愚鈍，不知箇中利害關係，如今得尹大人點醒，方才明白此乃危及國家之大事，老身縱有天大的膽子也是不敢隱瞞了！」

蕭絡看了一眼蹙眉的步覃，對席老太太說道：「說，朕恕妳無罪。」

席老太太點頭如搗蒜。「是，那老身便說了。其實，老身那孫女並不是蕭國人，她是齊國人！她並不是席家的女兒，是她那個出身齊國大戶人家的娘帶來的野種！」

蕭絡聞言，也有些意外。「喔？席雲芝是齊國人？此事當真？」

席老太太不住地點頭。「當真，句句當真！她娘隨身帶了一條珍珠翠玉鍊，老身也是後來才知道，那鍊子竟是齊國某大家的寶物。當時她娘懷了她混入席府，偽裝成賢良淑德的樣子，我們家老太爺覺得一個流落在外的丫鬟不可能擁有這麼貴重的鍊子，所以猜測她的身世必定不凡，便指給了大兒子席徵，怎料成親不到七個月，就生下了席雲芝這個女兒！」

蕭絡沈吟一聲，又問：「老太太，如今那珍珠翠玉鍊在何處？」

席老太太連忙回答：「被那丫頭搶走了！但老身敢用性命擔保，那鍊子確實就是她齊國身分的象徵！」

蕭絡點頭，從龍椅上走下，在帝臺上邊踱步邊說：「既是席老夫人所言，定不會虛假。步夫人席雲芝為齊國人，那……娶她為妻的步將軍，豈非真有通敵叛國之嫌？」

步覃重重地嘆了一口氣，沒再為自己爭辯什麼。如果到這個時候他還看不出來，這一切都是皇帝刻意安排的，那他就白活了。通敵叛國的罪名既然從皇帝口中說了出來，斷沒有收回的道理，他如今不管說什麼都是多餘的，那還不如不說。

左相和鎮國公對視一眼，他們兩人早就看步覃這個囂張的年輕將軍不順眼了，只是步覃向來都手攬大權，壓得他們不敢造次，如今既然皇上動了剷除他的念頭，他們自然要在暗地裡拍手叫好，等著看步家的好戲了。

步覃突然向前一步，氣勢逼人，蕭絡為之一震。

只聽步覃冷聲問道：「我的妻子，現在哪裡？」

蕭絡強作鎮定。「步卿此時此刻不想為自己辯駁什麼，卻還在想著你那齊國人的妻子，是想要朕對你完全失望嗎？」

步覃抬頭對上了蕭絡的一雙眼睛，突然笑了。「辯駁什麼？皇上心中早已將我定罪，再多的辯駁也無法挽回帝心，不是嗎？我現在只想知道，我的妻子，在什麼地方！」

蕭絡又重新坐回了他的龍椅，靠在軟墊上，好整以暇地說道：「你的妻子是齊國人，被朕圈禁起來了。步將軍若是答應今生今世再不見那女人，朕便原諒你這回，否則的話……」

隨著蕭絡的一個眼神，鎮國公立刻會意，擊打掌心，立即喚入十多名早已等候在外的御林軍，他們將步覃圍在一個大圈中，所有的槍頭都對準了中心地帶的步覃。

「否則如何？」步覃一聲長嘯，拔地而起，隨手搶過兩名御林軍手中的長槍，徒手掰斷，拋到了剩餘的御林軍身上！

圍在他身邊的人只覺被一股強大的力量撞擊，別說站立了，就連坐地都覺得倍感壓力，迫不得已地躺了下去。

中元殿中湧起一股勁力，蕭絡頓時面容猙獰，在帝座上指著步覃叫道：「步覃通敵叛國在先，行刺聖駕在後，來人啊，殺無赦！」

所有的御林軍一擁而入。

步覃搶過一根長槍，橫在身前，在蜂擁而入的御林軍還未全都入殿之時，便將他們又全推出了殿外，倒成一片。

「步覃自問忠君愛國，為國家效力不遺餘力，曾迎戰大小一百二十場戰爭。南遼之戰，步家三千精兵對戰遼員三萬，步家軍死傷過半，盡數殲滅亂賊；雨田之攻，步家三百探子盡數折在此戰，為國帶回無數情報，最終贏得戰爭……」

步覃一邊與蜂擁而至的御林軍做生死搏鬥，一邊細數歷代功績，霸道的拳腳無人能近得他身，憤怒的言語更是讓他氣勢逼人。

御林軍中也有曾追隨過他的將士，知道步家世代忠烈，絕不會做出通敵叛國之事，奈何皇命難違，他們也只得硬著頭皮跟他們心中神一般的存在交手，然後，毫無懸念地被神拍飛。

蕭絡在左相和鎮國公的陪同之下，也走出了中元殿，看著步覃在寬大的廣場之上越戰越勇，如神附身般，生人勿近。

驀地，一道剛勁身影竄入了戰圈，步遲一把拉住步覃的手，對他吼道：「覃兒，你還要執迷不悟嗎？當真要讓自己陷入那萬劫不復之地才甘休嗎？跟我走！」

步覃發力一推，將步遲推得後退兩步。步覃如今已殺得雙目通紅，根本聽不進任何言語。「滾——誰擋我救人，我就殺了誰！」說著，步覃便將手中的一把長刀猛地射向步遲。步遲徒手接住，身子卻不由自主地向後傾斜，手掌被刀鋒刮出了一道長長的口子，他大怒，衝上前去想要阻止步覃。

兩人頓時纏鬥在一起，難分你我。

中元殿外，鎮國公赫連成對皇帝請命道：「皇上，步覃勇猛無敵，步帥根本不是他的對手，咱們要不要多派些人手來助步帥一臂之力？」

蕭絡淡定地看著場內的鷸蚌相爭，沒有說話。

左相李尤開口，當頭棒喝般點醒了他。「你傻呀？如今橫豎都是他們步家的人在打，不管誰輸誰贏，對皇上都沒有壞處。步遲能將步覃拿下最好，即便不能拿下，被步覃所傷，那也不錯，咱們還可以順理成章地把錯都推在步覃身上，讓南寧二十萬步家軍看清步覃的真實面目啊！」

鎮國公幡然醒悟，對蕭絡連連請罪。

蕭絡勾唇一笑，招來了貼身太監劉朝，在他耳旁說了幾句話之後，劉朝便領命而去。

步覃被大軍包圍，想要飛身而出去搜尋席雲芝的下落，卻被步遲纏住，當即發了狠，不再顧及步遲的身分，與他打了起來。

步覃的武功偏於剛勁霸道，可以說是一夫當關，萬夫莫敵，步遲功夫不如他，再加上也有了些年歲，體力稍遜，兩人過招百餘回之後，便明顯感到了力不從心。

突地，步遲被步覃的一記剛猛掌力打得噴出一口鮮血，昏倒在地。

步覃正待衝出重圍時，中元殿外一抹素色身影瞬間奪去了他的目光。

臉色慘白的席雲芝被帶到了中元殿外，看見被御林軍包圍的步覃時，嚇得驚叫：「夫君，你快走啊！不要管我了！」

步覃如著了魔般往席雲芝走去，竭力清除眼前的障礙。

蕭絡被他的氣勢所懾，趕緊一個手勢，讓劉朝從旁邊的侍衛身上抽出一把大刀，架在了席雲芝的脖子上。

蕭絡這才淡定自若地走下石階，對步覃說道：「你再敢向前一步，朕便要她血濺當場！」

步覃緊捏著拳頭，額頭爆出青筋，咬牙切齒地說：「你到底要怎樣才肯放了她？」

蕭絡一伸手，身旁自有人遞上了一把弓箭，只見他當著步覃的面，瞄準了他，陰險地勾唇說道：「那就要看你怎麼接我的箭了。你每躲一次，我便讓人在你妻子身上劃上一刀，你看著辦吧。」

「不——」席雲芝不顧自己的安危，將劉朝一推就要跑向步覃，阻止接下來會發生的慘劇。

誰知劉朝被推開後，旁邊的幾名侍衛立即便將她壓下。

蕭絡手中的箭，就那樣射了出去。

步覃看著離他越來越近的箭，本能地要偏向一邊，但在看到被幾個侍衛按在地上不住哭喊掙扎的席雲芝時，又硬生生地忍下了本能。

一支利箭射在他的左腿之上，步覃咬牙沒有跪下。

蕭絡對他的硬氣表示出十足的欣賞，嘖嘖稱奇的同時，又緊接著射出了第二支箭，正中步覃的右腿。

步覃無力地跪倒在地。

席雲芝已經徹底瘋了，她大叫著、哭喊著，手指甲在地上不住地抓扒，留下一道道血紅的印記。

有些御林軍實在看不下去，便將頭低了下去。

蕭絡擺明了就是想慢慢折磨步覃，一共對著步覃的身體射出了一十八箭，步覃一次都沒有閃躲，直挺挺地受著。

席雲芝已經忘記了哭喊，眼淚彷彿已在一瞬間哭乾了。

當步覃終於忍不住倒在地上抽搐之時，侍衛們也心驚了，鬆開了對席雲芝的箝制。

席雲芝連跑帶爬地跑向了步覃那變成刺蝟的身體，她的哭喊聲夾雜著風聲，如厲鬼般迴盪在這血腥殘酷的中元殿外。

蕭絡將弓箭拋在一邊，走到席雲芝與滿身是箭的步覃身邊，居高臨下地說道：「別說朕無情，朕給妳機會送他最後一程。」

席雲芝雙目空洞，彷彿再也聽不到外界的任何聲音般，抱著步覃的身體陷入癡呆狀。

蕭絡讓人將他們分開，但席雲芝的手彷彿要掐入步覃的肉裡一般，無論怎麼掰都掰不開，最後她和步覃一起被送入了之前關押她的那座宮殿。

步覃躺在迴廊的地板上，身體漸漸失溫。席雲芝怕得不行，將他抱在自己懷裡，希望讓他感覺稍微暖和一些。

「夫君，不用怕，你走了，我也絕不獨活……」席雲芝將頭靠在步覃身邊，從髮髻上拔下一根金簪，正要引頸就死時，突然，一顆小石子飛來，打掉了她的簪子。

一名容貌豔麗的女子來到席雲芝身前，正是白日裡與蕭絡在這座宮殿中尋歡作樂的那名宮妃。

只見她指著步覃說道：「他還沒死呢，妳著急著去死幹什麼？」

席雲芝的腦子彷彿轉不過彎來，怔怔地盯著這個阻止她死的女人看。

女人左右顧盼一番，確定殿裡沒有其他人之後，才從臉上撕下一塊面皮，赫然露出張嫣那張布滿糾結疤痕的臉！

張嫣從懷中掏出一顆金丹，塞入步覃口中後，對席雲芝說道：「這皇宮裡什麼寶貝都有，我給他吃了續命丹，妳趕緊帶他出宮，說不定還能搶救一番。」

席雲芝見步覃吃下金丹之後，臉色確實有些好轉，卻一籌莫展地看著張嫣道：「如今我和他都被困在宮中，該如何出去？」

這時，一道堅定的女聲傳來——

「我在正陽門外安排好了車馬，也聯繫了步將軍的兩位隨從副將，他們正在車上等你們。趁著皇上現在還在安撫步帥之際，你們趕緊走，遲了就真是來不及了！」

皇后甄氏在關鍵時刻出現，將席雲芝與步覃救出皇宮，送上了不知道要奔往哪裡去的馬車……

——未完，待續，請看文創風236《夫人幫幫忙》3完結篇

輕鬆逗趣，煩惱全消／花月薰

夫人幫幫忙

全套三冊

將軍夫人這頭銜喊起來好聽，實際上卻不好當，
人家做妻子的頂多就是管管府中大小事，
可她要養活的卻不僅僅是夫家一家子人而已，
就連夫君麾下二十萬步家軍的吃穿用度她都得一手包！
幸好她經商能力一流，要不肯定會被吃垮的啊~~

文創風 234 **1**

想她席雲芝雖是席府的長房大小姐，地位卻連條狗都不如，
為了不被掌家的五嬸娘折磨死，她求來在自家商鋪幫忙的活，
不料，五嬸娘卻要她陪著五房妹妹出嫁，當個通房丫頭！
她死活不肯，欲逃離席家，卻被抓入柴房關了起來，
幸好，此時一樁陰錯陽差的求親事件意外解救了她！
據聞，來求娶她的步家是被貶來守皇陵的沒落望族，
而她的夫君則是個跛了條腿、失了聖寵的戰敗將軍，
想來也是，若非這麼個破敗人家，老太太也不會讓她嫁的，
夫君是不是良人、未來會更好抑或更糟，她已顧不得了，
她只知，眼下若不嫁，等著她的便是死路一條！

文創風 235 **2**

席雲芝初為步家婦，便接下了掌家理財的重責大任，
可翻開帳簿一看，她實在不知該哭還是該笑──
五兩八錢，便是夫家所有的財產了。這將軍夫人可真不好當啊！
夫家一窮二白，她若不幫幫忙賺錢，怎麼養活一家老少？
幸好這些年她攢下了一小筆私房錢，而且經商有道，
想來要開間鋪子做做生意，那也是不成問題的，
眼下最大的問題是，被迫娶她的夫君似乎很不喜愛她呀！
即便跛了條腿，但夫君步覃卻出乎她意料的俊美出色，
想想，跟她這等姿色平平的普通女子結婚，也真是委屈他了，
只怕連他以前將軍府裡的隨便一個丫鬟都能擊敗她吧？唉……

文創風 236 **3** 完

商鋪一間間地開，手中銀兩愈積愈多，
席雲芝終於成為洛陽城裡無人不知的席掌櫃，
並且，也整垮了害死她娘的席家，接收席家大半的店鋪，
加之現今夫君很愛她，夫妻倆和和美美的，日子實在好不愜意，
然而，此時一道聖旨下來，竟要傷癒的夫君返京領兵作戰去！
還好她適應力極強，即便京城人生地不熟、一切要重來也沒在怕，
只要能跟著夫君過日子，到哪兒不能買地、開店鋪賺錢呢？
雖說京城人心險惡了點、龍潭虎穴多了些，她倒也能應付自如，
但，這對手若換成突然覬覦起她美色的天皇老子，她就蔫了，
面對惹不起的皇帝，她只能匆匆帶著為護她而瀕死的夫君逃命啦～～

清新微甜・機巧鬥智／十月微微涼

風華世家

全套五冊

劇情別出心裁、峰迴路轉
看男女主角耍花腔、鬥心機、甜蜜放閃光！

文創風 226 1

她叫季嬌嬌，是剛出社會的菜鳥小女警，出任務第一天就出意外，
雖然她一窮二白，但憑著體內流著伸張正義的熱血，
救了遭綁架的江寧大戶季家的小公子，成了季家的小養女，
說實話，這季家可不簡單，主事的老夫人有大秘密，
大夫人的狀元老公死得不明不白，二夫人的老公是活死人，
這麼懸疑刺激的季家人生，她不警醒幫著點兒怎麼行……

文創風 227 2

為了要她幫忙，他可以不顧禮教，大半夜的來人家未婚女子房間；
想請她加入他的陣營，還誇她是塊大肥肉，不占這便宜會睡不著。
把她這樣一個妙齡少女說成大肥肉，她看他才是討人厭的老混蛋！
偏偏這位楚大人怪叔叔來自刑部，若要探查謀害季家的真凶，
她只好忍著被氣死、被算計的風險，勉強跟他「一起」、「合作」了……

文創風 228 3

聽到皇上賜婚的旨意，她幾乎像是被雷劈了！
這皇上到底是給不給人活，她才十三歲而已啊，
居然指婚將她許給高齡已達二十八的楚大人，
在她心中，他可是超級不對盤的怪叔叔一枚，沒有愛的感覺啊……
她恨死他了！都怪他幹麼找她去協助辦案，招了皇上的眼，真的賠大了！

文創風 229 4

當初皇上賜婚時可是兩廂都不情願，
然而一起度過生死大劫之後，彼此的古怪都成了美好的特別……
兩人只要碰在一塊，就耍耍花腔，共商大計，
手牽手、心連心地面對朝廷的暗黑勢力，倒也是夫唱婦隨……

文創風 230 5 完

皇上好不容易找回失散的孫女，自是疼得不行，
深覺楚攸這老男人配不上自家孫女兒嬌嬌，天天給他排頭吃，
殊不知，扮豬吃老虎的可是嬌嬌小公主，把楚攸治得死死的！
兩人合作平息奪嫡大戰、聯手大破篡位陰謀，默契天下無敵……
要知道像嬌嬌這樣戰鬥力爆表的女人，也沒其他男人敢挑戰了。

有人穿越是為了談情說愛，還有人是為了種田營生大賺一筆，
而她的穿越，難道是為了展示在警校的學習成果麼？
好啦，辦大案，破奸計，安朝廷之外，她戀愛也談得真夠本了！
甜得旁人都快被閃瞎了……

文創風230《風華世家》5
收錄精采萬分的繁體版獨家番外篇兩篇 ！

妙語輕巧，活潑悠然／于隱

風 文創 235

夫人幫幫忙 2

國家圖書館出版品預行編目資料

夫人幫幫忙 / 花月薰著. --
初版. -- 臺北市 : 狗屋, 民2014.10
冊 ; 公分. --（文創風）
ISBN 978-986-328-366-9（第2冊：平裝）. --

857.7　　103018138

著作者	花月薰
編輯	黃淑珍
校對	林俐君　蔡佾岑
發行所	狗屋出版社有限公司
地址	台北市104中山區龍江路71巷15號1樓
電話	02-2776-5889～0
發行字號	局版台業字845號
法律顧問	蕭雄淋律師
總經銷	知遠文化事業有限公司
電話	02-2664-8800
初版	103年10月
國際書碼	ISBN-13　978-986-328-366-9
原著書名	《将军夫人的当家日记》，由北京晉江原創網絡科技有限公司授權出版

定價250元

狗屋劃撥帳號：19001626

網址：love.doghouse.com.tw　E-mail：love@doghouse.com.tw